ちくま文庫

あひる飛びなさい

阿川弘之

筑摩書房

目次

第一章
鹿はどこへ行った　7／四十にして立つ　17／柳の下　26／大造開眼　36
第二章
ぎょっと娘　47／ユリさん　57／非売品　69／吸がらビール　79／
ノーベル賞　88／温泉行　97／楽しさを売る　107
第三章
対岸の火事　118／神代時代　128

第四章
ぐりぐり　138／産婦人科　148／初対面　158／お父ちゃんの背広　168
第五章
時のながれ　179／大造の外遊　188／ＳＯＳ　198／氷ガアル　208／
荒れ馬　218／朝富士夕富士　228
第六章
家出ブルース　244／全員絶望？　254／たった一人の乗客　266／夢の都　278
第七章
お便所掃除　291／ＹＫ20　303／海の色彩　314／空の色彩　326
第八章
銀のあひる　339／処女飛行　351／あひる飛びなさい　363
解説――阿川淳之　384

あひる飛びなさい

第一章

鹿はどこへ行った

横田大造は、人の群の中で、丼《どんぶり》をかかえこみ、ガツガツ食っていた。

軍隊のお古のきたない戦闘帽をかぶった客たちが、よしず張りの屋台の外にあふれ、みんな立ったまま、前こごみに、一心不乱に丼にかじりついている。

「へえ、いらっしゃい。銀シャリで元気をつけて、あんたたち、頑張ってね。へえ、アリガト」

「銀シャリ」が「金シャリ」と聞える屋台のおやじは、忙しく手を働かせながら、声を張り上げている。

一杯十五円の、ぷんと匂いのする牛丼だが、飯が、珍らしくつぶつぶと銀色に光る本物の、炊きたての白米であるところが、人気を呼んでいる。

三国人のおやじでなければ、なかなか、こう大ッぴらにはいかないだろう。

近所の派出には、むろんつけ届けがしてあって、「一斉」のある時には、前以て情報が入る仕掛けになっているにちがいない。

「へえ、いらっしゃい」

大造の周囲に、熱い飯を吹く音や、歯をすする音や、舌なめずりをする音など、食うことについての動物的な物音が、一種の迫力をもって渦を巻いている。

どこかから、

「赤いリンゴに唇よせて」という、レコードの流行唄が聞えて来る。

すぐそばのガードの上を、ドアが抜けて木の柵を打ちつけた省線電車が、板張り窓のくたびれきったような姿で、騒々しい音を立てながら過ぎて行く。

横田大造は、食いながら、見るともなく、屋台の上の古新聞を見ていた。

牛丼の汁がこぼれて茶色によごれた古新聞には、

「奈良の鹿はどこへ行った？」

という、写真入りの記事が出ている。

写真は、鹿の写真ではなくて、茶店風の食い物屋のそれである。

「只今ビフテキ出来ます」

と、写真の中の看板の字が読める。

「奈良の名物、鹿は、戦前の十分の一に減ってしまって、か」

大造は、牛丼のかたまりを咽《のど》に押しこみながら、読むともなく読んでいた。

「奈良公園では、最近この可愛い人気者の姿が、ほとんど見られなくなっている。鹿の世界も、人間様と同じ食糧難、山奥からたまに姿を見せると狂暴ぶりを発揮するのもいるとか。それにしても、あとの十分の九の鹿は、どこへ行ってしまったのか？　知る人ぞ知る、牛より馬よりおいしい肉が奈良にはたくさんあることを」

　そこまで読んで、大造は、はて、というように丼の手を休めた。

「奈良のビフテキが鹿なら、東京のこの牛丼は一体、何じゃい？」

　もっとも、銀飯にかけてあるのは、玉葱《たまねぎ》と怪しげな褐色の汁が大部分で、肉切れはほんの数えるほどしか入っていないが、このぷんと匂いのする肉は、犬なのか猫なのか？　大造は、三国人のおやじを横眼で見ながら、しばらく、鼻を丼の上に近づけて思案をしていたが、怪しげな匂いといえども、やっぱり彼の胃の腑を刺激することに変りはなかった。

　炊きたて銀シャリの猫丼（？）を、三分の一食い残す気には、とてもなれなかった。

「なあに、かめへんわい。どうせ最低線からやりなおしやないか。犬かて猫かて、別に中毒もせんやろさかい」

　現実の食い気の方が、戦前的潔癖の名残りに打ち克つと同時に、彼は再びガツガツと丼をかきこみはじめた。

　牛丼屋の屋台の客は、みな、申し合せたような、似た服装をしている。

　カーキ色の服に戦闘帽、肩から雑嚢《ざつのう》をさげ、泥だらけの兵隊靴をはいて、ひとしく疲れたような顔つきをしている。すさまじいのは食欲だけだ。

食い終って出て行くカーキ色がいると、また、

「小父さん、牛丼。それからチュウ一杯」

と、入って来るカーキ色がいる。

出て行こうとして、一人の男が、大造の足もとのリュクサックにつまずいた。

男は舌打ちをし、

「この混んだところへ、大きな荷物を持ちこんじゃあ、しようがないじゃないか」

と言った。

鹿の記事ののった新聞紙から、大造は文句を言った男の方へ眼を移した。

「蹴つまずいたんか？　すまなんだなあ」

「…………」

「そやけど、大事なもんが入っとんねんから、気イつけてや」

叱言《こごと》を言った男は、あらためて大造を眺め、上出来の将棋の駒みたいに、四角くて、分厚くて、ずんぐりしたそのからだつきと、「すまなんだなあ」という大阪弁とに、少し気味が悪くなったらしく、それきり黙ってぷいと出て行ってしまった。

まわりの人々の視線が、

「米か芋か？」

というように、大造のリュクサックの上にそそがれた。

大造は、それには頓着せず、丼飯を結局一粒余さず平らげると、その猫だか犬だかの脂気の残った唇を、手の甲でぐいと横撫でにし、

「小父さん、ここへ置くで」

と、しわくちゃの十円札の上に一円を五枚並べて、

「へえ、ごめん」

リュクサックをかつぎ上げて、人混みを分けた。

リュクサックは、米でも芋でもないらしく、彼のからだつきと同じく、四角張って、ごつごつしていた。

しかし、横田大造の顔は、その無骨な、町の親分めいた体格とは変って、よく見ると、案外な童顔であった。

彼の年が、数えでちょうど四十と聞いたら、不思議に思う人があったかも知れない。

屋台を出ると、さっきから何遍となく繰返している近所のレコードの、「リンゴの歌」が、また大造の耳について来る。

「何が、リンゴの気持が、どないよう分るんやろ。けったくその悪いこっちゃ」

大造は思った。

腹加減は、丼一杯では決して充分ではなかったが、とにかくさて、一と働きせねばならない。

彼は、このごろの世相、どうも押しなべて甚《はなは》だ面白くないのである。

町には、春もさかりで、若葉の風が吹いていた。

もっとも、この雑然とした町に、若葉などはあんまり見あたらないが、栄養が足りないために、いつまでも寒くて、カーキ色の服の上にねずみのオーバーなど未だごてごて着こんでいる日本人とちがい、三々五々町を歩いているアメリカ兵たちは、アイロンのよくあたった薄い軍服の、涼しげな姿である。

GIたちの様子が、涼しそうに、屈託なげであればあるだけ、大造にはそれがまた面白くなかった。

「けったくそわる」

「あいつら、みな日本人のことを、馬鹿にしてくさるねん。東洋の貧乏な野蛮国やと思うてくさるねんやろ」

「あいつらの親分が、日本は四等国やて言いよったんや」

マッカーサー元帥の「日本は四等国に転落した」という声明が発表になったのは、大造が復員して来るより前で、昨年の秋、東条大将が自決未遂をやったのと同じころであったが、彼は何かで読んで、それを知っていた。

町の焼けビルには、

「民主日本の再建は貯蓄から」

と、大きな、銀行の看板が立っている。

つい十カ月前まで、

「みたみわれ、大君にすべてを捧げまつらん」——という広告を、始終新聞雑誌に出していた銀行である。

「けったくその悪いことやないか」

学歴のない大造には、民主日本とは、一体何であるかよく理解出来ない。理解出来ないだけでなく、不愉快でさえある。

「アメリカの言いなりになって、その尻馬に乗って共産党が騒ぎくさって、それが民主主義やったら、そんなもん、ごめんこうむりたいわい」

さて、これからどっち方面へ歩き出そうかと、リュクサックを背負って町を眺めながら、彼はそんなことを思っていた。

横田大造にとって、面白くない中でもとりわけ面白くないのが、人々の、戦争中とは掌《たなごころ》をかえしたような皇室に対する態度である。

子供まで大勢動員されて、二十数万人の日本人が、宮城の坂下門に押しかけ、米よこせの一大デモをやったのは、つい先だってのことであった。

「餓えたる人民の声を聞け！」

「憲法より飯だ！」

「ワタシタチハオナカガペコペコデス」

等々、いろんなプラカードが押し立てられた中に、

「国体は護持された。

朕《ちん》はタラフク食ってるぞ。
ナンジ臣民餓えて死ね。
御名御璽《ぎょめいぎょじ》」

という逸物があって、さすがにこれは問題になり、のちに裁判沙汰に発展したが、そのことで宮城にお詫びに参上した町会長は、人々の抗議にあって、お詫びを取り消し、町会長の役を辞職した。

米のほしいことにかけては、大造も決して人後に落ちなかったが、復員後未だ日の浅い、明治生れの彼には、これは甚だ心外な事件であった。

神田の、間借りの四畳半で、彼は一と晩沈思黙考したものである。

「どえらい世の中が来よったわい。天皇陛下に向うて、あんたはタラフク食うてなはるやろ、台所見せえ、米よこせちゅうようなこと言うて、それが大して不思議にも思われんような、えらい世の中が来よった」

「復員ぼけしとる時やないぞ」

「しかし、日本人のみながみな、一夜にしてそう変ってしもたというわけではあるまいと思うが、どうやろ？」

「ちょうど、戦争中に、誰も恐れて軍人の悪口よう言わなんだように、今は、アメリカの悪口言うたり、やっぱり皇室敬うてます言うたり、誰もようせんでおるだけで、心の中ではそう思うてる人間が、たんとおるんやないやろか？」

「そうとしたら、あれがまた、商売になるかも知らん」

「自分の気持にも合うてることや。こういう時世には、人の、表だったことの逆行って、あれ、案外商売になるかも知らんわ」

大造のかたわらでは、今年七つになる一人娘の亜紀子が、垢染《あかじ》みた煎餅蒲団《せんべいぶとん》にくるまって、すやすや寝入っていた。

彼は、宝石でも見るような眼つきで、垢染みた蒲団の中の、垢染みた娘の寝顔を眺めた。

紀元二千六百年の年に生れて、アジアに新しい時代が来るようにというほどの意味で名づけられたこの女の子は、アジアに新時代が来そこなったおかげで、伸びるものが伸び切れないでいるような、手足のほそい、妙に不均衡な貧弱なからだつきをしていた。

来年からは、学校である。

「とにかく、こいつだけは、何とかなあ……」

大造は、戦前いろいろな職業を転々として、生活は楽でなかったから、比較的晩婚で、三十四にもなって初めてもうけたこの娘が、むしょうに可愛くてたまらないのであった。

とりわけ、女房を失ってからそうなった。

彼の妻のつねは、彼の応召中、大阪へ帰っていて、昭和二十年の六月一日に、B29四百機の空襲のあった日、焼死した。

大造が復員して来てみると、亜紀子は、天王寺の近くの親戚のバラックへ引取られ、食べ物の不足から継子《ままこ》扱いされて、半分浮浪児のような暮し方をしていた。

彼は、とりあえず、妻の骨の埋めてある場所に、木の墓標を一本建て、大阪に見切りをつけ、亜紀子を連れて東京へ出て来たのであった。

しかし、東京にも、何も格別いいことが待っているわけではなかった。昔のつてを求めては、自分と亜紀子の口を糊《のり》する道を求めて歩いてみたが、すべては失敗に終った。

おまけに、亜紀子は、東京にも、父親にも、なかなか馴染もうとしなかった。

「うち、東京きらいや」

と言うのである。

「なあ、早う大阪へ帰ろう、お父ちゃん」

「そない言うたら、あかん。東京はな、何ちゅうたかて、天皇陛下のいやはる、日本の都やからな。そのうち、お父ちゃんが、ええ仕事みつけて、亜紀子にも、闇屋のオッサンみたいに、饅頭《まんじゆう》でも豚肉でも、ぎょうさん食わしたるで。待ってや」

「うち、天皇陛下より、健ちゃんやよッちゃんの方がええ。お父ちゃん、なんで東京の天皇陛下の方がええのん？　天皇陛下、お父ちゃんの友達か？」

「アホなこと言いな。そら、天皇陛下と天王寺のよッちゃんとは、ちょっとわけがちがうがな」

——とにかく、早く、何とかうまい仕事をみつけなくてはいけない。

彼が「あれ」と思っているのは、実は昔一度やって、意外にぼろい——と言っては申し訳ないが――もうけをした覚えのある、皇室の御写真売りさばきの仕事であった。

四十にして立つ

それは、その頃からさらに、十二、三年も前の話である。

時代は、不景気のどん底にあった。

「大阪ではうだつ上らへん。わいも、ひとつ東京へ出て、何かやったろ」

そう思って、ふところに金二十三円をしのばせて、大造は東京へやって来た。

二十幾歳の若さとはいえ、無謀なことであった。

知る人も無く、町の様子も分らぬ大阪者に、不景気の東京で、そううまい話があるわけが無かった。

横田大造はしかし、その時分から、物ごとがあまり悲観的に考えられない性《たち》で、それに妙に思い切りのいいところがあった。

「何とかなるわい」

ひとり者の彼は、西も東も分らぬ町にアパートを一と間借りて、十五円の前家賃を払い、一と晩銀座見物をすると、電車賃を五十銭だけ残して、あとの金で、米と味噌と醤油とを、たっぷり買いこんだ。

それから、東京の様子を知るために、新聞を一つ申し込んだ。

その新聞の広告欄で、彼は皇室御写真売りさばきの仕事をみつけたのであった。

「僅《わず》か二、三円の資本で一日五円以上の収入。努力家来れ！」

という三行広告を見ると、大造は、あまりためらいもせずに、自分の着ていたオーバーを、岩本町の古着屋に十円で売って、広告主の小さな出版屋をさがして行った。

「一枚八銭だがね。これを二十五銭ぐらいで売って来るんだよ。ほかに、御写真用の額ぶちも、安く卸《おろ》してあげるからね。君、何しろ皇太子殿下御生誕のほやほやという時期だろう。面白いように売れるよ」

卸元の出版屋では、そう言って大造をおだてた。

なるほど、その計算でゆくと、二、三円の元手で、一日三十枚も売れれば、五円以上の実入りがある勘定になるのである。

「そやけど、東京の町、あんまりよう知らんのですわ。どっち方面歩いたら、よう売れまっしゃろな？」

「君、そうかね、東京は初めてかい。なあに、そりゃ日本人のいるとこなら、皇室の御写真ってものは、どこだって売れるよ。ああ、どんどん売れるよ」

「そういうもんですかいな」

「そうとも」

大造は、さしあたって、天皇皇后両陛下の間に、赤ちゃんの皇太子様の写真をまるく入れた一枚八銭の奴を五十枚と、額ぶちを幾つか仕入れ、新聞を申し込んだ時、販売店でおまけにくれた東京市の地図に、目かくしをして木綿針を突きさし、針のささったところをその日の行く先と定めて、やみくもに行商に出かけて行った。

しかし、写真は、「どんどん」など売れはしなかった。

「家が狭いので、粗末になるといけませんから」

とか、

「子供が大勢いるのに、うっかり足蹴《あしげ》にでもしたら、たいへんじゃありませんか」

とか、

「ああ、天皇陛下の御写真なら、新聞社からもらった分があるよ」

とか、適当にあしらわれて、先ず、百のうち九十九軒までは、断られるのである。

印刷がいいとか、紙質がいいとか、講釈を並べてみても、さっぱり効《き》き目はなかった。

三日ほどやって、これは、とんでもない商売に首をつっこんだかと、彼は棒のようになった足をかかえ、少しくぼんやりしてしまった。

大造はしかし、そこでふと、一計を案じた。なにぶん、金は残り乏しく、二月の寒空にオーバーは無し、無い知恵をしぼって、一計でも二計でも案じるよりほかに、道は無かった。

彼は、一日アパートにこもって、飯に味噌をなすりつけて食いながら、写真を一枚一枚、勿体らしくハトロン紙の封筒におさめなおし、それからカーボン紙で、自筆の「御注意書」なるものをたくさん書き上げた。

「　御注意書
　皇室の御写真につきましては、すでに各新聞社等から配布のものを御所蔵のことと
は思いますが、御承知の通り、紙質印刷とも粗末でありまして、永く子孫に残される
には、不適当であるかと存じます。皇太子殿下におかせられましても、ますますお健
やかにすくすく御成育のめでたい時期にあたり、当会では、御希望の向に、特に念入
り謹製いたしました此の御写真を、実費をもってお頒《わか》ちいたします。別に、永久保存
用の美麗額縁も用意してございますから、頒布員まで御用命下さい。明日、係の者が
お伺いしますから、取扱上御不敬にわたらざるよう、よろしくお願いいたします。
　　　　　　　　　　　　　　　　　　　　　　皇室御写真頒布《はんぷ》会」

いい加減な四角いハンコを捺《お》し、玄関へそっと入れては、黙って出て来るという方策
を取ることにしたのである。

　軒なみ置いて歩くと、すぐ気づいて追っかけられ、

「もしもし、これ置いてったの、あなたでしょう？　うちじゃあ、要りませんから、持
って帰って下さい」

とやられるので、なるべく音のしないように、これと思った家の戸を開けて、玄関の
すみにそっと置くと、大急ぎで一丁ぐらい逃げる。

　一丁おきに一軒、どこの家とどこの家に入れて来たか、それを忘れると丸損だから、
心覚えをしておくのが容易でなかったが、この方法は意外に成功した。

人の気持は妙なもので、玄関にこれをみつけると、みんな初めは、甚《はなは》しく迷惑そうな顔をするか、

「たちの悪い押し売りだ」

と、腹を立てるかするらしいが、物が物だから破って棄てるわけにもいかず、一と晩家にとめておく間に、気が変って来る。

御主人が、まあ、そんなに腹を立ててムキになるほどのことでもあるまいという気がして来るころには、茶の間で、奥さんの方が、

「あら、この皇太子さま、お可愛いわよ」

と言い出すという寸法で、そうかと思うと、

「これは、右翼団体の資金集めにちがいない。余計なことを言って凄《すご》まれても困るから、あした来たら、二十五銭払って、黙ってもらっときなさい」

と、妙に気をまわす家庭もある。

百のうち、九十九まで断られていたのが、次第に、百のうち、十、二十と売れるようになって来た。

「永久保存用額縁」を、いっしょに買ってくれる家もあり、その分は、余分の儲けになった。

「なるほど、頭の働かしよう一つで、こら、なかなかええ商売や」

大造は、せっせと「御注意書」を書き、新聞のおまけの東京地図に木綿針を突きさし

ては、きょうは板橋、あすは深川と歩きまわっているうちに、最初に仕入れた五十枚は、やがてすっかり無くなってしまった。

そこで、卸元の、神田の小出版社へもう一度出かけていってみると、この前、

「面白いほど、売れるよ」

と、大造にうまいことを言った男が、険のある目つきで顔を出した。

「何だい、兄さん」

「先日もろた、皇室の御写真のことやけど」

「駄目駄目」

卸元はにべも無く言った。

「うちじゃ、返品は一切認めないことになってるからね」

三行広告を見て、藁《わら》をつかむ思いでやって来る失業者相手の、一回こっきり、その日その日の、半分インチキな商売なのである。

だから大造が、

「返品やありまへん。御写真足らんようになったよってに、もう百枚ほど、頒《わ》けてもらえんやろか思うて……」

と切り出すと、男は、狐《きつね》につままれたような顔になった。

「何だって？　おい」

今まで、泣くようにして、返品を頼みに来る人間はたくさんいたけれども、二度目の

仕入れにやって来たのは、この大阪弁のでくのぼうみたいな男が、初めてであった。

しかし大造も、卸元のインチキ性については、すでに大分感じているところがあったから、からかい半分、少し皮肉を言う気になった。

「あんた、なにも、びっくりせんでもええやないか。おかげさんで、ほんまに、あんたの言うた通り、おもろいようにさばけるわ」

いくら何でも、実は、それほどではなかったのである。

「ついては、二百枚と言いたいとこやけど、お宅も、さぞかし品不足やろから、もう百枚だけ、何とか領けてもらいたいと、こない思うてな。ついでに、一枚につき、一銭でも五厘でも勉強してもらえると、えらい有難いんやけど」

卸元の男は、眼をまるくし、すっかり毒気を抜かれたような様子であった。

「そりゃ、うちは商売だから、百枚でも二百枚でも出すがね。へえ、これがほんとに、そんなに面白いように売れるかね？」

「何言うてなはる。あんたが、面白いように売れるて、保証したんやないか」

「そりゃそうだけどさ」

と、卸元は、いっそ薄気味の悪そうな面持ちで、

「お前さん、本気なんだろうね」

と、一枚につき一銭値引きをして、奥から百枚揃えて来てくれた。

「いったい、どういう風にして売るんだい？　まさか、不穏なことを言うんじゃないだ

ろうな？　妙なまねをされると、こっちに迷惑がかかるからね」
「そんなこと、言うもんかいな。新聞広告にあった通り、すべて努力ですわ」
大造は、けろりとして言った。
この仕事は、彼に、未知の東京で生きて行く自信と、経済的な基礎とを与えた。
ほぼ予定通り、月々五十円程度の収入があるようになり、味噌をなめて我慢している
うちに、やがてなにがしかの貯金も出来た。
そして、適当なところで、彼は、この押し売り的商売に見切りをつけ、省線《しょうせん》の高円寺
の駅に近い場所に、一軒の、小さな飲み屋の店を開いた。
大阪者の大造は、魚をえらぶ眼と、食べ物の味については、いい勘《かん》を持っていたから、
この一杯飲み屋も、結構繁昌し、かたわら生命保険の代理店などもやって、段々生活は
落ちついて来た。
世話をしてくれる人があって、一度大阪へ帰って、女房ももらった。
大造が三十三の年で、段々物が不自由になりはじめていたにもかかわらず、女房のつ
ねが来てから、高円寺の一杯飲み屋は、一層活気づいた。
当時、中野高円寺の界隈で、学生生活や独身の下宿生活を送った人々には、関西風の、
はもの皮や湯葉《ゆば》の煮つけの小鉢物で、安く灘の酒を飲ませてくれた「あかし」という店
が、なつかしい店として、印象に残っているはずである。
結婚の翌年には、亜紀子が生れた。

その翌年の暮に、戦争が始った。

間もなく、元海軍一等水兵の大造に、赤紙が来た。

彼は、戦争中の三年半ほどを、軍隊の飯を食って暮し、その間に、女房のつねは、仕入れがむつかしくなったので、高円寺の店をたたんで、大阪へ帰った。

しかし、戦争が終って外地から復員して来た時、彼はすべてを失ってしまっていた。女房も、家も、東京の店の権利も、家財道具も、何も彼も――。

一人娘の亜紀子だけが、彼に残された唯一のものであった。

小学校に上るまえの小娘は、彼のこれから生きて行く上の心の支えでもあったが、同時に、生きて行く上に、甚しく足手まといな存在でもあった。

「何も彼も御破算や」

「振り出しに戻って、一からやりなおしや」

大造が、バラックと焼け野原の東京の町へ出て来て、あらためて、昔おぼえの、皇室御写真売りさばきの商売を志したのは、そういういきさつからであった。

何かと言えば、皇室をないがしろにするちかごろの風潮が気に入らないから、ということもあったが、彼は、昔そこから始めて、次第に生活を築いて行った、その最初の商売で、やりなおしてみる気になったのである。

海軍で充分からだをきたえられていたから、自分の四十という年は、それほど意識しなかった。

一からやりなおすのに、未だ充分な前途があると、漠然、楽観的に考えていた。
「孔子さんが言やはった。四十にして立つ、や」

柳の下

大造の、四十にして立つ志と、一種時代に反逆しようという意気とは、壮とすべきであったかも知れないが、残念なことに、柳の下には、戦前型のどじょうが、もういないようであった。

人心は、大造が想像する以上の急カーブをえがいて変ってしまっていた。その変りようには、大造が憤慨するのも無理がないようなところさえあった。

商売物の、皇室御写真なるものは、時節柄捨て値で手に入ったが、仕入れがいくら安くても、売れなくては仕方がない。

昔は御大家《ごたいけ》であったと思われるような、静かな門構えの、焼け残りの邸宅などで、もんぺ姿の品のいい老婦人から、

「あなた、今どき、陛下の御写真を売って歩いているのですか？　感心なお心掛けね」

と、慰めの言葉をかけてもらったりするのが、よほど上等の方で、それだって、

「うちは、代々宮内省楽部《がくぶ》に勤めた家ですから、両陛下の御写真は、いつも神棚にかざってあります」――。

買ってはくれないのである。

「御注意書」などは、入れても入れなくても同じことであった。

「きのう置いてったこれでしょう？　要《い》りません」

「お安うしときますがな」

「お安くしますって、あんた、同じかついで来るなら、芋かお魚でもかついで来て、お安くしたらどうなの？」

「しかし、皇室は、なんちゅうたかて、日本人の精神的中心やから、一枚、いかがです？　壁にかけて……」

「要らないったら、要らないわよ、そんなもの」

と、押し売りよろしく口争いになる場合もある。

「奥さん」

そういう時、大造はいささか気色《けしき》ばむことがあった。

「『そんなもん』ちゅうことはありますまいが。なんぼなんでも、天皇陛下の御写真を、『そんなもん』とは、言うてもらいとうないですわ」

「あらそう。それじゃ何と言えばいいの？」

と、奥さんの方でも気色ばんで来る。

「そんなものと言って悪ければ、わたしどもには置けないような、畏れ多いものとでも言うんですか。いいえ、それじゃ買いますよ。あんた、脅迫めいたこと仰有《おつしや》るんなら、買いますよ」

「……」

「おいくらですか？　さあ、いただきましょう。あんたの言う通り、壁にかけて、わたしその御写真に向って、毎日申し上げたいことがありますから」

「……」

「うちの主人は、その天皇陛下の命令で、三十七にもなって兵隊に連れて行かれて、シベリヤに抑留されたっきり、消息が無いんですからね。財布さかさにしてはたいても、わたしその写真を買って、朝晩、天皇陛下にいったいどうして下さるつもりか、伺ってみます。おいくらなの？」

「奥さん、そういうことを言うてはいかん。そら、天皇陛下のせいやない、ロシヤが悪いんや」

「理窟はどうにでもつきます。余計なこと言わないでもいいわ。あんた、これ、売りに来たんでしょう。さあ、買うから……」

半未亡人は、皇室御写真に釘でもさしそうな様子で、ヒステリー気味になる。

「買《こ》うていりまへん」

大造は写真をひったくって玄関の戸をぶつけるように閉めて飛び出して来てしまう。

「ああ、驚いた。えらい、ずけずけもの言いよる。日本のおなごも変ったわい」

もっとも、お互いさま似たような境遇で、大造といえども、こういう半未亡人の気持が理解出来ないわけではなかったし、彼は右翼でも暴力団でもなかったから、脅迫して写真を売りつける気は、初めから無かった。

ただ、

「留守に、亜紀子はひとりでどないしとるやろう？　うまいもんの一つも買うて帰ってやろ思うてたが、どうも、こら、あかんわい」

そう思って、気が滅入って来るのであった。


その日も、怪しげな牛丼で腹ごしらえをした大造は、西大久保のあたりを、あちこち歩いてみたが、結果は要するに同じことであった。

「東京の町なかは、駄目らしい」

彼は、河岸《かし》を変えてみる気になった。

芋や豆の景気で潤《うるお》っている近郊の農村の方が、人々の頭の中も保守的で、商売になりやすいのではないだろうか？

それでも駄目なら、もう、別の仕事を考えるより仕方がない。家では、母親の無い娘が、口をあけて餌《えさ》を待っている。

彼は、リュクサックをかついで、新宿の駅まで戻って来た。

電車の系統図を見上げながら、彼は駅員に問いかけた。

「東京の農村地帯ちゅうと、どの辺から先へ行ったらええですやろな？」

「買い出しだろ」

駅員は言った。

「そうだねえ。まあ、青梅線の拝島から先、福生《ふっさ》、羽村《はむら》、小作《おざく》の方まで行ってみたらどうかね」

「青梅線というと、立川で乗りかえか」

大造は行きあたりばったり、羽村という駅まで一枚、切符を買った。

電車はひどい混みようであった。

立川の駅まで来ると、折りかえしの青梅線を待つ人々が、だらしなくフォームの地べたに腰を下ろしていた。

みんな、栄養失調気味で、少しの間でも、ごろごろ横になるか、腰を下ろすかせずにはいられないのである。

やがて、立川止りの電車が入って来る。

客が下りて、反対側のドアがあくと同時に、わっと人が乗りこむ。乗りこむなどというものではなく、車輛の内外の、どこにでもいいから、かじりつき、ぶら下る。

大造は、列のうしろの方だったので、とうとう連結器の上に立たされることになった。

時刻が来て、四輛連結超満員の氷川行の電車は発車したが、連結器の上は、ゴトンゴトンと下から衝《つ》き上げて来るような動揺があって、乗り心地は危っかしげで、甚だよろしくなかった。

額に、汗が出て来た。

大造の眼の前は、太い白帯を巻いた進駐軍専用車で、中はがらんと空いていて、白人の兵隊が二、三人、それに黒ンぼの兵隊が五人ほど、進駐軍物資のまっ赤なコートを着た百姓顔の日本女性たちと、さかんにふざけ合っている。

大造の気に入らない風景である。

しかし今はそんなものに眼をうばわれているより、とにかく、鉄の棒にしがみついて、安全に西多摩の農村まで運んでもらわなくてはならない。

連結器の上の曲乗り、約二十分にして、彼はやっと、

「はむらア、はむらア」

という駅員の声を聞いた。

「ここやな」

小さな、畑の中の駅であった。

ほっとして、汗をぬぐい駅を出てみると、そのあたり、大麦小麦がすくすく気持よく伸び、じゃがいもの花が咲いている。

桑の植わった畑のほとりを、彼は再び、リュクサックを背負って行きあたりばったりに歩き出した。

ここも東京都のうちだが、店屋もろくに無い鄙《ひな》びた村で、ただ進駐軍の基地が遠くないらしく、時々例の、赤いコート青いコートの女たちに行きあう。

二、三カ所断られたあとで、彼は、高い欅《けやき》と樫《かし》の木にかこまれた一軒の、大きな農家の庭へ入って行った。
さつま芋の苗床があり、五月の陽を浴びて雛が五、六羽、のんびり餌をついばんでいるが、人の気配は無い。

「そうや。卵とでも、物々交換にしてもろてもええんやが」

大造が娘のことを思いながら、

「ごめん下さい。こんにちは」

何度か声をかけると、やっと、つぎのあたった粗末なズボンをはいた中年の男が、何か読んでいたと見えて、眼鏡をはずしながらあらわれた。

「どなたですか？」

「ええ、実は」

大造はリュクサックを土間に下ろしながら、お定りの文句を述べはじめた。

「わたし、皇室の御写真を頒布《はんぷ》して歩いとります者です。ここに持っとりますが、一枚御覧いただいて、よろしかったら、日本再建の精神的支柱にしていただくちゅうほどの意味で、お買い求めねがえまへんやろか。保存用の額ぶちも用意してございますで、壁にでも掛けていただいて、――なにぶん、皇室に対する尊崇の気持をお持ちの方やないとあきまへんのですが、その点、農家の方々は……」

何べんも苦い眼にあっているから、言い方も大分変ってきている。

「皇室の御写真？」

相手の中年男は、不思議な話を聞くような顔をして、そこへぴたりと坐り、

「要りませんな」

静かな声で、はっきり断った。

此の男、もしかしたら百姓ではないかも知れないと、大造は思った。

無精髭をはやして、つぎだらけのズボンをはいて、農夫然とした恰好はしているが、広い理智的な額の下に、何か深く考えごとをしていたような眼の光がある。

右肩を少しいからせて、上り框《かまち》に言葉少なに坐ったところは、島流しの古武士のような、一種の風格が備っていた。

「ええ」

大造は、気ぐらい負けして、やや出鼻をくじかれた感じがあったが、それでもつづけた。

「お代の方のことでしたら、卵と交換でもよろしいのんですが、どうですやろ、何とか一枚おねがい出来まへんか」

「卵のことは、分りません」

「はあ？」

「私は、この家の間借人ですから」

やっぱりそうだ。戦災者にはちがいあるまいが、何をする人だろう？

大造は、あらためて相手の顔を見た。ふと、

「この人、どっかで会うたことのある人みたいな気がするなあ」

と思った。しかし思い出すことは出来なかった。

「とにかく、そういう物をいただいても、掛けるところもありませんから、お断りします」

「それでは、どなたか、母家《おもや》のお方はおられませんかいな?」

「みんな、畑へ出ています」

「畑はどこですやろ?」

「ここからは、遠いです」

間借人は、いい加減にしてくれというように、そこで、すッと立ち上ってしまった。

「なるほど、さよですか」

仕方がない。

「それではまた。えらいお邪魔しました」

大造はリュクサックを背負い上げて、農家の土間を出た。

振りかえってみると、白い障子がしまって、相手の姿はもう消えていた。

黒い太い棟木《むなぎ》の上に、表札がいくつも掛っている。

「岩佐茂兵衛」

という古びた此の家の表札、

「出征軍人の家」

「日本赤十字社正会員」

そんなのにまじって、一つ新しいのがあり、その、

「加茂井秀俊」という名前が、今の間借人のものらしい。

牛の鳴き声なぞ聞える畑道を、

「加茂井秀俊。——聞いたことのある名前やがな」

彼はそう思いながら歩いて行った。

「加茂井秀俊——、加茂井秀俊」

一丁ほど来て、不意に大造は思い出した。

「分った」

「あれは、加茂井中尉やないか。上海の航空隊にいやはった加茂井技術中尉や」

なつかしさが、急に胸のうちにこみ上げて来た。

「ほんまは、一介の技術中尉の身分で置いとかれるような人やないいて評判聞かされてた、あの加茂井中尉や」

彼はくるりと廻れ右をした。

急ぎ足に、田舎道を、今の農家の庭まで彼は取ってかえした。

「ごめん下さい。えらい、すみません。ごめん下さい」

「はい」

顔を出した加茂井間借人は、再びあらわれた皇室御写真売りを見て、ちょっと眉をひそめた。

「何か忘れ物ですか？」

「そうではありません」

大造は、いつか自然と軍隊口調になっていた。

「あなたは、上海におられた加茂井中尉ではありませんですか？」

「ああ、そうですが……」

「自分は、方面艦隊司令部の烹炊所《ほうすいじょ》におりました横田主計兵曹であります。お忘れかも知れませんが、終戦の際、公用使で連絡に行って、何べんかお眼にかかったことがあるのであります」

「ほう」

加茂井元中尉の面に、初めて微笑がうかび上って来た。

大造開眼

「それで、あなた、いつ復員して来ました？」

加茂井元中尉は言った。

「一と月ばかり前であります」

「そう……。とにかく、よかったら、ちょっと上りませんか」

「はあ。では、失礼をします」

大造は、天皇陛下の写真と額縁の入ったリュクサックを土間の隅に置いて、兵隊靴を正しくぬぎ、穴のあいた沓下《くつした》を気にしながら、部屋に通されると、何かむつかしげな本の四、五冊積み上げてある机のそばにかしこまった。

「加茂井中尉は、こちらが御郷里で？」

「いや、そういうわけではありませんがね、失業したから、半分百姓をしながら間借り暮しをしているんです」

「………」

「それに、まあ、このあたりに住んでると、飛行機がたくさん見られるもんですからね」

「飛行機、へえ……？」

大造が妙な顔をしたので、加茂井さんは笑いながら、

「復員して来てみたら私たち日本の航空関係者は、飛行機を造ってもいけない、研究してもいけない、飛んでもいけないということになってしまっておりましてね。ただ、見るのだけは自由のようですから、毎日、アメリカ人がどんな飛行機を飛ばしているか、眺めているんですよ」

「ははあ」

加茂井元海軍技術中尉——、というより、その道の人には、飛行機の加茂井工学博士、

と言った方が、通りがよかっただろう。

当時といえども、世界中の航空工学畑の学者で、日本の加茂井を知らぬ人はなかったはずである。

大造は、事情を詳しく承知しているわけではなかったが、話しているうちに、上海時代に聞いたいくつかの噂を、次第に思い出した。

戦前、加茂井博士の設計したＡ104とかいう飛行機が、高々度上昇の世界記録を樹立したこと。

戦争中手がけた「金剛」という戦闘機が、米空軍に鷹のように恐れられたこと。その改良型の「金剛四型」は、性能が良すぎて、戦争末期の質の落ちた航空燃料では、充分の力を発揮せず、敗戦直後、アメリカに持ち去られて、アメリカの基地で上質のガソリンをたっぷり食わせてもらって、初めてすばらしい成績を示したこと。

それから、戦争中、加茂井博士が陸軍の上層部と意見の衝突を来たし、海軍がそれを救うようなかたちで、一介の技術中尉として上海へ避けさせられているうちに、敗戦を迎えたことなど――。

「そうすると、毎日飛行機見ながら、こうやって、飛行機のこと勉強してなさるわけですか」

大造は感心して、机の上の横文字の本を指したが、加茂井博士は、

「それは、英語の探偵小説です。暇つぶしです」

と、微笑し、

「家内も子供たちも、みんな畑へ出てて、何も無いけど、まあ、そばかきでも御馳走しましょう」

と、ブリキ罐《かん》からそば粉を取り出して、煉炭火鉢《れんたんひばち》の上にたぎっていた薬罐《やかん》の湯で、茶碗に、いい匂いのするそばかきを上手に練ってくれてから、

「そう言えば、私も、あなたのこと、段々思い出しましたよ。何と言われたっけ、名前は？」

と言った。

「横田大造元一等主計兵曹です」

「横田さんね。横田主計兵曹ね。御高名、思い出したよ」

「なんでです？」

大造も、少し気がらくになってきた。彼はそばかきを御馳走になりながら、本来の大阪弁にかえって訊《たず》ねた。

「だって、あなたでしょう。方面艦隊の参謀に女を一人探して来いと言われて、これなら大丈夫ですって、自分が先にお毒味をしてから差し出したというのは。当時、上海で有名な話だったよ」

「いやあ、そういうこともあったかも知れませんです」

大造は頭をかいて、とぼけて見せた。

「しかし、皇室の写真売りとは、また変った商売だが、どういうんです、それは？」

加茂井秀俊は言った。

「何もかも気に入らんのですわ、このごろの世相が」

すっかり気持のくつろいだ大造は答えた。

「猫も杓子《しやくし》も、アメリカにちやほやしくさって、天皇陛下のこと、ぼろくそに言いよって、アメリカ兵の歩いてるの見ると、けったくそ悪いですが、加茂井さんは、そういうことないですかいな」

「いや。そりゃ、もしかするとあなた以上に、けたくそ悪いかも知れませんがね。だけど、その皇室の写真、売れますか？」

「全然売れまへん」

大造は憮然《ぶぜん》として言った。彼はそれから、いくらか身の上相談をするような口調で、皇室御写真売りを始めた故事来歴を加茂井博士に語って聞かせた。

加茂井秀俊は、黙って聞いていたが、やがて、

「皇室を尊敬するのは、それはあなたの自由だが、その商売は、やっぱり少しアナクロニズムだな」

と言った。

「何ですか」

「つまり、時代ばなれがし過ぎてませんかね。世相が気に入らないからって、コンプレックスを持って、うしろ向きの考えにとらわれては駄目ですよ」

「コンプレックスて、何ですか？」

「何というか、けったくそ悪い、けったくそ悪いと、あんまり思いつめて、それが積りつもって、気持の自由が無くなると、困るでしょう」

「………」

「何か、ふっと、一つ頭を切りかえてみたら、道が開けて来るんじゃないんですか？お毒味のすんだ女を、参謀に連れて来るぐらい、知恵も要領も持ち合せている人ならね。少くとも今どき皇室の写真を売って歩いている手は無いでしょう」

「そんなら、どんなことしたらええですやろ？　私ら、学歴もありませんしな」

大造がそんなことを言っている時、空に、金属性の、馬がいななくような烈しい音が聞えて来た。

「ちょっと失礼」

加茂井博士は、子供みたいに、飛行機を見に、縁側へ乗り出した。

つられて、大造も縁側へ出てみた。

五月の青い空の、音のするあたりよりはるか先に、見馴れぬ小さな銀色の機影が、すさまじい速度で弧をえがいて行きつつあった。

「あれは、ちかごろ、横田の基地へ入って来た、アメリカの新しいジェット戦闘機なんです」

「はあ」

「従来のピストン・エンジンの飛行機と、大分構造のちがうものでしてね。スピードは音速に近いんですよ。世界の実用機が、音速の壁を破るのは、もう時間の問題ですね」

加茂井博士は、上等の模型飛行機を見せてもらった子供のように満足そうな顔をした。

「はあ」

大造は、相槌を打つよりほかに仕方がない。

二人の間では、それから、上海の思い出話に花が咲いた。かりそめの軍隊生活を送った異国の町ではあるが、ガーデン・ブリッジとか、虹口《ホンキユウ》とか、黄浦江《こうほこう》とかいう地名は、それを口にしているだけでも、二人に共通の、あるなつかしさがあった。

大造は、このえらい飛行機の博士が、とっついてみると、別に迷惑そうな顔もせず、自分と同じように、彼の地の食い物の話や女の話や、軍隊での失敗話を、楽しげに話すのに、たいへん親近感を覚え、頼りになる人だという風に思った。

だが、加茂井元中尉の話は、何かのきっかけがあると、すぐ飛行機のことに戻って行った。

「軍人というものは、どこの国の軍人でもまあ、似たようなものですが、私たち学問の世界は、割に国境の無い世界でしてね。私たちの畑から見ていると、こういう状態は、そう永つづきはしませんよ」

「こういう状態ちゅうと？」

「私の商売の方から言うと、日本人の手で、日本人の作った飛行機を飛ばす時代が、また来るだろうということです。それも、そう遠くない将来にね」

「はあ、そうですかいな。そうすると、帝国陸海軍の復活なぞも、案外早いちゅう……」

「帝国陸海軍は、どうですかなあ。横田兵曹は、軍人精神がまだ横溢《おういつ》しとるね」

加茂井博士は笑った。

「それだって、占領時代が終れば、復活するかも知れませんが、戦争はもう真ッ平でしょう。それより、これからは必ず、飛行機の世界が来ますから、日本人が日本の飛行機で、自由に楽に空の旅が出来るようになった時、あんまり占領ボケになっていないために、百姓しながらでも、飛行機を眺めていた方がいいと思ってね」

電車の連結器の上に、しがみついて乗っかるのがやっとという時世に、とんでもない夢を見ている人がいるものだと、大造は感服した。

「それに、ものは考えようですよ」

加茂井博士は言った。

「進駐軍というのは目下絶対の権力で、その兵隊が栄養の足りた顔をして、町を歩いていれば、お互いさま、いい気がしないのは当然ですが、あなただって、アメリカから、学ぶべきものが何も無いとは思わないでしょう？」

「そら、まあ、そうですわ。今にへたばりよるやろ思てたら、けったくそ悪いほどの実力見せよりましたよってんなあ」

大造は、敗戦後、黄浦江を文字通り埋めつくして、どこまでも蜿々《えんえん》とつらなっていたアメリカ海軍艦艇の、あの一大観艦式のような行列を、眼にうかべていた。

「こら、負けたのがあたりまえや」

彼は、その時思ったものである。

「まるきり、キング・コングみたいな物量やないか」

久しぶりに、黄浦江に連絡用のランチで出て、あっけに取られて眼を見張っている彼に、一艘《そう》の駆逐艦の上から、コックみたいな白い帽子をかぶったアメリカ水兵が、ウインクをして見せた。

大造は、川に唾を吐いた――。

「いいえ。物量という意味ばかりじゃなくて」

加茂井博士はつづけた。

「ものは考えようというのはね、もしアメリカから学ぶべきものがあるとしたら、今、何十万人という各種各様のアメリカ人が、手弁当、旅費向う持ちで、日本へ出張して来ているんですよ。これを利用しないのは、損得という点から見ても、損じゃないですか？」

「…………」

「あなただって、同じ金儲けにしても、皇室の写真を売り歩くより、せっかくドルを使いたがっている人間が大勢いるんだから、ちと、ドル入りの財布でも、ねらってみたらどうですかね？」

加茂井博士は大造に、まるですりをすすめるようなことを言った。

こういうことを言われれば、相手によっては、

「節操の無いこと言う人や」

と、気を悪くしたかも知れないのだが、この、古武士のような風姿を持った飛行機の博士から聞かされた言葉なので、ちっともそんな気がしないばかりでなく、たいへん理詰めの、筋の通った話を聞くような感じがした。

「アメリカさんのふところへ飛びこんで、一セントでも余計に、ドルかせぐんか。なるほど、そら、悪ないかも知らん。その分だけ、日本の得になることやよってんな」

彼は自分流に思った。

もともと、大阪人の彼には、損得ずくの合理的な話は、通りがよいのであって、それに彼は、必ずしも、加茂井博士の言うような、コンプレックスの持主ではなかった。アメリカ人に追従するにしても反撥するにしても、その場合インテリの示すコンプレックスと、それは少しちがっていた。

しかし、どうやってドルの財布のしまってあるふところへ飛びこんで行くのか、そこまでは大造も、その場で考え及ばなかったが、皇室御写真売りで一からやり直しという考えに取りつかれていた彼は、何かふと、眼のうろこが取れたような思いがした。

やがて、加茂井博士の家族が、鍬《くわ》をかついで畑から帰って来た。

手拭を頭にまいたもんぺ姿の奥さんと、中学一年くらいの男の子と、亜紀子よりは三つ四つ年上かと思われる小さな女の子とであった。

奥さんに挨拶をしてから、彼は辞去することにした。

「卵があるから、お嬢さんに持っていらっしゃい。さっきは嘘を言った」

加茂井博士はそう言って、地卵を十ほど、彼のリュクサックのポケットに入れてくれた。

第二章

ぎょっと娘

それから三年の歳月が過ぎた。

昭和二十四年――。

町には外食券食堂とカストリ焼酎が氾濫し、食べ物も衣料も住宅も、すべてがまだ不足勝ちであった。

下山事件や三鷹事件のような、血なまぐさい不可解な事件が相ついで起り、新聞には、「マ元帥」という活字があらわれぬ日はないほど、進駐軍オールマイティの占領下であることも、変りはなかった。

人々の暮しは、それでも、少しずつ変って行きつつあった。ほんの僅かだが、前途に明るいものが見え始めている感じであった。

この年の夏、アメリカのロスアンゼルスで開かれた、全米水上選手権大会には、日本チームの参加が認められ、千五百メートル自由型予選で、古橋選手が18分19秒0という世界新記録を打ち立てた。

「世界新記録が出た模様であります。果して18分19秒を切ったか。二着、ジャック・スパルゴとの差は、実に百七十乃至《ないし》百八十メートル。古橋、驚異的な世界新記録を樹立した模様であります」

海の向うからの、ラジオのアナウンサーの声も、何か、もう日本人が、占領ボケの虚脱状態から立ち上っていい時が来たと、そう叫んでいるようであった。

新聞は、広島に原子爆弾が落ちた時よりよっぽど大きな扱いをし、人々は驚喜してこのニュースを迎えた。一水泳選手の新記録を、国をあげて、これだけ、いじらしいほど騒ぎ立てた国民は、ほかにあんまりいなかったかも知れない。

「ベルリン・オリンピックの時、半島出身の選手が、マラソンで一位に入賞したら、朝鮮人が急に肩をいからせて歩き出した時の感じと、よく似てるよ。スポーツで新記録を出したからって、日本人が急に自信を取り戻したような気持になるのは、それこそ占領ボケだよ」

と評する人もあったが、戦争に完敗し、四年間進駐軍に頭を抑えられつづけて来て、日本のことは、何も彼ももう駄目だと思いこむ傾向のあった人々の心に、この「フジヤマのトビウオ」が出した世界新記録が、一抹の爽かな風を吹き通したことは、事実であった。

九月には、東京大阪間に、戦後初めての特急「へいわ」が走り出した。

戦争中に「富士」と「さくら」が姿を消して以来、日本人は長い間、座席指定制の快適な特急列車の旅の味など、忘れていた。汽車というものは、リユクサックを背負って、デッキのステップにかじりつくものだと思っていた。

大時代なオープン・デッキの展望車を連結し、大阪まで九時間がかり、大正年代に逆戻りしたような特急ではあったが、公式試運転の日には、高名な漫談家や女優が招待されて、車内でラジオの放談会を開くという騒ぎようであった。

「ふうん、なるほどなあ」

横田大造は、一種の触角をうごめかせながら、こういうニュースを聞いていた。人々が、いったい何を求めているかが分るような気がする。彼は、今ではもう、娘に闇の豚饅頭一つ買って帰ってやれないような、貧乏な皇室御写真売りではなかった。

この三年間に、大造の変身ぶりは、目ざましいものがあった。

もともと四角い、将棋の駒のような身体つきにも、中年らしい落ちつきが出来、ちかごろは、木炭バスや薪バスを尻目に見て、ガソリンをたっぷり入れた三万台ナムバーの乗用車を乗り廻している。

胸にはパーカーの万年筆をさし、ポケットにはロンソンのライターをしのばせ、人から、

「成金趣味だ」

とか、

「子供っぽい」

とか言われるのも、平気であった。

人の持てない物を持ち、人の出来ないことが出来るようになったのが、子供のように嬉しいと同時に、大造は、何かもっと新しい、もっと人の出来ないようなことをやってみたいという意欲を、しきりに感じていた。

その話はしかし、追々書くとして、彼の一人娘の亜紀子が、もう小学校の三年生に成長していた。

いつまでたっても大阪弁の抜けない父親とちがい、亜紀子はすっかり東京言葉の、東京の小娘になり、

「お父ちゃん、早よ大阪へ帰ろう」

などとは、もう言わなくなっていたし、大造の前で、死んだ母親のことを口にしたことも、ついぞ無かった。

家には、彼の亡妻つねの写真が、額に入れて残してあった。この小娘が、どの程度母親のことを忘れてしまったのか、乃至は忘れられぬまま、かえって子供なりにじっと我慢して口に出せないでいるのか、そのへんのところを、大造はいつも計りかねていたが、かつての、栄養不良のちぐはぐな身体つきは、食べ物が当時の普通の家庭以上によくなったせいで、見ちがえるようにのびのびして来、亜紀子は目鼻立ちもよく整って、背の高い美しい娘に成人しそうで、大造はさすがに、ガソリン自動車より、パーカーの万年

筆より、この一人娘のことは楽しみにしていた。

ただ、渋谷に新しく買った三十坪ばかりの家で、一日中婆ァやと二人暮しのせいか、亜紀子はいつも一人で何か色々考えているらしく、人形を相手に独り言をしゃべったり、それに、突然ぎょっとするようなことを言って、父親の大造を驚かせることがあった。

「ぎょっとちゃん」というのが、大造の、娘に対する愛称になっていた。

「亜紀子、きょうはいっしょにお風呂へ入ろうか」

いつも夜のおそい大造が、珍らしく夕刻家に帰って来て、娘を風呂で洗ってやったことがある。

「お人形もいっしょに入れてやっていい？」

「ええとも」

亜紀子は喜んで、小さな白い素裸になって、アメリカ製の大きな人形を抱いて風呂へ入って来たが、いい匂いのするパームオリーブの石鹼で手足を洗ってもらいながら、ちらちら父親の一物を盗み見ていたと思うと、ふと、

「ねえ、お父ちゃん。女の人は、男の人より進歩してるね」

そんなことを言い出した。

「なんでや？」

「だって、お猿のしっぽみたいな、要らないものが段々無くなって、動物から人間に進歩したんでしょう？」

進化論のはしくれか何かを、学校で教わって来たらしい。

「男の人は、オシッコするのに、余計なものがついてるけど、女は無くなってるもの」

「アッハハハ。そら、ちがう」

「どうしてさ?」

「男はな、オシッコする時、ここと狙《ねろ》うて飛ばしたること出来《でけ》るけど、女はそう行かへんやろが。進歩やないで。ただ、男と女とかっこがちがうだけや」

大造は笑ってごまかしたが、そんなのはまだ、御愛嬌のうちであった。

ある時、亜紀子は急に、大造の持って帰って来るアメリカ製のチョコレートやマシマロや沓下《くつした》やおもちゃの類を、喜ばなくなった。

「欲しくないもん」

そう言って、手にしようとしないのである。

今、進駐軍相手のキャバレー「ミシシッピー」の経営者である大造は、米軍物資に関しては相当自由がきき、亜紀子の体格がしっかりして来たのも、多分にそのせいがあったし、これまでは、朝枕もとに、彼の置いておいてやるチョコレートや人形をみつけて、

「わあ、すごい」

と、至極あたりまえな喜び方をしていたのであった。

「なんぞあったんか?」

彼は婆ァやに訊ねてみたが、婆ァやも、

「さあ……」

と、首をかしげるだけであった。

大きな詰め合せのビスケットの罐《かん》を持って帰った晩、大造はなるべくやさしく、直接亜紀子に訊いた。

「ビスケット、好きやろ？　うん？　何で食べへん？」

亜紀子は、大きな眼をして黙っていた。

「言うてごらん。何があったんや？　叱れへんよってに、言うてごらん」

「お父ちゃん、ずっと前に」

亜紀子は言った。

「よく、アメリカ人、けったくそ悪いって言ってたでしょ？」

「………」

「このごろ、言わなくなったね」

大造は苦笑した。

進駐軍の兵隊とたくさん接触するようになって、加茂井博士に言われた通り、アメリカ人から学ぶべきものがいくらもあることを、大造は感じるようになっていたが、そうかといって、けったくその悪いことが無くなったわけではなく、彼は権力の前にペコペコして卑屈に甘い汁を吸おうというような気は無かった。しかし、商売柄、皇室御写真売りのころのようにけったくそ悪がってばかりはいられなくなっていたのも事実である。

「なんや、それで、アメリカのもん食べるの、いやになったんか？　誰ど、妙な入れ知恵した先生でもおるんやないか？」

「ちがう」

と、娘は首を振った。

「そんなら、何でや？」

問いつめると、亜紀子は急に泣き出した。

「学校で……、学校で」

亜紀子は、泣きながら答えた。

「学校で、どないした？」

「みんなが、横田さんのお父さんは、パンパン屋の親分だって言うんだもの」

「何やと？」

大造は、小さな娘の前で、思わず力みかえった。

「パンパン屋の親分やと？　誰がそんなアホなこと言いくさった。そんなこと言う奴がおるんやったら、お父ちゃんが学校へ、掛け合いに行ったるぞ。だいたい、亜紀子は、パンパン屋て、何や分ってるのんか？」

「分らないけど、いやだもん、いやだもん」

小娘は泣きつづけた。

「いやに決ってるがな。ようし、見とれ」

実際大造は、GIたちから女の取り持ちを強引に頼まれることは間々あっても、決して米軍相手の売春業を営む気は無かったのである。彼は、腹が立つと同時に、学校でそんなことを言われている亜紀子が、可哀そうでたまらなくなった。

「よし、今に見とれ。今の商売かて、誰に恥しいこともない商売やが、今にお父ちゃんが、横田さんのお父さんは偉い人や、立派な仕事しやはった。そう言われるような仕事始めてみせたるよってんな。今に見とれ。泣かんでええ。誰が何言いよったかて、平気な顔して、威張っとれ」

彼は半分自分に言い聞かせるように言い、そして本気でそう思った。

だが、「ぎょっとちゃん」が大造をほんとに、ぎょっとさせるようなことを言った例は、まだあった。

それは、「パンパン屋の親分」の問題も、父と娘と両方の心の中で、どうやら平静にかえり、亜紀子も元通り、父親の持って来るチョコレートやボンボンを、喜んで食べるようになって一と月ほどした、ある夜ふけのことであった。

大造は、いったいあまり酒のいけない性であったが、その晩は少し酔って帰って来た。

平素は婆ァやまかせで、娘の身辺の世話などはあまり焼いてやらないのだが、男親の常で、時々発作的に猫可愛がりに可愛がり出すことがある。飲めない酒を飲んで帰って来た時に、殊にその傾向があった。

「今夜はひとつ、亜紀子を抱いて寝たろ」

「まあ、旦那様。いつもお利口に一人でおやすみになる癖がついてますのに」

婆ァやが言うのも構わず、大造は自分の寝室から夜具を引いて来させ、亜紀子に腕をかけて、いい機嫌で、その寝顔を眺めながら、調子はずれの子守唄などを歌い出した。

ふと、小娘は寝床の中で眼を開いた。

「なんや、眼がさめたんか？」

夜半の二時少し前であった。亜紀子は、それには返事をせず、一人前の女のように、

「いや。あっちへ行って」

と、きつく父親を拒否した。

「えらそうに言いな、こら」

大造は娘の額を指でちょっと突っついた。

「今晩は、お父ちゃんが抱いて寝たる。久しぶりやないか、え？」

「いや」

亜紀子は、顔をしかめた。

「何がいやや？」

「だって」

娘はちょっと言い澱《よど》んでから、

「お父ちゃん、くさい」

そう言った。

「そうか。お酒の匂いがするんか？　お父ちゃん、今夜、少々酔っ払うたよってんな」

大造はそう言ってから、ふと、娘の真剣な表情に気がついた。

「おい。お酒の匂いやないのんか？」

「………」

「そんなら、何がくさいんや？」

「………」

「言うてごらん、これ」

「だって、よその小母ちゃんの匂いがするもん」

亜紀子はそう言うなり、ふっと、蒲団に顔を埋めてしまったのである。

ユリさん

自分の娘から、こんなことを言われては、父親たるもの、狼狽せざるを得ない。

「何言うてる。お父ちゃんの店にはな、きれいなお姉ちゃんが、たくさん働いてるやろが。その匂いが移るんや。くさいことあれへん。香水や白粉《おしろい》のええ匂いやろ？」

あわててそう取りつくろってみても、亜紀子は返事をしなかった。

事実がそうでないことを、この小学校三年の小娘は、本能的に嗅《か》ぎつけているように思われた。

「ええわい。そんならお父ちゃんは、いつもの通り、お父ちゃんの部屋で寝るわ」

大造はやがて、ふくれっ面をして、亜紀子の寝室から引揚げたが、酔いも急に醒め、眠られぬまま、

「あいつ、ほんまにぎょっと娘やなあ」

と、少し考えこんだ。

さきほどまで、アパートの一室で、大造を喜ばせ、うっとりさせ、ぐったりさせてい
た「よその小母ちゃん」の、よくしまった若々しい肌が、彼の脳裏に白くちらついてい
たが、その映像は、亜紀子の一と言で、すっかり混線状態になった。

「やっぱり、死んだ母親のことが、頭にあるんやろか？」

「父親が、よその女とねんごろになるのを、本能的に勘づいて、嫌悪しよるんやろか？」

「そうとしたら、赤ンぼみたいに思てても、うかつなことしたり、うかつに話切り出したりは出来《でけ》へんわい」

「こら、よっぽど考えなおさな、いかんかも知らん」

――「よその小母ちゃん」の名は、島内みち代と言って、実は以前、大造の経営する進駐軍相手のキャバレー「ミシシッピー」で働いていたダンサーであった。

加茂井博士にふと眼を開かれてから三年、すっかりふところ具合もよくなった大造は、時に、店の女たちを見て、

「なにもこんなええ子を、黒ンぼの兵隊の相手させとかんでも」

と、食指の動く思いをすることもあったが、それまで決して、誰にも手を出したことは、無かった。

「商売もんに手つけたらあかん」

というのが、「ミシシッピー」の店訓で、そのためには、いざこざを起したマネージャーとナムバー・ワンの女の子とを、思い切って一緒に首にしたこともある。

四十男の発散すべきものは、彼はよそで発散していた。しかし、そういう発散の仕方は、いささか健康上のラジオ体操みたいなところがあった。

家へ帰って、亜紀子と二人きりの、変則的なやもめ暮しが、折々あきたらぬ淋しい思いを誘うことがある。

そんな時に、

「ダンサー募集」

の広告を見、働き口を求めて彼の前にあらわれて来たのが、島内みち代であった。

その時代、進駐軍相手のキャバレー勤めを志願して来る女性に、恵まれた境遇に在る者は一人もいなかったが、そうかと言って、皆が皆、流れ者の尻軽女ばかりでもなかったのである。

採用と決定した時から、大造は島内みち代の素人くさい美しさに、心を惹かれるものを感じていた。

素人っぽいといっても、色気が無いわけではない。

みち代は、いつも濡れたような色をした、形のいい唇と、強く握ったら溶けそうなしなやかなほそい指と、やさしい眼とを持っていた。

それは、充分に成熟した女の、身内から自然にあふれ出て来る色気であった。

それに、みち代は英語が出来た。

必ずしも流暢《りゅうちょう》な英語とは言えなかったが、当時流行の、

「ヘイ、ハバ、ハバね」

「ユー、シャラップ!」

などというパングリッシュとはちがって、戦前にきちんとした教育を受けた、キングス・イングリッシュのすじのものであった。

ユリという名で店へ出ると、みち代はすぐ、「ミシシッピー」の人気者になった。

「ミシシッピー」の客は、黒人の兵隊が多い。

彼らの眼からは、日本人の女は白人に近く見えるらしい。

本国では考えも及ばなかったような、白い女たちから、やさしい扱いをうけ、黒いアメリカ兵たちは有頂天になって、気前よくビールの瓶を並べ、ダンスのチケットを切った。

中でもみち代は、

「ユリさん」

「ユリさん」

と、引っ張り凧《だこ》で、自分たちが木の椅子に掛けても、みち代をソファに坐らせる、コートは掛けてやる、手の一つも握らせてもらう時は、恐る恐るという態度で、銀座のバアの酔客のような図々しいところは、あまりなかった。

言葉にしてからが、南部なまりの、

「ビール、もう一本おもらいしてえだが」

というようなのに対して、たどたどしいとは言え、みち代は、

「かしこまりました」

正統の英語で答えるという風である。

兵隊たちの眼には、むしろ彼女に対する讃嘆の色があった。

みち代のユリは、酔って嬌声をあげるようなことは無く、いつまで経っても素人くさの抜けない、一種物憂いような身のこなしで、それでも、勤めは勤めとして、誰彼なく異国の兵隊にやさしく接していた。

そこには、戦前に育った日本の女らしい、やや無性格な従順さが見られるようにも思われた。

「あんな風で、そのうちだまされて、黒い子供でも生まなええがな」

大造は、いくらか傍《おか》焼き半分で、そんなことを思って眺めていた。

彼が調べてみると、島内みち代の経歴は、
大正十三年大阪府豊能郡豊中町に生る。

小学校を了えてから東京に移り、東京府立第×高女卒業。

昭和十九年、二十一歳で、海軍大尉佐藤啓介と結婚。横須賀に新家庭を持つ。

愛情極めて細やか。近隣の評判になるくらい、夫によく尽した。

新婚生活二カ月半にして、夫の佐藤大尉は出征。巡洋艦那智乗組、比島方面海域にて戦死。

昭和二十年、婚家、実家とも戦災にあう。

敗戦後、佐藤籍を抜き、実家の島内家に帰る。

——右のようなものであった。

「ほう。大阪の生れか。そいで、死んだ主人は、海軍士官やったんか」

大造はみち代の経歴を眺めてそう思い、亡き海軍大尉佐藤某に、いささかねたましい感じを持った。

それでも彼は、

「商売もんには手ェつけん」

という掟を、自ら破る気はなく、自分の感情に自分で火をつけるようなことは、避けていたのである。

それが、十七も年下の、店の働き手であるこの戦争未亡人と、急に深い仲になってしまったのには、思わぬきっかけがあった。

ある時、みち代は不意に、

「社長さん、ずいぶんお世話になりましたけど、わたし、お店やめさせていただきます」

と、青ざめた顔をして、大造に言いに来たのである。

「なんでや？」

みち代は返事をしなかった。

「独立する気でもあるのんか？」

「いいえ。とても、そんなこと」

「あんたに、今やめられては、うちは困るが、勤めに何か不服があるんやったら、かくさずに言うてほしい。力になれることなら、なる」

「いいえ。不平は別にありません。生意気ですけど、わたし、社長さんのやり方、たいへん面白いと思っているんです」

「…………」

「将来きっと、何かもっと大きな仕事をなさる時が来るような気がします。その時、わたし困っていたら、また別のお仕事で、おそばに使っていただきたいわ」

みち代も、自分が気に入られていることは知っているようであった。

そして、大造のやり方には、彼女が言うように、確かに「面白い」ところがあった。こういう商売で、独立したり、鞍替《くらが》えしたりしてやめて行く女は、元の雇主と敵対関係になるのがふつうだった。

それは、その女についていた客が、女と共に他へ移ってしまうからであり、新しい商売仇《がたき》が出来ることだからである。

銀座、新宿あたりに、日本人相手のバアもぼつぼつあらわれ始め、古株の女たちの中には、「ミシシッピー」をやめて独立して行く者もちょいちょいあった。

大造はしかし、そういう女たちを、決して敵に廻さないことで、妙を得ていた。

「目先の損得にとらわれたらあかん。やめるもんが、喜んで去って行くようにしてやれ。そしたら将来、『ミシシッピー』の横田大造のとこから巣立ったんや言うて、眼に見えんかたちで、大きいに、それが返って来る時があるわ」

そう言って、よほどの裏切り行為でも無いかぎり、退職者には、出来るだけの厚い手当をして助けてやっていた。

それは彼が、心中、いつまで存続するか不安のある米軍専用キャバレーの主人で、ドルかせぎだけして安閑とおさまっている気がなかったからでもある。

大造は、もしみち代が、何か独立する道でも見出したのだとすれば、個人的な感情からも、しっかりしたことをして別れさせたい気になっていた。

「しかし、不平も別に無い、独立するのともちがう言うたら、なんでやめる気になったんや。余計なお節介やくようやけど、客のアメリカ兵と、一時のあれで何したら、ややこしいことになるし、よう考えなあかんで」

「そんなんじゃ、ないんです」

「そんなんやなかったら、あんた、第一、やめて食べて行かれへんやろが」

彼の口調には、つい、ありきたりの心配以上の未練気がにじみ出た。

「皇室の御写真売りっていうわけにもいかないけど」

と、みち代は微笑した。

「かつぎ屋してでも、生きて行くぐらいのことは出来ると思います。わたしのような女には、その方が向いてるんじゃないか知ら」

島内みち代は、控え目な性質ではあったが、こういうことを言って、男の保護本能を刺激するところは、やっぱり女性の自然に身につけた手練手管というものであったかも知れない。

「そら、あかん。そんなことは、あんたにはあかんわ」

大造は思わず言った。

みち代の不服は、全く別のところにあった。

進駐軍専用のキャバレーは、当時、各米軍キャンプのスペシャル・サービス——娯楽施設課の監督下にあり、従業員たちに対して、月一回の検診があった。

指定の日に、トラックでキャンプに運ばれて、アメリカの軍医の診察を受けなくてはならないのである。

もっとも、日本の赤線女の検診とは少しちがって、内診はやらないのだが、米軍はどういうものか、皮膚病と、トレンチ・マウスと称する口内の病気に対して、ひどく神経質であった。

初めは、女たちの口の中と、上半身を検査するだけであったが、ある時から、下半身の皮膚病も診《み》ると、向うが言い出した。

不服を唱えてみても、

「ノー・アーギュメント（論議の余地無し）」の一点張りで、全然受けつけてくれない。

結局、「ミシシッピー」の女たちも、月に一回、ペンキ塗りのカマボコ兵舎の中で、パンティを下ろさされるはめになった。

オフ・デューティ（勤務外）の時には、たといオカチメンコのような女にでも、女とあれば至極鄭重《ていちょう》で、下にも置かぬ扱いをするくせに、一旦勤務上のこととなると、彼らの取扱いは相当乱暴で、それにぐずぐずされることをひどくきらった。

「ヘイ、ネクスト。ハリアップ」

もじもじしていたら、

「ピシッ」

と、尻を叩きつけられる。

キャバレーの女たちは、うわべは一応のドレスで飾っているが、未だ物資不足で、肌につけるものともなると、ナイロンの七色パンティなど、まるで夢の時代であった。

中には、古シーツを改造して、ゴム紐を二本通したような苦心の作をはいている女の子もいる。

「急げ」

と言われても、そういう代物が、さっさと脱げるものではない。

女たちは尻を叩かれ、

「キャッ、キャッ」

と悲鳴を挙げながら、ハムのような顔色をした白人の軍医の前で、次々下半身を露出していった。

島内みち代は、同輩たちのそうやって検診される有様を黙って見ていたが、自分の番が来た時、英語で、はっきり、

「わたしはいやです」

と、パンティを下ろすことを拒絶した。

軍医は唇を歪《ゆが》めた。

「ユリちゃん、そんなこと言ったって、仕方がないよ」

「見せるだけだもん。脱いじゃいなさいよ。何でもないよ」

仲間たちは、半分咎《とが》める口ぶりでそんな風に声援したが、みち代は、

「わたし、いやです」

もう一度そう言うなり、くるりと踵《くびす》を返してキャンプを飛び出してしまったのである。

叱言は、すぐマネージャーのところへ届いた。

そして彼女は、もう一度謝りに行って下着を脱ぐ決心をするか、それとも店をやめるかしか道は無いことになった——。

話を聞かされた大造は、

「困ったなあ」

と、ほんとに困ったような声を出した。

「別に侮辱的なことをするわけでもないいんやろ? 何とか我慢してみる気にはなれんかいな?」

「社長さんには悪いんですけど、わたし、アメリカ人の前で、それは、どうしても出来ません。どうかやめさせて下さい」

大造は、困ったと思う一方で、従順な、どちらかというと多少無性格な感じに見えていた此《こ》のみち代が、この問題でそれほど強い反対をしたことに、感心もしていた。

「しようないなあ」

〈アメリカ人の前で出来んと言うなら、日本人の前やったら出来るか?〉

彼はふと、品の悪い冗談を思いついたが、その冗談には本気の部分があっただけに、口には出せなかった。

島内みち代のユリは、結局「ミシシッピー」をやめた。

やめたとなると、大造の心には、急に火が燃えさかって来た。

「商売もんには手つけんちゅうたかて、相手がもう、商売もんやのうなったんよってんな」

彼は自分に理窟をつけて、強引にみち代の攻略にかかった。

朝行って会えなければ、昼行く、昼も駄目なら夜また行く。それでも留守なら、大森のみち代のアパートの前に車を駐《と》めて、運転手に見張りをさせながら、自分はうたた寝をして英気を養うという執心ぶりであった。

何しろ、キャンプには、モーター・プールにもユティリティ（施設部）にも、「ミシシッピー」の常連の兵隊たちがたくさんいるから、大造の車が入って行くと、

「パパさん、カム・オン」

片眼でウインクをして見せ、将校に内緒でガソリンは入れてくれる、大概の修理はやってくれる、「パパさん」なる者は、兵隊に妙に人気があって、機動力に事欠かないのである。

その機動力にもの言わせて、進駐軍用の砂糖を十ポンドも持ちこみ、

「みち代ちゃん、ぜんざい作って食わしてくれへんか」

そうかと思うと、

「どや、二人でおにぎり作って、ドライヴに行かへんか」

白米を一斗持ちこむという風であった。

「おにぎり作るって、何百人分作る気なの？　社長さんの持って来て下さる物ったら、いつでも実用的な物ばっかり、それも山ほどね」

と、みち代は笑うのだが、まんざらでもない顔つきであった。

そして、あまりの強引さに根負けしたか、ある日箱根のドライヴ先で、

「ひる間から、いや」

と言いながら、彼女はとうとう大造に身をまかせてしまったのである。

一旦肌を許すと、みち代は従順で、しかも、心身ともに、四十男を有頂天にさせるだけのものを持っていた。

特に心身の身の方、やわらかで、強く握ったら溶けそうなのは、彼女の手指だけではなく、佐藤大尉は、フィリッピンの海で死ぬ時、さぞ心残りだったろうと思われるほどであった。

斎藤茂吉の歌に、

「美しく若き夫婦《めおと》よこよひ寝ば人の此の世のよしと思はむ」

というのがあるが、大造は若者のように、此の人を得たことで人世に生き甲斐を感じ、みち代の身体から、仕事に対する活力を汲み取って来るような喜びを感じた。

思えば、女房のつねと別れて、高円寺の「あかし」の店から出征して以来、長いやもめ暮しをつづけて来たものであった。

店では、やめたユリと社長との関係は、すぐ、半公然の噂になった。

「ユリちゃんがやめたいきさつって、社長さんが仕組んだ芝居じゃないの」

と勘ぐる者もあり、

「あんな温順《おとな》しそうな子だったのに、夜のサービス振りったら、凄いんですってね」

と、見て来たような話をする者もおり、

「社長自身から、店訓を破っちゃ、困るじゃありませんか」

と、面と向って大造に言う者もあった。

しかし大造は、

「展覧会の絵かて、非売品ちゅうのがあるやないか。特別なんは、別にして大事にするもんや。例外の無い規則は無いわいな」

と澄まして答え、

「まあ、憎らしい」

と、叩かれたりして、にこにこ機嫌がよかった。

彼はしかし、みち代との間柄を、遊びに終らせる気は無かった。

みち代は、心身の心の方も、米軍の軍医の検診を拒否するぐらいあって、古風でしっかりしたところがあり、それで従順なのだから、亜紀子の二度目の母親に迎えても、うまく行くのではないかという気がしていた。

大造は、未だに大阪にほったらかしになっているつねの墓を、立派なものにして、一度その墓参に大阪へ行き、若い時苦労を共にした女房に断りを言って、そのころには店の噂も下火に、二人のほやほやの関係も落ちついて来るだろうから、そこで正式の披露をし、みち代を後妻に迎えることを考えていた。

ただ、問題は亜紀子だった。

たいていの事は、自分の思い通りに押し通してしまう大造であったが、この「ぎょっとちゃん」だけは、苦手である。

亜紀子が、新しいお母さんの来ることを納得し、お母さんと仲よく暮して行くようにするには、どんな風に仕向けたらよいものか。

あれこれ考えている矢先に、娘から、

「お父ちゃん、くさい」

と、一発コチンとやられてしまったのであった。

亜紀子は、一人娘だけあって、相当我《が》がつよい。

「ぎょっと」も、血を分けた親にならば、可愛い御愛嬌だが、新しく来た継母を、彼女が受け入れようとせず、時々身も蓋《ふた》も無いようなことを言ってびっくりさすようだと、果して母と子の間がうまく行くかどうか。

それくらいなら、表向きの家は家、みち代のところは、彼があてがった多摩川べりの新しいアパートで、別の住まいとして、二つの暮しをしていた方が無事かも知れない。

「何しろ、此《こ》の件は当分延期や。もうちょっと、機を見なあかん」

大造はそう思い返し、自分の再婚計画を、亜紀子の一言で、中止することにした。


美しい秋の日がつづいていた。

大造がみち代と出来て二カ月あまり、亜紀子との間にそんなことがあってから、十日ばかり後である。

戦争の傷手《いたで》からまだ充分に立ち直り切れぬ東京の町にも、花屋の店先や、郊外の家の庭に、菊の香りが流れる季節であった。

十一月三日は、「文化の日」――、文化の日というのは、分ったような分らないような、へんてこな祭日で、大造は昔流に「明治節」と呼んでいたが、

「そうや。この明治節には、いっぺん加茂井さんに来てもろて、食事でもしてもらおう。えらい御無沙汰してるよってんなあ」

そう思い立ち、加茂井博士から承諾の返事ももらっていた。

先ず「ミシシッピー」の店で、見学かたがた一杯飲んでもらって、それから場所を、多摩川べりのみち代のアパートへ移し、メリケン到来の珍酒佳肴《かこう》で、不遇の博士を大いにもてなそうという趣向であった。

大造は、加茂井博士にはずいぶん世話になったのである。

「皇室の写真なんか売って歩いているより」

と、復員ボケの眼をさまされただけでなく、彼が本気で、アメリカ人の脚元へ飛びこんで商売をするつもりを示しはじめると、加茂井秀俊は、自分で大造を、横浜のアメリカ第八軍司令部へ、ケンプ大佐という高級将校に引き合せに連れて行ってくれた。

ケンプ大佐は、ドイツ系のアメリカ人で、軍服を着てはいるが、もともとアメリカのトランス・コンチネンタル航空——TCAの技術重役であった。

占領軍の将校として日本へやって来ると、「金剛四型」の設計者、ドクター・カモイにどうしても会いたくて、大造と同様、ある日羽村の田舎の寓居《ぐうきょ》へ、ふらりと加茂井秀俊を訪ねて来たのだということである。

加茂井博士は、ジープが庭先にとまって、米陸軍の制服が下りて来るのを見ると、これはてっきり、戦争中アメリカ軍を悩ませた戦闘機の設計者として、自分が戦犯に指名されたのだと思い、首すじを撫でる思いで応対に出たが、相手は全く、尊敬すべき同学の先輩に対する親愛と謙遜の態度で、世界的な航空工学の権威が、百姓をして暮していることに、ひどく同情の色を示し、

「今、自分一個の力では、どうにもならないが、あなたが好きな道の研究を再開し、日本の飛行機が日本の空を飛ぶ日は、必ず来るだろう」

と励まし、新しいジェーンの航空年鑑など土産にくれて、

「お役に立てることがあったら、何でも、横浜の自分のオフィスへ来て、申しつけてほしい」

と言い残して帰って行った。

それを、加茂井博士は、自分の役には立てず、大造の仕事の一助にと紹介したのであった。

もっとも、加茂井博士としては、飛行機が作れず、飛べず、研究出来ずでは、何にもお役に立ってもらえることは無かったのかも知れない。アメリカ軍の知り人に、

「バターを少し都合してくれないか」

などと言いに行くような人ではなかった。

大造も加茂井博士も、まさか、

「ドル入りの財布をねらうつもりで」

とは言わなかったが、ケンプは大造の希望を聞いて、すぐテキパキ、係の者に再紹介してくれ、大造は此のアメリカ人の後おしが無かったら、神奈川県の東横沿線日高台に、現在のキャバレー「ミシシッピー」を、独占的に開業することは出来なかったかも知れないのである。

もっとも大造は、ケンプ大佐の御親切は御親切として、商売始めるとなると、みち代攻略に示したのと同様の強引さを示してみせた。

日高台には、黒人部隊のキャンプが出来ていた。

娯楽施設は当然必要とされたが、黒ンぼの兵隊というとこわがって、土地の者で誰も乗り出す者がなく、米軍側では困っていた。

「黒ンぼかて白ンぼかて、別に大して変りもないやろ。兵隊の気持やったら、こっちはよう知っとるわい」

大造は、耳よりな話として、自ら名のりをあげ、

「やってくれ」

「やりましょう」

ということになると、通訳を介して強引な条件をつけた。

「乱暴をしたり、金払わなんだりする兵隊がおったら、必ず公平に結着をつけて、泣き寝入りさせるようなことは、絶対ないと約束してもらえるか?」

「オーケー」

「進駐軍相手の商売ちゅうもんは、なん時相手が移動していなくなってしまうかも知らん不安がある。ついては、日高台には、私の方で、もうよろしいと言うまで、ほかの業者が店を出すことを許可しないでほしい」

独占禁止法が公布されている時だというのに、これもオーケーであった。

「オーケー言うたかて、口約束では、あんたが転勤で、アメリカへいんでしもたら、おしまいや。あんたから言うて、日本の警察に、その約束、一札入れさせてもらいたい」

仕方がない、これもオーケー。

のちに、ケンプ大佐は加茂井博士に、

「スペシャル・サービスの係の士官が、コンゴ・ファイターみたいな男が来たと言ってましたよ」

と言って笑ったそうである。

進駐軍の言うこととあれば、何でも御無理御尤《ごもっと》もの時代に、大造のようなのは、よっぽど珍らしかったにちがいない。


そうして、それから三年間に、大造の商売は大いに盛大を来たし、米軍のモーター・プールでただのガソリンを入れさせて、三万台ナムバーの乗用車を乗りまわせる御身分になった。

彼は、加茂井博士のことは、決して忘れなかった。

それまでにも、何度か、まだ世間では不自由なビールを、たっぷり飲みに来てほしいと、博士に誘いをかけたことはあったが、加茂井博士の返事は、いつも決っていた。

「御発展の趣、喜んでおります。それに引きかえ、当方、御時世柄とは申せ、あひるよろしく、よたよた、地上で八百屋の真似事をして、その日その日を過ごしております。いつか好きな道に戻れる時も来るでしょうが、もう少し早いかと思っておりましたら、案外色々の困難があるようです。それまでは先ず世を忍ぶ身と存じ、時が来たら、大いに御馳走していただく事にして、今回は折角のお誘いながら、御遠慮を申し上げます。

なお、先年御紹介したケンプは、軍籍を離れ、過日アメリカへ帰りました。あなたによろしくと申しておりました」

という風な鄭重な断りの手紙が来るのが常であった。

大造は、加茂井博士のことが心にかかりながら、そういう風で、この一年半ほど無沙汰をつづけていたが、今度は彼が、

「公私とも御相談したき事も有之《これあり》」

と、金釘《かなくぎ》流で書き送ったのが効を奏したか、加茂井さんからは、意外にも、来てくれる由の返事があった。

大造は、今後自分が、さらに新しい仕事に進出して行くとしたら、どんな事を考えるべきか、加茂井博士の知恵を借りたいと思っていた。

むろん、成功したキャバレー「ミシシッピー」を博士に見せて、大いに自慢してみたいという子供っぽい気持もあったし、博士を御馳走して喜ばせたいとも思っていた。

それから、誰にもまだ、自分のものとして大っぴらに認めてもらっていない島内みち代を、それとなく加茂井博士に引合せて、認めておいてもらいたいという気持もあった。

自分だけが頼りで、みち代が完全な日蔭者としてアパート暮しをしているのが、彼は可哀そうだったのである。

「アンチョビーて何や?――キッパード・ヘリングて、なんど洒落たもんか思たら、ただのにしんやないか」

彼は、進駐軍用の罐詰類など、次々みち代のアパートへ持ちこみ、彼女に色々指図をしながら、十一月三日の来るのを、大いに楽しみにしていた。

吸がらビール

約束の十一月三日の日、横田大造は英国生地の背広を一着におよび、蝶《ちょう》ネクタイをしめ、ワイシャツのポケットには、新しいパーカーの万年筆をさし、大いに正装して、日高台で加茂井博士の到着を待っていた。

自慢の乗用車は、博士を迎えに、もう出してあった。

親身になって胸の内を語れる肉親友人に、あまり恵まれていない大造は、加茂井さんが来たら、きょうはあれも見せよう、これも話そうと、パテック・フィリップの腕時計など度々見ながら待っていたが、博士の着くより前に、その日、キャバレー「ミシシッピー」で、ちょっとしたトラブルが起った。

一人の男が、

「社長かマネージャーに会わせろ」

と言って、どなりこんで来たのである。

「新橋欅鮨《けやきずし》、志沢悦郎。知らんな、こんな人」

大造は名刺を見てそう言いながら、それでも自分で応対に出た。

「私、ここの経営者ですが、なんですやろ、御用件は？」

「なんですやろってね、私はね、あなた」

相手は、江戸ッ子風の職人といった感じの、痩せた精悍そうな男であったが、明らかに興奮していて、唇のへんを小きざみに震わせている。

大造は、ふと、みち代が以前男関係があって、何かその問題で文句を言いに来たのかと思った。

しかし、それは見当ちがいだった。

「あなたね、私はね、この年になるまで、吸がら入りのビールってものを見たのは、初めてですからね」

「ほう、ビールの瓶から煙草の吸がらが出ましたか？　そいで、それがうちの店と、何ど関係がありますか？」

「関係がありますかってね」

要するに、「ミシシッピー」の誰かが、欅鮨なる店へ、進駐軍用のビールを横流ししたのである。

横流しだけなら、バレなければ、お互い別に問題はないが、それがどうやら、兵隊たちの飲み残しを集めて、瓶に詰めなおしたものだったらしい。

伊藤と名乗っていたその男を求めて、尻を持ちこんで来てみると、そんな人間は「ミシシッピー」にはいないという。鮨屋の志沢が怒るのも、無理のないところであった。

「そうですか。そら、まあ、えらいすまん事でしたなあ」

大造は簡単にあやまった。

「あなたに分ってもらえりゃいいんですがね。店の信用はがた落ちだし、全くどうも、私はね……」

鮨屋の主人は、腹に据えかねて、しかし、黒人兵相手のキャバレーの経営者に文句を言いに来るからには、どんな凄い親分と対決することになるかと、緊張し、それだけ勢いこんでやって来たらしいのだが、出て来たのが、昔の仁丹の広告みたいに四角張った大阪弁の妙に愛嬌のある人物だったので、少し拍子抜けがし、気持も落ちついて来るようであった。

「しかしまあ、何ですなあ。人の乗っとらん電車が、急に走り出してみたりする世の中やよってに、ビールの中から吸がらぐらい出て来たかて、何も、そない驚かんでもええやないですか」

「そんな、あなた、無茶苦茶なことを言っちゃ困りますよ。それより、もしお宅の従業員の首実検をさせて下すったら、私は必ず伊藤という男をみつけ出してみせるんですがね」

鮨屋は言った。

「いや。折角ですが、自分とこの人間の不始末は、私の方で調べてよう処分します。それより」

大造は言った。

「あんた、その伊藤から、どんだけビール買うたん？」

「二ダースですよ」

「よう分りました。それでは、私があした中に、責任もって、ちゃんとしたビール二ダース、うちのトラックでそちらのお店へ届けさせます。それで、どうですやろ？」

「いやあ、そいつは」

鮨屋の主人は頭をかいた。

「何も、こっちだって闇のものをよく調べずに買った弱味があるんだし、話さえ分りゃあ、さっぱりするんで、社長さんにそんな風に言われちゃあ、困っちゃうんで」

「別に、困らんかてよろしが。うちは、きょう大事なお客さんがあるんで、まあ、そんなとこで堪忍しといておくなはれ」

大造に言われ、欅鮨の主人は、初めの勢いどこへやらという調子になって来、結局彼の申出を了承して、間もなく温順しく帰っていってしまった。

大造はあとで、

「江戸ッ子ちゅうたら、えらい人間が簡単なもんやなあ」

と、独り言を言った。

粗末な服を着た加茂井秀俊が、大造差廻しの大きな自動車で「ミシシッピー」へ着いたのは、この小事件があって間もなく、よく晴れた秋の日が暮れてからであった。

「ほほう」

日高台の畑の中、停電勝ちの世間を尻目に、不夜城のように灯りをちりばめているキャバレーは、その頃としては、加茂井博士の眼をまるくさせるに充分であった。

畑道には、「ミシシッピー」の席が空くのを待つ兵隊たちが、長い列をつくって待っていた。

「やあ、しばらく」

「いや、加茂井さん。ほんまによう来てくれはりましたなあ」

挨拶がすむと、加茂井博士は、

「驚いたね。しかし、人種偏見を持つわけじゃありませんが、ああやって、暗い中に、黒い兵隊がたくさん並んでいるのは、ちょっと薄気味悪いような気がしますが、何も面倒な問題は起りませんか？」

そう質問した。

「そら、初めに釘さしたありますねん。そやけど、それほどややこしい問題も起らしまへん。あの黒ンぼら、大事なお客さんやし、それに案外純情な、おもろい連中ですわ」

大造は答え、

「この間も、女の子と仲よう飲み過ぎて、帰隊時刻に遅れて、十五日間の重営倉食うた黒い兵隊が、女にしてもろた親指のマニキュアを、大事に大事にして、毎日眺めて我慢してた言うて、十五日ぶりに喜んで遊びに来よりました」

そんな話もして聞かせた。

店の中は、たくさんの黒い兵隊と、少数の白い兵隊と、そしてジャズの響きと、煙草の煙と、英語の話し声とで賑わっていた。

「とにかく、よくこれだけの商売を、あなたはやりとげましたねえ、横田さん」

加茂井博士は、ペンキ画のような、京の四季に舞妓姿を配した下手な壁画（?）にも、微笑を向けながら言った。

「こら、ガラスが高うて、窮余の策でこんなもん失業絵かきに描かせたんですが、案外人気がありますねん……」

大造は、加茂井さんを「ミシシッピー」の店内、連れて歩きながら話した。

「スペシャル・サービスの士官に、時々、学校出のぼんぼんみたいな、規則ずくめの若いのが来よると、日本のビールはいかん、日本の水も心配や、卵も衛生上疑問がある言うて、アメリカの罐詰ビールとコカ・コーラで商売せえ言い出しよる。兵隊がえらい反対しますわ。そんな、いつもくさるほど飲みつけとるもん、連中は飲みたいこと、あらへんのですわ。人間誰かて、自分の知らんもん、持ってえへんもんを、食べたり見たりして楽しみたいんですな」

「なるほど」

「まあ、これだけ繁昌してるのが、元はと言うたら、全部加茂井さんのおかげで、大けな口はきけませんけど、商法の法は、魔法の法ですな」

「はあ、商法の法は、魔法の法ですか。よく覚えときましょう」

加茂井博士は笑った。

「一たす一は二ちゅうような算術してたら、商売は駄目です。そやけど、魔法使うにも、目先の欲で小細工してたら、結局損やいうことが、段々分って来ます」

「ヘイ！　パパさん、ユア・フレンド？　ホワイト・ドンチュー・ジョイナス？」

大造に親愛の情を見せて、握手など求める兵隊がある。

「オーケー、オーケー」

大造は何でも英語は「オーケー」で、適当に酔っ払いのGIをあしらいながら、

「この人はマイ・フレンドや。しかしこのお方は、お前らアメリカの土百姓が、まともに口きいてもらえるような人やないんやで、世界で何人かちゅうような、飛行機の博士で、わしの恩人や。ユー・ノウ・コンゴ・ファイター。『金剛』ちゅう日本の戦闘機に悩まされたこと、あるやろが？　知っとるか？」

「おい、おい。つまらないことを言っちゃいけないよ」

加茂井秀俊は、あわてて大造を制したが、

「日本語で何言うたかて、分る奴おらへんです」

大造は、隅の方の空いたテーブルに加茂井博士を据え、女の子を二、三人呼んで、機嫌よく、さっきの欅鮨の吸がらビールの話などもして聞かせて、

「新橋や言うてました。今度一ぺん鮨食べに行って見ましょうか。必ずそら、下へも置

かんサービスしてくれまっせ。そういうもんですわ。吸がらの入ったビール流しよった奴は、大体見当ついてますねん。これは、あした呼びつけて、うんと油しぼってやって、ほんまやったら首にするとこやけど、自腹切ってビール二ダース弁償せえ、それで勘弁したる言うたら、まあ悪うは思わんやろね。それで、私の方は、一つも腹いためんと、もう、一生こっちのこと忘れんような鮨屋のおやじ、一人作ったようなもんですがな」

と、怪気焔をあげた。

もっとも彼は、飲み残しのビールを闇に流したバーテンダーを、あんまり強くとっちめられないようなことも、自身やっていないわけではなかった。

「ミシシッピー」のような、進駐軍専用の店で消費するビールは、米軍から出荷証明書を出してもらって、それを持って日本のビール会社へ買いに行くのである。

当時、税金抜き公定価格のビールと、町の、税こみ闇価格のビールとの間には、相当魅力のある値段の開きがあった。

大造の店のトラックは、東京都内のビール工場から、神奈川県日高台の「ミシシッピー」まで帰りつく間に、一カ所、妙なバラック様《よう》の板囲いの中で、休憩する癖があった。休憩後、トラックは、やや重量が軽くなる傾向がある。

それも魔法の一種にちがいなかったが「休憩中」のトラックが、MPにつかまって、大造は一度、「キャン」と言いたいほど、ひどい目にあったことがある。

「目先の欲で小細工してたら、結局損や」

と、彼が言うのは、そんな経験にこりたからだったが、それは加茂井秀俊には話さなかった。

「ところで、いつぞや御手紙に、八百屋をしてるて書いてありましたが、加茂井さんは、このごろ、何ど青果物の方の商売でもやってなさるんですか」

「いや、ほんとの八百屋じゃありませんがね」

加茂井博士は苦笑した。

「はあ？」

「つまり、日本の、空の関係者は、目下みんな失業状態で、食って行けなくて困っていますから、何とか力を併せて、知恵と技術とを出し合って、再起が出来る時まで食いつないで行こうというんで、よろず何でも引き受けの、へんな事業を始めたんです。商法の法は、魔法の法だというお説は、大いに参考にしますよ。何しろ、あひる商法ですからね、こちらは」

「へえ。そら、どういう商売やろな。一つゆっくり伺いたいですなあ」

大造はそう言って、腰を浮かせた。

「ところで、私は、あのジャズいうもん、ほんまは性に合わんのですわ。どうもここでは落ちつきまへんよってに、一つ席を変えて、むさいとこですが、お風呂にでも入ってもろて、今晩はゆっくり飲んでいただきましょうか」

彼は、加茂井博士を、多摩川べりのみち代のアパートに案内すべく、女の子に眼顔で、車の用意をさせにやった。

ノーベル賞

多摩川べりのアパートでは、その晩みち代が、念入りに化粧をし、賑やかに食卓をととのえて待っていた。

このアパートに客を迎えるのは初めてのことで、彼女は大造の気持も分っていたし、そのお客さまが、世界的に有名な学者だと聞かされているので、夕刻から少しそわそわしていた。

自動車のとまる音がし、

「おおい、お連れしたで」

と、機嫌のよさそうな大造の大声が聞えて来ると、みち代は小走りに玄関口へ出、伏目になって、深くお辞儀をしながら加茂井博士を迎え入れた。

「さあ、加茂井さん、ひとつお楽に。——浴衣とどてら一枚出して上げんかいな」

大造はそう言って、自分も、もう窮屈な恰好はしてられないというように、上着から蝶ネクタイからズボンまで、むしり取るように取って、どてら姿になってしまった。

「はいはい」

「はい、只今」

みち代は、よく訓練された高級旅館の女中のように、大造の衣服の始末をしながら、まめまめしく立ち働いた。

「これ、私の家内がわりの人間ですねん。よろしいお願いしますわ」

紹介されて、みち代は、あらためて畳に三つ指を突いて挨拶をした。

加茂井博士は、みち代の、女性ホルモンがしっとり行きわたったような美しい姿態に、ちょっと眼を見張るようであった。きょうは、大造にびっくりさせられることばかりである。

「やってるとは聞いていたが、横田兵曹なかなかやるなあ」

と思わざるを得ない。

もっとも、みち代以上に加茂井さんの眼を見張らせたのは、食卓の上の御馳走と酒であった。

アンチョビーや、黒光りに光るキャビヤや、やわらかそうな紅の色をした燻製の鮭や、新鮮な野菜にかこまれて、ジョニー・ウォーカーの黒と、いぶし瓶のブランデーが二本並んでいるのである。

「これはどうも、たいへんな御馳走ですな」

加茂井博士は、さすがに嬉しそうな顔をした。

兵隊どもに人気のある「パパさん」としては、ＰＸで三ドル足らずのジョニー・ウォーカーを手に入れて来るのは、それほど難しい業ではなかったが、それでも当時としては、文字通りの御馳走であり、加茂井さんが喜んでくれれば、大造としても得意で、且つ嬉しいのである。

「まあ、よかったら、まず一と風呂浴びてもろて。私も、あとから御無礼しますよってに」

と、それから二人、湯であったまって、さっぱりしたところで、酒盛りになった。

加茂井博士は、スコッチを水で割って、さも美味《うま》そうに、ちびちび、眼を細めて飲んでいた。

「加茂井さんは、相当いける口らしいですなあ」

自分があまり飲めない大造は、相手の飲みっぷりを見ながら言った。

「好きな方ですね」

加茂井さんは答えた。

「ロール・アウトと言って、自分の手がけた飛行機が、工場の格納庫の中から初めて陽光の下に曳き出された時とか、試験飛行に成功して、期待通りの性能を発揮した時とか、そういう晩に飲む酒の味はまた格別でしたが、すべて、昔のことになりました」

「しかし、加茂井さん。酒飲みちゅうもんは、よう注意せんと、人にだまされることがある。気イつけなあきまへんな」

大造は言った。

「人に酒を御馳走しながら、御説教は恐れ入りました。あなた、飲ませて私をだます気ですか?」

加茂井さんは、もう頰のあたり、わずかにいい色に染めて、おかしそうに笑った。

「いや、加茂井さんをだます気はないけど、ああいう店始めるについては、実は大分人もだましたよってに……。それがみな酒飲みですがな」

「横田さん、あんた、まさかケンプをだましたんじゃないでしょうね？」

「ケンプ大佐はだませんわ。あら、酒に不自由しとらんもん。だましたのは、銀行屋さんや金融筋です」

大造が三年前、「ミシシッピー」を開店するにあたっては、大阪で土地を処分して来た虎の子では、資金が不足であった。

彼は、昔高円寺の「あかし」をやっていたころ、生命保険の代理店を兼ねていたつてで、何軒かの金融機関の知り人を訪ねて行った。相手は、海亀みたいな酒好きに限ってあった。

「金貸してくれたら、現物配当の利息として、あんたの晩酌のビール、毎晩最低一本だけ、返済まで確実に保証するけど、どうですやろ？」

そのころ、金があることと酒が手に入るということとは、必ずしもイクォールで結びつかなかった。

そういう条件を出されると、金に自由のきく海亀どもはたいてい、

「ほんとかね？」

と言いながらも、舌なめずりをして、ころりと参ってしまうのであった。

ただ大造の感心なところは、「だました」海亀どもに、その後三年以上、約束通り、きちんきちんと、晩酌用のビールを届けていることだった。

みち代は、そんな話を面白おかしくしゃべっている大造と、スコッチ・ウイスキーに眼を細めている加茂井博士とを、代る代る眺めながら、時々おちょぼ口をしていっしょに笑っていた。

客の小皿や酒のコップが空になったのに、気がつきすぎるくらいよく気がつく点を除けば、水商売をしていた女らしい影はどこにもなく、それは立派な世話女房の姿であった。

彼女が席をはずした時、

「実は、あの女、後添《のちぞ》いにもろてもええと私は思うてるんですが、なにぶんうちに、ぎょっと娘ちゅう娘がおるもんで……。いつかお眼にかかったお宅のお嬢ちゃんより、ちょっと小さかったか思いますが、これがほんまにぎょっとちゃんで……」

と、大造は身辺の苦衷を、「お父ちゃん、くさい」と言われた話だけ抜いて、加茂井さんに訴えて聞かせた。

しかし、飛行機の博士は、こういう相談は苦手らしかった。

しばらくウイスキーの手を休めて考えていたが、

「そういうことはまあ、いわゆる機の熟すのを待つのがいいんじゃないですか?」

と言った。

「そら、私もそう思うてますが」

「ゴルフだって、大切なのはバランスとタイミングですよ。もっとも、絶えて久しくゴルフなんぞしたことはありませんが、飛行機を飛ばすのだって、バランスとタイミング。これもやっぱり、久しく飛ばしてないが、まあそのうち、そのうちと思って、タイミングをはかって、私の方は八百屋商売やっているわけで……」

と、加茂井さんは話をそらしてしまった。

加茂井工学博士は、目下、逓信科学懇話会理事と、飯塚興業専務という二つの肩書を持っている。

逓信科学懇話会というのは、日本の航空工学関係の学者の、ひそかな研究並びに情報交換の機関であった。

何しろ、東大の航空工学科が、応用数学科という名で世を忍んでいた時代である。とても空にちなんだ会名をつけて、大っぴらに飛行機のことを勉強することは出来なかったが、この逓信科学懇話会には、「金剛」の加茂井博士をはじめ、海軍の四式飛行艇の設計者宮崎博士、陸軍の快速戦闘機「嵐《あらし》」の設計者小田博士、敗戦間ぎわに日本で最初のジェット機「銀流」を飛ばせた小見山博士など、戦前から戦争中にかけて、日本の航空界を世界一流のところまで育て上げたその道の俊英たちが、雲の如く集っていた。

もっとも、いくら雲の如く集っても、博士たちは霞を食って生きるわけにはいかないので、みんな生活には困っている。可変ピッチ・プロペラという飛行機用プロペラをモーター・ボートにつける実験をしてみたりして、わずかにうさを晴らしている人もあった。

一方、飯塚興業の方は、設計屋からテスト・パイロットから整備士まで、あらゆる日本の飛行機関係者の集った事業団体であった。

別に飯塚さんという社長がいるわけではない。

「いつかは飛んでみせる」という冗談から出た名称である。

とにかく、空の関係者は、みんな失職していた。

救援を求めたり、相談に来たりするその人々を、加茂井博士が主唱して、みんな受入れ、とにかく食いつないで行くために、それぞれの技術を生かして、何でも引受ける――博士のいう八百屋を始めたのが、すなわち飯塚興業であった。

空に関する一切を禁止されて四年、このまま関係者がちりぢりになってしまったら、日本の航空界は、占領軍によってつぶされるだけでなく、自ら崩壊して、再び起ち上れる時は来ないだろう、今のうちに志のある者があつまって、いっしょに土方でも百姓でもして、時の到るまで、技術と友情とを温存しようというのが、加茂井博士の考えであった。

だが、素人の商法だから、失敗もよくやった。

昔の軍用飛行場を開墾して、じゃがいもの栽培をやろうということになり、北海道から種いもを買いつけたのが、途中の県境で証明書なしでは通れない仕儀となり、

「よし。強行突破をやれ」

特攻機よろしく、うまく突破して運びこんだのはいいが、飛行場の土地は水はけがよすぎて、そら豆ぐらいのいもしか実らず、

「これじゃ、種いものまま食った方がよかった」

と、一同を嘆かせたこともある。

静岡のみかんが今安いというので、買いすぎて、売りさばきにもたもたしている間に全部くさらせてしまい、紀国屋文左衛門になりそこなったこともあった。

しかし、焼け跡の整備とか、焼けたトラックを集めて一台分くらい動く奴をでっち上げる仕事とか、米軍飛行場の中の建設作業とかいうことになると、みんな勘がよく、それに骨惜しみをしないので、大概うまくいった。

それでも、いつもそううまい仕事がみつかるわけではないので、飯塚興業の事務所では、かつての日本の空のエキスパートたちが、毎日、三十人も四十人も、ニコヨンよろしくぶらぶらしている。

「そうですか。八百屋ちゅうのは、そういうことでしたか」

「そうなんです。苦しまぎれの商売です。だけど私は、日本人があんまり自信を喪失し

ているのは、見てていやなんですよ」

加茂井博士は言った。

「世界一の民族だなんて、戦争中のように思い上るのは滑稽ですが、マッカーサーに言われて、四等国民だなぞと、自分まで卑下することはありませんよ。われわれには、もう少しいいところも、しっかりした能力もありますから」

「そら、そうですとも。そら、そうですとも。まあ、飲んで下さい」

大造は、大いに賛成の意を表した。

「そうそう。さっき話そうと思って忘れてたんですが、あなたのお店へ伺う前に、夕方新聞社へ寄って聞いたんですが」

と、加茂井博士は、何か急に思い出したように言った。

「日本の物理学者で、湯川秀樹博士という人に、ノーベル賞が決定したそうですよ。あした の新聞に、大きく出るでしょう」

「へえ」

「これは、日本人で最初のノーベル賞受賞ですね」

「そらまた、どんな発明をしやはったんかいな?」

「発明というか、原子の構造の問題で、重大な予言みたいなことをした業績が認められたんです」

「そうすると、原子爆弾に、なんど関係がある……?」

「ええ。あると言えばありますが、もっと純粋に学理的な問題ですがね」

「へえ。しかし、そら、とにかくえらいこっちゃなあ」

大造は、すっかり感心したように言った。

彼はそれから、

「日本人も、もうそろそろ、闇商売やら、進駐軍相手の商売ばかり考えてる時やないような気が、私も常々してて、なんど、もう一つ進んで、人のためになるような事業やってみたい思うてますが、加茂井さん、また知恵を貸してくれまへんか」

と、湯川ノーベル賞に触発されたような相談を持ちかけた。

「さあ……。私自身がもたもたしてるんだから」

加茂井さんはそう言いながらも、あれやこれや、大造の話の相手になり、自分の意見なども色々述べてその晩おそく、久しぶりのジョニー・ウォーカーとブランデーで、すっかりいい御機嫌で帰って行った。

温泉行

みち代は、加茂井博士が客に来てくれたその日のことが、印象深く、なかなか忘れられないようであった。

大造がよく言う通り、どこか古武士のような風格があって、一方、どこか飄々《ひょうひょう》としたおもむきのある博士は、みち代のもてなしを心から楽しんでくれたらしく、鄭重な礼状

の末に、

「みち代様にもくれぐれもよろしく。御多幸を祈り上げます」

と書き添えて、彼女の労をねぎらってくれた。

とかく日蔭者的な日常を送っているみち代としては、そうしたことが、よほど嬉しかったとみえて、彼女はその後、何度も大造に向って、

「そのうちまた加茂井さんに来て、飲んでいただきましょうよ」

と、言い言いした。

大造としても、加茂井博士にあうのは、楽しいし、望ましい。

加茂井さんは、大造に向って、何も教育的な口をきくわけではなかったが、加茂井博士と話していると、彼はいつも、自分の中に眠っているものが、次々に引出されて来るような愉快な気がするのである。

あの晩は、どちらかと言えば大造の方が、

「商法の法は、魔法の法ですわ」

などとか言って、加茂井さんに気焔を上げたのだが、それを笑って聞いてもらっているだけでも、彼は、自分の仕事に対する意欲や、新しい時代に対する眼を、よびさまされ、開かせられる感じがするのだ。

それは、皇室の御写真売りを考え直させられて以来の、いささか自己暗示みたいなところすらあるようであった。

「お前がそない言うんやったら、どや、加茂井さんと二人だけの会をつくって、二た月に一ぺんでも三月に一ぺんでも、定期的に集って、三人で面白うに飲もうやないか」

「嬉しいわ。その時は奥さんやお子さんたちにも、来ていただいたらいいじゃないの」

毎日淋しい辛抱をさせられているみち代は、一も二もなく賛成であった。

で、大造はある日、日高台の八百屋で、立派な栗をたくさん買って、それを手土産に、芝田村町の飯塚興業へ、加茂井博士を訪ねて行って、何気なく話を切り出してみたが、加茂井さんは、必ずしも乗って来なかった。

「そんなに始終お目にかかっちゃ、お互いにアラが見えすいて困りますよ」

博士は冗談めかして笑ったが、実際は、そう度々横田大造に酒食の馳走になるのは、気が重かったのであろう。

「しかし、二人っきりの会というのも、面白いですね。私もこれから、魔法の話など時々教わりたいし、一年に一ぺんか——それとも、石上三年という言葉もあるから、いっそ三年に一度、日を決めて二人が集ることにしたらどうですか?」

加茂井博士は言った。

「戦後四年間で、日本も大分変りましたからね。これから三年たつと、ずいぶんまた変って来るでしょう。三年間、お互いせいぜい、いい仕事をして、三年目の秋の夜長には、ゆっくり一と晩身の上を語り合うというのも、いいじゃありませんか」

「そらまあ、それも悪ないけど……、会というからには、会の名前も決めんならんし」

大造は言った。

「何か、肩のこらない名前がいいですね」

加茂井博士は答えた。

「加茂井さんが、あひる商法、あひる商法言うてなさるよってに、一つ、あひるの会ちゅうような名前はどうやろか思うて、考えてたんですが……」

「あひるの会——、何だか、この飯塚興業の従業員組合につけたいような名前ですな。でも、それは、幹事におまかせしますよ」

「幹事としてはしかし、あひるの会、三年毎の例会のほかにも、時々、臨時総会を開いてええちゅう権限を与えてもらわんと、ちょっと不服ですがなあ」

「そりゃ、横田さん。会員の半数の出席をもって成立するということにしておけば、臨時総会はいつでも開ける」

加茂井博士は、からかうようなことを言ったが、大造は、

「そんな、つれないこと言わんといて下さいよ。あれも、楽しみにしてよるんですわ」

と、真剣な声を出した。

金剛四型戦闘機の設計者である航空工学の権威と、進駐軍相手のキャバレーの親父との、奇妙な友情をもとにした奇妙な会は、そんなわけで、こうしてうやむやのうちに成立した。

みち代は、結果を聞いて少しくがっかりしたようであったが、大造は、それならそれ

で、また面白く思う性である。

「そんなら、次の例会は昭和二十七年の十一月や。それまでには、わいも何ど新しいことやったるわい」


下山事件、三鷹事件、湯川博士のノーベル賞受賞と、話題の多かったその年も、やがて暮れていった。

大造がみち代を自分のものにして、初めて迎える正月が来た。

元日の日は、吉例で、朝から「ミシシッピー」の女たちやボーイやバーテンが、次々に渋谷南平台の社長の家へ年始に来る。

大造が初めの意志を押し通していたとすると、きょうは、もとユリのみち代が、社長夫人として、昔の上役同輩の、

「新年おめでとうございます」

という挨拶を受けるはずであった。

いくらもう公然の噂になっているとは言え、それはやっぱり少し具合の悪い情景のように、さすがの大造にも思える。

彼は、みち代との再婚の問題は、やはりまだ機が熟していないのだと、あらためて考えざるを得なかった。

みち代はアパートの一室で、味気ない元旦を迎えたはずであった。

そのかわり彼は、元日の午後には、年始客を打ち切りにして、みち代といっしょに熱海の温泉へ出かける約束をしていた。

「お父ちゃんなあ、お正月やけど、ちょっと二日ほど旅行して来んならんねん。ええ子して待ってるか？　たんとお土産買うて来たるよってんなあ」

大造は出かける前に、亜紀子を抱き上げて頰ずりをしながら、一言弁解をした。

「うん、平気。いいわよ」

小娘は、頰ずりされたところを、そっと手の甲で拭いながら言った。

「土井さんが言ってたもん。大人には大人の事情があるんだって」

土井というのは、大造自慢の乗用車の運転手である。

「あいつ、子供にアホなこと教えよる」

彼は渋い顔をしたが、亜紀子は、父親に留守にされることには馴れていて、こんな場合にも、あっさりし過ぎるくらいあっさりしているのは、幸いでもあった。

東京駅には、みち代が先に来て、彼が暮に買ってやったカシミヤのショールに、撫《な》で肩をくるませて、寒そうに待っていた。

「ほう。日本髪でえらいめかしこんで来たな」

彼は人前もはばからず、みち代の髪に鼻を寄せてくんくんやりながら、

「久しぶりに、びんつけ油の、ええ匂いしよる」

と、満足そうな声を出した。

「さんざん待たせておいて、昔の奥さんのことでも、思い出してるんじゃないの？　憎らしいわね」

みち代もしかし、まんざらでもない口調であった。

もっとも、元日の東京駅、あちこちに日本髪の女たちの、着飾った姿が見うけられた。戦後五年目の正月を迎えて、人々の暮しにもようやくそれだけゆとりが出て来たもののように感ぜられる。

「熱海まで、二枚」

出札口で行く先を告げると、出札係は黙って三等切符に二枚、ガチャン、ガチャンと日附印を押した。

「ああ、二等や、二等」

「二等？」

出札係はいまいましげに舌打ちをし、

「二等なら二等と、初めから言わなくちゃ、駄目じゃないか」

と、すこぶる横柄な口をきいた。

「小さいものは無いの、小さいものは？」

大造は少し腹が立って来た。

「小さいもんが無いよってに、大きいもん出しとるんや。黙って、二等二枚と、釣りよこしたらええやろ。客に向うて、あんまり大けな口きくな」

すると出札係も負けてはいなかった。

「大勢並んで待ってンだからね。あんた、余計なことを言ってると、乗りおくれるよ」

「何やと、おい」

喧嘩腰になった大造は、

「ちょっと、ほんとに乗りおくれちゃうわよ。もういいから、行きましょう」

と、みち代に腕を引っ張られて、やっと思いなおして列を出て来たが、正月早々、しんねこで熱海へ行こうという矢先、いささか気分をこわされてしまった。

静岡行の列車が、また相当な混みようであった。

せっかく二等を買って来たのに、二人、坐れたのがやっとで、すぐ通路に人がたてこんで来た。

「今年は、ドッジ・ラインの金づまりの正月やいうことやから、もうちょっと空いとるか思たら、案外やな。やっぱり正月休みともなったら、誰かて温泉場の一つも、行ってみとなるんやなあ」

「そりゃそうよ。だけど、何だって、そんなに感心したような言い方するの？」

「感心するわけやないけど」

大造は言った。

「人が何求めてるか、それが知りたいんや。人の欲しがってるもん、都合して売ったげるのんが、商売ちゅうもんやないか」

　みち代は、この人、この前加茂井さんと色々相談してたけど、新しく温泉旅館でも始める気かしらと、分ったような分らないような顔をした。

　横浜が過ぎ、大船、藤沢、大磯。そして国府津、小田原から先、青い海の眺めが広々と左の車窓にひらけて来るころには、東京駅の出札係と言い争いをした不愉快も消えて、大造もすっかり機嫌がよくなって来た。

「一年の計は元旦にありやで、きょうはお前とは、姫はじめで、ゆっくり可愛がったらんならん。それから、わしは温泉へつかって、今年のこと、よう考えることにしよ」

「いやねえ」

「姫はじめて言葉知ってるか？」

「知ってますよ。汽車の中で、そんなこと言うもんじゃないの」

　みち代は、少し赤い顔をした。

「なあに、これだけ混んでたら、人には聞えへん」

「それより、見てごらんなさい、この海。ほんとに、なんてきれいなの」

　列車は、早川と根府川の間を走っている。

　黒い磯に白波がくだけ、遠くに伊豆の大島の姿がぼんやりと見え、海は新年の午後の陽に光っていた。

「うん。きれいや」

大造は相槌を打ってから、

「しかし、景色ちゅうもんは、なんぼ見てもタダやなあ」

と、妙な感想をつけ加えた。

湯河原を過ぎ、トンネルを幾つか抜けて、列車は熱海駅のフォームに辷《すべ》りこんだ。

そして、やっと二人は、のどかな正月気分になって町へ出たのだが、旅館さがしの段になって、またまた厄介な思いをさせられることになった。

たかをくくって、予約をせずにふらりとやって来たのがいけなかった。

「御申込みは？」

してないと答えると、みな断られる。

何軒目かに、伊豆山の蓬莱荘の玄関まで来た時には、もう夕暮れで、二人とも動くのがいやになっていた。

「御申込みは？」

「してないけど、一つ、何とかならんかいな」

「へえ。それがきょうは、なにぶん、お正月のついたちと来てるもんですから」

番頭はもみ手をしながら、ちらちら二人の足元から上へ、品定めをする様子であった。

「きょうが正月のついたちぐらいのこと、知ってるがな。まあ、そないややこしいこと言わんと、何とかどうや？」

大造は、番頭の掌に、札を一枚そっと握らせてみた。

すると、番頭の態度が急に変った。

あんまり上等の部屋ではないが、二階のずっと奥の、何畳とかが都合がつくかも知れないというのである。

「それで結構」

大造は言って、さっさと靴を脱ぎ、スリッパをつっかけた。

言われた通り、あまりいい部屋ではなかったが、どてらに着かえて、一と風呂浴びて帰って来ると、みち代はお飾りの出来た床の間に向いてぺったりと坐り、

「これで何だか安心したわ。初めて、ほんとに夫婦になれたような気持――。一本つけてもらいましょうね。どうぞ今年もよろしく」

と、媚《こび》のある眼で大造に笑いかけた。

楽しさを売る

熱かんの徳利を一本そえて、夕食の膳が二つはこばれて来る。

「お願いいたします」

晴着姿の女中が、給仕をみち代にまかせて下がって行ってしまうと、正月の温泉宿の夜は、かすかに波の音が聞えて来るだけで、森閑として静かなものであった。

大造は、盃二、三杯でもう、とろりと赤い顔になってしまうのだが、みち代の方は、GＩ相手のキャバレーづとめをしていただけあって、いける口である。

「もう一杯いただくわ」

正月料理の膳の上に箸《はし》を動かし、そんなことを言いながら、大造に酌をさせて猪口《ちょこ》をかさねていた。

「ねえ」

「何や？」

「亜紀子ちゃん、おうちで可哀そうね」

「うん」

「お正月の晩から、お父さんが留守で、婆ァやと二人っきりじゃ、淋しいわ」

「………」

「でも、人間って、みんな淋しいものなんだわね」

「そない、正月早々、新派のせりふみたいなことを言うな。心配せんかて、あれは、て親の留守には、馴れとるわ」

彼は、亜紀子に「よその小母ちゃん」に関して触れられるのが苦手であると同様、みち代に亜紀子のことに触れられるのが、苦手であった。

「だけどね」

みち代は構わず言った。

「わたし、まだ会ったことないけど、せめてこういう時だけでも、亜紀子ちゃんもそこにいて、三人いっしょに賑やかにお正月を祝えたら、どんなにいいかと、ちょっとそんな想像をすることもあるのよ」

「………」

「ごめんなさいね」

「別にごめんちゅうことはないが、わしもそれは考えんことはないけど、まだその時機やないわ。何でも、タイミングとバランスが大事やでな」

大造は、加茂井博士の受け売りをした。

「あら。生意気とは、何や。お前、酔っ払うてるんか？」

「生意気とは、何や。お前、酔っ払うてるんか？」

「酔ってなんかいませんよ」

みち代はしかし、少し酔って来た証拠に、珍らしくも、爪弾《つまび》きでもするような調子で、

「せめて一夜さ仮寝にも
　妻と一言いわれたら
　この一念もはれべきに」

と、低い声で歌をうたい始めた。

「その、けったいな歌、どこの歌や？」

「秋田の歌」

「おばこか？」

「おばことは別。秋田岡本っていうの」

大造としては、いささか新発見の思いがある。

「そうかなあ。女ちゅうもんは、何やなあ、やっぱり一旦こうなると、結婚して、なさぬ仲の子でも子供をそばへ置いて、早いとこ、家庭的な恰好つけんと満足出来んもんかいなあ」

「あら」

みち代は言った。

「別にそういうつもりじゃないのよ。ただ、ちょっとね、ぐ、ず、ぐずを言ってみたかっただけ」

「まあええ、まあええ。ぐ、ず、ぐずが出るのは、暮に忙しかったよってに、欲求不満いう奴やろ。お膳がえらい邪魔やな」

大造は言って、中のテーブルを横へ押しやりながら、

「いや」

と、しなをつくっているみち代の方へ、膝をせり出した。

男も四十を過ぎると、愛の行為を睡眠薬がわりと心得る不精者が多くなって、すむとすぐ、ぐうぐう高鼾《たかいびき》をかいて寝てしまうのだが、その点、大造はなかなか精力的であった。

「ふうん」

やがて夕食の膳が片づき、みち代との元旦姫はじめの行事もめでたくすませると、もう一度湯を浴びて部屋に帰って来、床に入ったが、「秋田岡本」の歌の文句などはさっさと忘れて、それから、あまり大きくない眼を大きく開いて天井の節穴をにらみながら、しきりに考えごとを始めた。

みち代はもう、となりですやすや寝息を立てていた。

しかし、二、三十分ほども、節穴とにらめっこをしていた大造は、やがて、

「おい──おい」

と寝こんだみち代をゆすぶり起した。

「お前、英語が出来るて自慢しとるが……」

「あら。いつの間にかわたしいい気持で寝入ってたわ」

みち代は、まぶしそうに眼をあけた。

「お前は、英語が出来るて自慢しとるが」

「英語?……。別に自慢してやしませんけど、なあに?」

「エンジョイいう英語、日本語でどない訳す?」

「エンジョイ?　エンジョイっていったら、享楽するっていうような意味でしょ」

「そやそや」

「そやそやって、知ってるのなら、何故きくの?」

みち代は眠そうだった。

「まあ、待て——。そんなら、あの日高台のミシシッピーの店へまがる進駐軍道路の角のとこに立ってる英語の看板、あら、どない訳す」

「英語の看板て、アメリカのビールの広告ですか?」

「ちがうちがう。エンジョイちゅう言葉の書いたある看板や」

「ああ、分ったわ」

みち代は言った。

「ドライヴ・スロウリー・アンド・リヴ・トゥー・エンジョイ。——あれは、安全運転の標語よ」

「そら分ってる。その標語、どない訳すかて訊いてるねん」

「さあ……。ゆっくりドライヴして、享楽のために生きなさい——。享楽のために生きなさいってのもへんだわね。長生きして、楽しみなさい——。楽しみなさいもへんだけど、つまりそういうことじゃないの」

「そうやろ。へんやろ」

大造は、我が意を得たように言った。

「それが、お前、軍人相手の標語やで。日本語には、あいつらの、エンジョイちゅうものの考え方にあてはまる言葉、あらへんのとちがうか?」

「そうかも知れないけど、一体、何を考えていらっしゃるの?」

みち代は、大造と他人でなくなってからこのかた、四カ月あまりのつきあいで、彼が何か――今でいう仕事のアイデアを思いつくと、突然説明抜きで、前後脈絡のないことを言い出す癖があるのを知っていたが、それでも不思議そうな顔をした。

「わしはな、ええ言葉思いついたんや。『楽しさをつくる』いうねん。どや？」

「楽しさをつくる、ね。悪くないでしょうよ」

「人が真剣に話してるのに、そない眠そうな声出すな」

「わたしは、眠りの方を、ゆっくりエンジョイしたいのよ」

みち代はほんとに眠そうな声であったが、

「そない言わんと、まあ聞け、考えてみるとな、死んだ女房のつねかて……」

と、大造は、みち代の気になるような話を持ち出して、とうとう彼女をはっきりめざめさせてしまった。


「つねかて、あら、若い時から楽しい思いちゅうようなもん、ほとんど味わんと、死んでしまいよったんや。亜紀子かてお前かて、まあ似たようなもんや。どだい日本人が、エンジョイちゅうことするの下手糞《へたくそ》なとこへ持って来て、戦争中を生きて来たもんは、楽しい暮しするやいうたら、そらもう、罪悪みたいに思いこまされとったんやよってんな」

「…………」

「戦争すんで五年も経ったら、何とかして楽しいことみつけて、おもろい思いしてみたいう気に人がなるのん、当り前やがな」

「……………」

「殊に、アメリカ人がぎょうさん来て、物資豊富で上手に楽しんでるのみたら、誰かて癪にさわるやら、けなるいやら――、若いもんからせんぐり、享楽に走るのは、当然のことやないか。世の中の動き、じいッと見てると、わしはそない思うわ」

「それで何かやる気になってるのね。一体、何を始めるつもりなの？」

みち代は質問した。

「そやさかい、楽しさをつくって、楽しさを人に売ったるねん。今年から、そういう商売始めようと、わしは本気で考え出しとるねん」

実は、エンジョイという言葉について、彼はいつかの晩、加茂井博士から色々聞かされたのであった。

それを、彼流に二カ月ばかり頭の中で考えあたためているうちに、次第にそういう結論に到達し、そういう事業欲を燃やすようになったものらしかった。

「楽しさつくるには、考えてみたら、あんまり元手は要らへんで」

「そうかしら？　だって、楽しい思いをするにも、やっぱり、美味《おい》しい食べ物とか、お酒とか、きれいな着物とかが、要るじゃありませんか」

「揚げ足とるようなことは言わんと、よう聞け」

大造は、自分の考えに取り憑《つ》かれたように、話し出した。

「加茂井さんが言うてはったがな。花の都のパリやいうたかて、水の悪いとこやそうな。生ま水飲んだら、えらい腹こわしするちゅうこっちゃ」

「…………」

「日本の水は、美味しい水や。水はただみたいなもんやろが。日本のええ景色も、みなただやないか。ただの水飲ませて、ただの景色見せて、金取る商売いうたら、人に喜ばれて、おまけにこんなぼろいことないやないか」

大造の言わんとするところを要約すると、楽しさというものは、多分に無形のものであった。

ちょっとした心構えやテクニックで、楽しさは半減もすれば倍増もする。その点、男女間の交渉に似たところがある。

加茂井博士に言われるまでもなく、彼は日常、「ミシシッピー」の客の兵隊どもに接して、彼らが、楽しさをつくる——アメリカ流に言えば、自分自分の生活をエンジョイすることにかけて、一頭地を抜いた技術を身につけていることを、充分感じていた。

今までは、その兵隊たち専門に、楽しさを売る商売をして来たが、

「これからは、そろそろ日本人相手に——いや、大きいに言うたら、世界の人を相手にして、日本にもこんな楽しさがある、その楽しさを売って差し上げますちゅう仕事がしてみたいんや」

それは、無形のアイデアとサービスとを商う仕事であった。

無形のものは、また無形のものでこわされるだろう。

元日の朝から、東京駅の窓口の職員が仏頂面をしていたり、旅館の番頭が、チップ一つで急に態度を変えたりすれば、人々は、その一日の楽しさに傷をつけられてしまう。

「わしが自分の仕事に手ェつけたら、従業員に、ああいう態度は取らせんようにしてみせたるわい」

「だけど、具体的に何か、楽しさをつくる方法があるの？」

みち代は訊いた。

「そらなあ、お前かて、こないして二人で温泉に来るいうたら、嬉しいやろが？」

「…………」

「同じ東京でも、まだ見たことのない名所旧跡歩いてみよかいうたら、楽しみやろが？」

「…………」

「日本人も、段々曲りなりにも、食う方と着る方とに不自由が無うなって来たら、人の気持がそっちに向いて来ると、わしはにらんどるねん」

「…………」

「先ず、手はじめにな、わしは東京で、観光バスの会社おこしたろ思うとるんや」

「へえ……。バス？」

「そうや。そのこと考え出したら、何や、子供みたいに楽しみで、眼ェ冴《さ》えて、寝られへん」

大造はそう言ったが、そのくせ、みち代を相手に、それだけ抱負を述べ立てると、すっかり満足したとみえて、

「それで、そのバス会社って……」

と、みち代が何か言いかけようとした時には、それこそ子供みたいに、急にことんと眠りに落ちて、間もなく大きな鼾《いびき》をかきはじめた。

第三章

対岸の火事

大造が、熱海伊豆山の温泉宿で、楽しさを売る商売に、新しく具体的な夢を燃やしはじめてから、加茂井博士との、次のあひるの会例会までの二年十一カ月ほどの間、世界には、甚だ危険な嵐が吹いていた。

朝鮮で戦争がはじまったのである。

子供のけんかに親が出た恰好で、北鮮軍と南鮮軍の両方に、アメリカと中共という親分方のあと押しがつき、世界は、戦後五年にして、第三次世界大戦一歩手前というところまで追いつめられた。

原子爆弾以外の、ありとあらゆる近代兵器が駆使され、朝鮮は、北から南へ、南から北へと、何度も残酷な往復ローラーをかけられて、焦土と化してしまった。

東京のマッカーサー元帥は、かつての関東軍よろしく、なかなかワシントンの言うことを聞かず、

「満洲を爆撃し、中共を軍事的に壊滅せしめよ。そのためには、原子爆弾の使用も辞すべからず」

との強硬声明を、度々発表していた。

「こら、おい、バスの会社どころやないかもしらんで。ちいと、米と罐詰の買溜めでもしとけよ」

と、帝国海軍の元一等兵曹も、さすがに戦争の成り行きには、不安を感じているようであった。

日高台の米軍キャンプでも、移動がはげしくなった。

「パパさん、カム・オン！」

で、いつも大造の車にただでガソリンを入れてくれていた、モーター・プールのジョニーやビルやダンや、気のいい黒ン坊たちも、いつか戦場へ出動して行ったきり、再び還って来なかった。

朝鮮からの死体輸送船が入る港では、戦死者のからだを継ぎ合せ、化粧をし、ドライ・アイス詰めのお棺にしてアメリカ本国へ送り出す、そういう日本人のアルバイトが、高給をもってひそかに募集されているという噂が、町でささやかれていたのも、そのころのことである。

キャバレー「ミシシッピー」での、兵隊たちの「エンジョイ」の仕方も、いささか荒れ模様であった。

生きて、休暇をもらって、前線から日本へ帰って来た米兵たちは、

「朝鮮は地獄だ」

口を揃えてそう言った。

「それにくらべて、日本はまるで天国だ。こんなすばらしい国が、地球の上にあったのか。ネオンの光、美味しいビール、やさしい女性。僕は、もう少しで泣きそうだった」

彼らは、女の子たちの頬っぺたにキスをし、「ミシシッピー」のペンキ塗りの椅子にキスをし、はいつくばって床にキスをし、ついでに店の窓ガラスをぶちこわした。そんな風にして、生きていることの歓喜を表現せずにはいられないかのようであった。

些細なことに感謝し、泣かんばかりに喜ぶかと思うと、一方、些細なことから喧嘩口論をはじめ、乱暴をはたらく。

日高台の近所でも、畑の中で、日本人の女が、米兵たちに襲われ、物を盗られた上に輪姦されたなどという事件が、一度や二度ではなかった。

「このごろ、アメリカさん、大分荒れとるし、新顔が次々来るよってんな。亜紀子がアメリカさんと知り合いになったりせんように、注意しとるんやがな」

大造は、小学校五年とはいえ、発育のいい娘のことを、心配していた。

「お前も、あれやで」

彼はみち代に言った。

「日高台の方へ、ふらふら行ったりせん方がええで。もっとも、お前はどうやろな?

案外、舶来特製の大きいのんと……」

「下品なこと、言わないでよ」

多摩川べりの、みち代のアパートの一室だけは、戦争をよその、小別世界だったが、大造の来ない時は、みち代は全く、一人身の退屈を持てあましているようであった。

ある時、キャンプのコリンズという少佐殿のハウスで、日本流に言う無礼講のどんちゃん・パーティーが開かれることになった。

その日、キャンプの士官の奥さん連中が、日光へ一泊旅行に出かけるので、鬼のいない間に、久しぶりに自由を取り戻した中佐少佐から、若手の中尉少尉の連中まで、集って、「アンダー・ザ・カヴァ」で、一と晩大いに愉快に騒ぎ明かそうというのである。

「ミシシッピー」のバンドと女たちが動員されることになった。

「アンダー・ザ・カヴァ」というのは、要するに、ばれなければ何も無かったのと同じという精神で、翌日細君連中御帰館のころまでには、すべてきれいに片づけて、口を拭って、

「オオ！　ハニー。君がいないと、家の中はまるで灯が消えたようだ」

などと、忠実な夫の顔をしてみせればよろしいというわけである。

それで、M財閥の別荘を接収したそのハウスでは、主人役のコリンズ少佐を中心に、その日の夕刻から、提灯をたくさんつるして、バンドの音楽、女たちの嬌声、飲めや踊れの大賑やかにということになったが、おさまらないのは「ミシシッピー」御愛用の、

朝鮮帰りの黒人兵たちである。

店の方は、女たちの大半がパーティーへ出はらって空ッぽ同然だから、飲みに行っても面白くない。

夜九時ごろになると、黒ン坊の兵隊たちは一とかたまりになって、コリンズ少佐邸へ、女をかえせと交渉にやって来た。

しかし、白人の士官たちの方も、もう酒が入っていた。

「ニグロ帰れ。ここは将校だけのパーティーだ」

にべもなく相手の要求を拒絶してしまった。

黒人兵たちは、家のまわりで、

「ヒューッ」

「ヒューッ」

と、不満の口笛を吹き出した。

それがやがて、

「われらの女をかえせ」

「われらの女をかえせ」

と、ミュージカルの合唱隊のような歌声になって来、

「ヒューッ」

「ヒューッ」

「パーティーをやめろ」

「われらの女をかえせ」

黒い一団が、家を囲んでそう言って一斉に迫るところは、昔アフリカのジャングルの中で、太鼓を打ち鳴らして首狩祭をやっていた祖先の血が、GI服の中でざわざわ騒いでいるような、一種の不気味さがあった。

そのうち、一人の黒人兵が、たまりかねて、

「やっつけろ」

と叫びながら垣根を飛び越したのがきっかけになって、コリンズ邸のパーティー会場は、忽《たちま》ち、白黒入り乱れて、なぐり合い、カクテルのぶっかけ合い、スパゲッティの叩きつけ合い、逃げまわる女たちの金切声という、大修羅場と化してしまった。

「やめてくれ」

「これ、やめんかい」

「あんたら、無茶したらいかんて」

監督に来合せていた大造は、中へ入って声をかぎりに制止にかかったが、大体日本語では何を言っても通じないところへ、上官たちがとめてとまらぬものが、パパさんの一声でとまるわけがない。

見る見るうちに彼も、酒とスパゲッティとミート・パイを頭からかぶせられて、びし

ょ濡れのべとべとという姿になってしまったが、彼はそこでふと、一計を思いついた。

みち代がよく彼に、

「兵隊さんて、どこの国の兵隊さんでも同《お》ンなじね。GIたち、相当酔っ払ってても、アメリカの国旗と国歌を持ち出すと、シャキッとするわよ」

と言っていたのを想い起したのである。

彼は、浮足立っているバンドの連中のところへかけつけた。

「逃げたらあかん。逃げんと、アメリカの国歌をやれ。早うやれ。アメリカの国歌を」

その効果はてきめんであった。

「星条旗よ永遠なれ」のメロディーが、広間の一角から流れ出すと同時に、白も黒も、ぴたりと騒ぎをやめ、鼻血を垂らしながら、魔法をかけられたように直立不動の姿勢になってしまったのである。

昔の日本の軍隊で、

「かしこくも、天皇陛下におかせられては……」

とやった時と同じであった。

大造は、少し白毛の多くなった頭から、ヌルヌルのスパゲッティをつまんで払いのけながら、ほっとしてあたりを見廻したが、やがてアメリカ国歌の演奏がおわると、まるで国歌に鼓舞されたみたいに、白と黒とは、再びわあッとなぐり合いのつづきをはじめた。

「こら、いかん。やめたらいかん。つづけつづけ。何べんでも、つづけてやれ」

結局、雇われバンドは、くたくたになるまで、「星条旗よ永遠なれ」を奏でつづけ、そのうち双方とも闘志を失って次第に白けた気持になって来、白の方のパーティーは自然流会、黒の方も何となく引揚げて行ってしまうということになった。

「あの時、国歌の演奏を命じたのは、誰か？」

と、コリンズ少佐はあとで、バンド・マスターに訊きに来た。

「あれは、うちの、ミシシッピーの大将でさあ」

バンド・マスターは答えた。

コリンズ少佐は、少し意外な顔をした。

「彼は、アメリカ国籍を持っているのか？」

「とんでもない。れっきとした日本人ですよ」

「フム」

少佐はまだ少し興奮していて、黒ン坊の兵隊どもにプリプリ腹を立てていたが、それでもあの急場を救ってくれた男の奇智には、大いに感謝しているようであった。

「ミスター・ヨコタは、よっぽど頭のいい男にちがいない」

少佐はそう言って、会場の後始末に立ち会っている大造のところへ、握手を求めにやって来た。

そんなことがあって間もなく、突如、満洲爆撃を主張していたマッカーサー元帥罷免の発表があった。

戦後六年間、日本人の上に、新しい「神様」として君臨していた将軍は、倉卒《そうそつ》として一切の権力の座から下り、本国へ帰って行くことになった。

「ええ気味や。トルーマンも、なかなか味なことやるやないか」

大造は、この、アメリカ人らしくない、いやに勿体ぶった将軍が前からきらいだった。

もしかすると、

「日本は四等国に転落した」

というマッカーサー発言を、皇室御写真売りのころ以来、未だに根に持っていたのかも知れない。

「日本人は十二歳」

というマッカーサーの言い方も、甚だ面白くなかった。

それに、マッカーサーがやめさせられて、後任のリッジウェイ中将が連合軍最高司令官の地位に就くと同時に、大戦争の危険がやや遠のいたような空気が生じて来たこともよかった。

日本の庶民の前には、決して親しく姿をあらわそうとしなかった「神様」とちがい、後任のリッジウェイは、野球の始球式にも気軽に出て来てボールを投げて見せるという風な、如何にもアメリカ人らしい、ざっくばらんな軍人のようであった。

「見てみい。小綬鶏《こじゆけい》かて、リッジウェイ、リッジウェイて、鳴いてるがな」

それにしても、北九州の基地から朝鮮の戦線へ飛び立って行くジェット戦闘機は、朝鮮海峡を渡るのに、僅か十五分しかかからないということである。

たった十五分の、対岸の火事が、こちらの岸へ飛びうつって来ないのは、むしろ不思議なくらいのもので、帰還兵たちの口ぶりでも、向い岸の国では、実に悲惨な状態が繰りひろげられているようだった。

戦災の復興も次第に進んで来た日本とは、ＧＩたちが言う通り、正に「天国と地獄」のちがいが生じているようであった。

そして、南北朝鮮の惨状をよそに、この戦争は、日本という国の行く手に、いろんな変化をもたらしはじめた。

七万五千人の警察予備隊というものが創設されたのもその一つである。吉田首相がいくら、

「警察予備隊は軍隊ではございません」

と強弁しても、これが新しい日本国軍の誕生であることを疑う者はいなかった。

経済界に、いわゆる特需景気と称する活況が訪れて来たのも、その一つであったし、のびのびになっていた対日講和条約の締結が、アメリカの手で強引に進められ出したのも、原因は、明らかに朝鮮の戦争にあった。

昭和二十六年の九月、共産圏を除く四十九カ国の代表がサンフランシスコに集って、対日講和の会議は開かれ、吉田全権は、アメリカの新聞記者に「トイレット・ペーパ

ー」とひやかされた長い巻紙に書いた演説を読んで、日本はめでたく――かどうかよく分らない点もあったが、とにかく曲りなりにも、戦後六年と一カ月にして、独立した。そして、それに伴って、日本の民間航空の再開が許可され、その年の十月には、戦後はじめての日の丸のマークをつけた飛行機が、日本の空を飛ぶことになったのである。

神代時代

加茂井秀俊博士は、次第に多忙な日々を送るようになっていた。民間航空の再開許可で、この、日本の航空工学界の権威のもとには、連日、仕事の勧誘や相談が持ちこまれ、博士は以前のように、横田の基地へ飛んで来るアメリカの新型機をながめながら、のんびり畑を耕しているというわけにはいかなくなった。「日本人の造った飛行機を、日本人操縦士の手で、もう一度日本の空へ飛ばせたい」という、戦後長い間の、博士の夢がかなえられる時が、一歩近づいて来た感じであった。

しかし前途には、まだたくさんの困難な問題が待ちかまえていた。第一、操縦士のことにしてからが――、飯塚興業には、戦前派の名パイロットがうようよしていたけれども、旅客機さえ買えば、彼らの手で、今すぐに定期便の運航がはじめられるかというと、決してそう簡単にはいかなかったのである。敗戦と同時に、飛行機に関する一切を禁止されて、六年間日本が眠っていた間に、世界の航空界は、大きく変っていた。

昔は、神業、名人芸と言われて、勘で、ドンピシャリというような着け方、飛び方をするのが貴ばれていたけれども、そんな時代はもう過ぎて、少くとも定期便旅客機のパイロットは、管制塔からの無線電話の指令を正確に守って、忠実な計器の番人になることが要求されるようになりつつあった。

それに、コントロール・タワー（航空管制塔）との応答は、すべて英語である。飯塚興業の、名人気質のパイロットたちには、不馴れな、そして苦手のことばかりだった。

操縦士の再教育。これが、もっとも困難な問題の一つになっていた。

それでも、飯塚興業は、その、マーケットの元締めみたいな名の何でも屋から、本来の仕事へ転身する準備をはじめていた。

田村町の飯塚興業の表には、

「新日本空輸株式会社設立準備事務所」

という看板が、かかげられた。

「とにかく、飛行機が好きで、大空が恋しくてたまらないんだ」

という連中が、

「日本人の手で、日本の空を」

の合言葉のもとに、期待に胸をふくらませながら、そこに集って来ていた。

外人パイロットを雇うなら、今すぐにでも旅客機を飛ばせる方策が無いわけではなかったが、それは避けようじゃないかというのが、飯塚興業、いや、新しく発足する新日本空輸の人たちの気持であった。

そんなことをしたのでは、今まで、米軍飛行場の土方作業をやったり、蜜柑をくさらせて紀国屋文左衛門になりそこなったりしながら、長い間みんなで、この時の来るのを待っていた甲斐がないというものである。

会社設立と同時に、加茂井秀俊は、技術担当重役として、新日本空輸へ迎えられることになった。

日本の民間航空界は、戦後の、混沌として見とおしもたたなかった神代時代から、ようやく、光のさす歴史の時代へ、一歩踏み入れようとしているところであった。

羽田では、

「アジア航空のお客様に御案内申し上げます。アジア航空三〇一便大阪行は、間もなく出発いたします。三〇一便大阪行のお客様は、御搭乗整理券の番号順に、三番ゲイトより御搭乗ください」

飛行場の片隅の、バラックの待合室に、そんなアナウンスの声が聞え、新し好きの金持ち連中が、いくらかそわそわと物珍らしげに、空の旅へと飛び立って行く風景が、毎日見られるようになった。

新日本空輸の略称が、ＮＡＴ――。

そのNAT——より一と足先に発足したAAL、アジア航空では、

「アジアの新しい翼」

と銘うって、昭和二十六年の十月から、北は札幌、西は大阪、福岡へと、東京から定期旅客機の運航をはじめていたのである。

ただし、その機長たちは全部アメリカ人であった。

国内に、すぐれた腕と多くの飛行時間とを持つパイロットが大勢いることは、充分承知しながら、AALでは、事情やむを得ず、高い給料を払って外人操縦士を雇い、定期便開設に踏み切ったのである。

「日本人の手で、日本の空を」

という、加茂井博士たちの夢からすれば、それはいささかいびつな民間航空再出発の姿であった。

国内線を利用する外人たちは、スチュワーデスに、

「きょうの機長は？」

と質問することがある。

「ミスターたれそれです」

スチュワーデスが、アメリカ人機長の名前を答えると、彼らは満足そうな顔をしてうなずく。

「コー・パイロット（副操縦士）は？」

「コー・パイロットは、ミスター中村でございます」

「それは日本人か？」

「さようでございます」

「オオ！」

外人客は、大げさに驚いてみせる。

「日本人が操縦桿《かん》をにぎっている飛行機はいやだ。危いから自分は下りる」

ＡＡＬのスチュワーデスも、さすがに癪《しゃく》にさわるから、難関の試験をパスした得意の英語で、

「さようでございますか。それでは残念でございますが、ただ今、飛行機の出発を待たせまして、ドアを開きますから、どうぞお下り下さい」

と、外人客のいやがらせに、いささかの反抗を示して、困らせてやる——。

発足後間もないアジア航空の旅客機では、そんなことがよくあったそうである。

飯塚興業の、まだ空を飛ばせてもらえぬパイロットたちは、そういう話を聞くと、

「コン畜生。馬鹿にしやがって。今に見てろ」

と、外人客の団体を乗せて、自分の手で錐《きり》もみ、宙がえり、背面飛行でもやって、度胆をぬいてやりたいような顔をし、切歯扼腕《せっしやくわん》するのであった。

彼らは、

「新日本空輸一〇一便大阪行は、ただ今より、大阪伊丹空港に向けて出発いたします。

本日の機長は中村、副操縦士は田中、みなさまのスチュワーデスは、わたくし、伊藤でございます」

そういう機内アナウンスを聞く日が早く来ることを、どんなに望んでいたか知れなかった。

加茂井博士も、同じ思いであった。

博士は、決して国粋《こくすい》主義者でもコチコチの愛国者でもなく、ごく自由な考えの持主であったが、いつか横田大造の言ったように、日本人が占領ボケで、自信を失って、自ら四等国民だなどと思いこんでいる状態がきらいだった。

時々、オヤ、と思わせられるようなことがおこりつつはあった。

湯川博士のノーベル賞受賞も、その一つであるし、古橋選手の世界新記録も、その一つだったかも知れない。

朝鮮戦線に従軍したアメリカ人のカメラマンが、日本製のカメラ、ことにレンズのすばらしさを激賞したということが、広く伝えられて、

「へえ、そんなものかいなあ」

と、当の日本人をびっくりさせたようなこともあった。

しかし、国の内外を問わず、まだまだ一般には、「メイド・イン・ジャパン」のマークは粗悪品の代名詞で、日本人は駄目な国民で、日本は昔ながらの、フジヤマ、ゲイシャ、サクラの国だと、そう思われていた。

外国人がそう思うばかりでなく、日本人自身がそう思いこんでいた。

そのころ——。対日平和条約の発効を目前にひかえた、昭和二十七年の四月、アジア航空の「すみれ」号が、三原山の中腹に激突して、乗員乗客の全員が死亡するという事故がおこった。

四月はじめの、小雨もよいの朝であった。

AALの福岡行「すみれ」号は、定刻八時、四十二人の客を乗せて、羽田空港を飛び立ったが、機影が雲の中に消えて約二十分で、消息を絶ってしまった。

伊豆の大島、三原山の東斜面に、四散した飛行機の残骸と、四十数人の死体とが発見されたのは、それから二十数時間後であった。

ただちに、事故調査委員会が設けられた。

加茂井博士は、アジア航空とは直接の関係が無かったが、委員の一人に任命された。

調査委員会の仕事は、困難を極めた。

バラバラになった機体やエンジンの、ねじ一本、小骨一つまで拾い集めて来て、元の位置にならべ、生ま焼けの死骸のような飛行機のかたちを復元し、徹底的に事故の原因を洗って行くのである。

ある部品が何ものかに接触して傷を受けた痕跡があると、その傷あとを頼りに、その傷を与えた他の部品をさがし求める。もともと離ればなれの二つの部品は、何らかの理由で、空中ではげしく接触したのだ。

柱が折れている。折れた柱の断面は、そこにどんな種類の力が、どの方向から加ったかを推理させる。

しかし、いくらそういう綿密な調査をつづけてみても、事故の原因は分らなかった。「すみれ」号は、どう考えても、全く正常な状態で飛んでいたとしか、思えなかった。

ただ一つ、奇怪なことは、「すみれ」号が、羽田を離陸して、千葉県館山のビーコンを通過後、雲の中を大島へ向って、まっすぐ高度二千フィートで飛行していたらしいことであった。

東京からの下り便は、そのあたりでは高度六千を取ることになっている。

館山から、針路を大島へ向けて、二千フィートで飛べば、当然三原山にぶつかってしまう。「すみれ」号は、自殺の名所の三原山で、自殺するつもりだったのであろうか。

世間の、非難の声はきびしかった。中でも、

「日本の飛行機は、やっぱりまだ危いんだ」

と言われるのが、加茂井博士のみならず、ＡＡＬはじめ、民間航空界の人たちにはつらかった。

だいたい、「すみれ」号は、アメリカ製の飛行機だったし、パイロットは、機長、副操縦士とも、アメリカ人だったのである。

事故の真因は、やがて全く別の方面から分って来た。

羽田のコントロール・タワーの指示にしたがって出発した飛行機は、離陸後、羽田タワーの管制を離れると同時に、埼玉県ジョンソン航空基地内の、ジャパン・フライト・インフォメーション・リジョンと呼ばれる米空軍の管制センターの管制下に入る。

そこには、米軍管制官と、あらゆる飛行機との間の応答が、テープに記録されて残っていた。

録音テープの調査が、極秘裡に行われた。

そして、判明したことは、ジョンソン基地のアメリカ人管制官が、

「羽田離陸後十分間」

と言うべきところを、誤って、

「館山通過後十分間、高度二千を維持せよ」

と、「すみれ」号に指令したということであった。

「すみれ」号のアメリカ人機長は、その指示に忠実にしたがって、大島のビーコンに導かれながら、二千フィートの低い高度で、まっすぐ飛んで、ぴったり三原山にぶっつかってしまったらしい。

この時、パイロットが、もっと日本の地理に明るい人間であったら、

「館山通過後十分間、高度二千」

は、おかしいということにすぐ気づいて、訊きかえすか、独断で高度を上げるかの処置が取れたにちがいない。

機長はしかし、ＡＡＬに雇われて日本へやって来て一週間目、日本の国内を飛ぶのは七回目で、正確なるべきＦ・Ｉ・Ｒ（フライト・インフォメーション・リジョン）の指示に、反射的に疑いをおこすほど、東京大阪間の空路に慣熟していなかった。

事故調査委員会が解散になる時、加茂井博士は、

「私は新日本空輸に入る人間ですが、これはＮＡＴとかＡＡＬとか言っているべき問題じゃありません。真相は、絶対国民に発表すべきです。そうでないと、日本の旅客機だから危いんだという気持は、なかなか人々の頭から消えて行きませんよ」

と、強く主張したが、その主張は容れられず、アメリカ側からの圧力か、アメリカ側への遠慮か、事故の真因は、とうとう世間に発表されなかった。

この、「すみれ」号の事故があって以後、加茂井博士の、

「日本の空は、日本人の手で飛んだ方がいい」

という気持は、一層強くなった。

第四章

ぐりぐり

南平台の家に、もう長く住みこんでいて、亜紀子を孫のように可愛がってくれている婆ァやが、ある日、

「旦那さま」

と、少し真剣な顔をして、大造に訴えに来た。

「お嬢さまのことで、わたしは、心配してることがあるんでございますけど」

「何や？」

「この間から、お嬢さま、お乳の奥の方に、小さなぐりぐりが出来て、抑えると痛いとおっしゃるんでございますよ」

「ふうん」

「ただのオデキかも知れませんけど、何だか、ちょっと心配で……」

「そんなら、わしが一ぺん見たろか」

大造は言って、娘を呼び、

「亜紀子、ちょっと裸になってみい」

と、洋服をぬがせた。

「そいでええ、そいでええ。何もパンツまで取らんでもええ」

亜紀子は、小学校も最上級になり、すくすく伸びた大きななりをしていたが、からだはまだ、全くの子供で、ためらいもせず素ッ裸になろうとするのを、大造はいささかまぶしそうに押しとどめ、

「ぐりぐり出来て、痛い言うのん、これか？」

と、娘の平べったい胸を、指先でさぐってみた。

えんどう豆ぐらいの大きさのしこりが、彼の手に触れた。

「抑えなければ、何ともないんだけど」

亜紀子は、胸をひろげて父親の前に突っ立ったまま答えた。

「抑えると痛いんやな。どんな風に痛い？」

「どんな風にって？」

「ピリピリッと痛いんか？　それとも、ジワーッと痛いんか？」

「分ンない」

「分らんちゅうこと、ないやろが」

「だって、そんなに痛くないもん」

どうも、あんまり要領は得ないが、大造は、亜紀子が服を着て勉強部屋へ行ってしまってから、

「なるほど、ちょっと気味悪いな。あんまり痛うない言うのが気味悪い」

婆ァやに言った。

「そうでございましょう」

「まさか、癌《がん》やないやろな？」

「実は、わたしも、それを心配してるんでございますよ。わたしの甥《おい》の子で、上顎癌《じょうがく》という病気で、十一で死んだのがいるんでございます。子供でも、癌は案外あるんだそうですから」

「そう言えばわしの母親が、二十年前に、乳癌で死んどるよってんなあ」

なんだか、段々癌らしくなって来る。婆ァやは、

「ですから旦那さま、平素、やっぱり少しはお嬢さまのことも、見てお上げにならなくちゃ。旦那さまは、楽しさをつくる商売するなんておっしゃって、自分の御家庭のことは、ちっとも楽しくする工夫をなさらないんですから」

と、かねて不平に思っているので、大造が仕事にかまけて家のことをかえりみないのが、亜紀子のぐりぐりの原因みたいなことを言った。

「そない言うな。可愛がって、いつでも、何でも買うてやっとるやないか」

「進駐軍のチョコレートや、ビスケットは、お嬢さま、もうあきあきしてらっしゃいま

すよ。それよか、このごろは多摩川の方に、お泊りになる日ばかり多くて、やっぱり少しは……」

「分った、分った」

大造は言った。

「言うなちゅうたら、言うなて。近いうちにわしが、どこどええ医者に連れて行って、よう診てもろて来るわ」


そのころ、加茂井秀俊博士を乗せた、エール・フランスのスーパー・コンステレーションが、ヨーロッパから、ニュー・デリー、バンコック、香港経由で東京へ近づきつつあった。

ＡＡＬの「すみれ」号の墜落事故があって五カ月あまりして、加茂井博士は、新日本空輸の定期空路開設の準備のため、欧米の民間航空界視察に、二た月の旅に出ていたのである。

「染矢さん。新高山が見えてるよ」

加茂井博士は、同行の染矢常務に、翼の下を指して見せた。

東廻りの飛行機は、太陽の沈む方角に逆行して飛ぶので、暮れ出すと、夜に入るのが早い。

東の間の夕映えをかがやかせている雲の上に、そこだけひょいと、台湾の新高山が墨色の姿をのぞかせていた。

「われわれがそう言うのも、へんなものだが、世界は狭くなったな」

「羽田まで、あと四時間か？　僕は早く、鮨が食いたくなって来たよ」

染矢四郎は言った。

「僕はね、帰国するとすぐ、家に鮨屋を出張させて、鮨を食うという会があるんだけど、どうです。いっしょに来ませんか？」

加茂井博士は言った。

「加茂井さんの家でかい？」

「いや。そうじゃないんだけど、あひるの会といってね、ちかごろ東京で富士バスという観光バスをはじめた会社があるが、そこの社長と僕とは……」

加茂井博士は、横田大造とのつき合いについて、一席染矢四郎に話して聞かせた。今夜東京へ着くと、二日後に、大造と約束の、三年目のあひるの会が待っているのであった。

「面白い男だよ。何かしら、いつも、とんでもないことを考えてるんだ。君に似てるよ。いつか、商法の法は、魔法の法だと教えられたことがある」

「商法の法は、魔法の法か。いやまったく、政府の補助も無しに、われわれのような、とてつもなく金の要る商売始めるんじゃ、一プラス一が二では、どうしようもないからな」

染矢四郎は言い、

「そいつは、僕も一晩顔を出して、その魔法の先生の面を拝見しながら、鮨でも御馳走になってみるかな」

と、興味を示した。

航空事業というのは、実際金の要る商売であった。

新日本空輸では、定期便開設までの食いつなぎに、目下ヘリコプターで、ゴム足袋の宣伝ビラをまいたり、博覧会の見世物めいたことをやったりして僅かな金をかせいでいたが、ヘリコプターの保険料というものは、二十五パーセントの高額であった。

二十五パーセントの保険料を払わねばならぬというのは、ヘリコプター四機買っては、一機ずつぶちこわしているのと、同じことだった。

これで、さらに国内定期便が飛びはじめれば、ＮＡＴの飛行機が下りる飛行場には、使用機種の交換部品を、充分にストックしなくてはならない。

正確と安全とを期するために、もしかしたら一度も使わないかも知れない部品を、何億円と、全国の飛行場の倉庫に眠らせておかなくてはならないのだ。

加茂井博士たちにとっては、

「水はただや。景色もただや。ただのもん飲ませて、ただのもん見せて、金取れる観光事業ちゅうもんは、えらいぼろい商売やで」

とうそぶいている、横田大造などは、羨《うらやま》しいかぎりなのである。

営業担当の染矢常務が、大造の話を聞いて、彼にあってみる気になったのは、今度の旅行で、航空事業が、近代ビジネスと結びつかねばならぬと同時に、観光と――、大造流に言えば、楽しさをつくる商売と――結びつかねばならぬことを、強く感じて来たからかも知れない。

もっとも、染矢四郎という男は、加茂井博士が、

「横田大造って、君に似てるよ」

という通り、何かいつも強引に、飛躍したことを考えている人物であった。

自動車に乗ると、座席にひっくりかえって、運転手の背中のところへ土足をあげ、眼をつぶって何か考え出す癖がある。

それだけならいいが、自分の考えが面白くなって来ると、土足で拍子を取って、運転手の頭をうしろからコツコツ叩くという、けしからん振舞いに及ぶことがあった。

新日本空輸のおかかえ運転手は、慣れているので、染矢営業重役が乗ると、なるべく首を前に突き出して、靴の泥がつかないように加減して運転していたが、彼は今度の旅行で、こともあろうに、ニューヨークはブロードウエイ、九十四丁目あたりを走っているタクシーの中で、

「おい、加茂井さん。日本でスポーツ・プレーンのブームが来るのは、何年ぐらい先だと思うかね？　え？　僕はね」

と言うなり、運転手の頭を靴で蹴とばしたのである。

怒ったのは、ニューヨークのタクシー・ドライバーで、車を右へ寄せてとめるなり、早口の英語で、カンカンになってわめき出した。

「警察に訴えてやる。これは、まるきり真珠湾のだまし討ちみたいなことである」

と言って怒っている運転手に、加茂井博士がうんとチップを握らせて、平謝りに謝って車を下り、やっと事無きを得た。

この染矢四郎という男は、昔の満洲航空の残党である。満洲航空は、当時日本の勢力下にあった満洲で、唯一の民間定期路線を持つ航空会社であった。上層部は、むろんみな日本人で占められていたが、さらにその上に、関東軍という絶対の権力が影を落していた。

ある時、新京からチチハルの部隊長となって転勤する陸軍少将の席を予約してある飛行機が、出発時刻になって、すべての乗客が乗りおわったのに、その軍人だけが姿をあらわさない。

大和《やまと》ホテルへ電話をかけてみると、

「閣下は、さきほどお目ざめで、今部屋で食事をしておられる。そう申し上げてみるが、まだ寝衣のようだから、もう少し飛行機を待たせてほしい」

という副官の返事であった。

満航の運航部長として新京飛行場にいた染矢四郎は、それを聞くと、

「ああ、そうか。しかし定期運航は、定期便の生命だからな。それに、飛行機の時間が守れないような軍人は、軍人としても失格だろう。いいから出してしまえ」

と、さっさと飛行機を出発させてしまった。

チチハルの飛行場では、現地部隊はじめ、国防婦人会、日本人小学生が、大勢日の丸の小旗を持って新任部隊長を迎えに出ているところへ、閣下だけ乗っていない飛行機が到着したので、大騒ぎになった。

少将は腹を立てたにちがいないのだが、さすがに露骨にそうは言わず、あとになって、染矢運航部長のところへ、

「貴公の取った処置は、別にとがめんが、貴公まだ若いな。どうだ、一と晩わしと一杯飲まんか?」

と、電話で誘いをかけて来た。彼は、

「折角ですが忙しいので」

と、閣下の申出を拒絶し、そのため、関東軍の一部軍人の心証をひどく悪くしてしまったことがあった。

満洲航空時代の染矢四郎に関する逸話は、まだいくらでもあるが、今となっては、いずれも古い話である。

加茂井博士は、そんなことを思い出しながら、飛行機の席をうしろへたおして、眼を

つぶっていた。窓の外は、急速に暮れて、発動機の赤い炎のほかは、何も見えぬ一面の闇になった。

博士のまぶたに、パリのセーヌ川のほとりの美しい風景がうかんで来た。二十五年前、若い留学生として飛行機

戦後はじめての、海外の旅は、よかった。二十五年前、若い留学生として飛行機の勉の勉強をしに海路はるばる訪れた、曽遊《そうゆう》の地、フランスの旅は、特に楽しかった。

しかし、何と言っても、一番の驚きは、アメリカとヨーロッパにおける、自動車と航空機の目ざましい発展ぶりであった。その道の専門家である加茂井秀俊にして、そう思わざるを得ないものがあった。

自動車と飛行機――この二つが、第二次大戦以後、二十世紀後半の、西欧の国々の繁栄をささえる、最も重要な柱となりつつあるように感ぜられた。

染矢四郎や、横田大造どころではない、とんでもない考えを持った人間が、とんでもない夢の実現に、営々として努力しつつあった。

超音速ジェットの実用機が、姿を見せるのは、もう時間の問題であることが、はっきりしているようであった。音速の壁がいったん破れると、そのあと飛行機のスピードが、マッハ一・五から、マッハ二、マッハ三あたりまで上昇するのは、比較的容易であろうということを、加茂井博士は推定していた。

しかし、航空機が超音速になると同時に、それに附随する色んな問題が起って来る。今かりに、音速に近いスピードで来襲する爆撃機を、超音速の戦闘機が邀撃《ようげき》に出たと

すると、戦闘機のパイロットが、相手の姿を肉眼でとらえて、機銃の引き金を引いたのでは、おそすぎる。

なぜなら、爆撃機の姿が、戦闘機のパイロットの網膜に映じて、それが脳へ伝達されて、脳から指先へ、「引き金を引け」という指令が、神経をつたわって達した時には、二つの飛行機は、もうすれちがっているからだ。

今後、精密な電子機器の助けなくしては、近代航空機の設計も、運営運航もあり得ないことを、あらためて加茂井博士は認識させられて来た。

考えてみると、日本は今、長い鎖国時代のあと、ようやく明治維新の夜明けを迎えたところのようなものだと、博士は眼をつぶったまま思っていた。帰ったら、手をつけなくてはならぬ問題が、山ほど待ちかまえている感じである。

もうすぐ、九州か四国南岸か、いずれにしても、日本の町の灯火が下に見えて来る時刻であった。

産婦人科

亜紀子の胸のぐりぐりのことでは、婆ァやは、その後も、口うるさく大造に催促をした。

「旦那さま。もし、あれがほんとに悪性のものだったりしたら、どうなさるおつもりですか?」

「分っとる。気にはなっとるんや」

「それでしたら、一日も早く、お医者さまにあれしませんと……」

「分っとるて」

大造はそう言うものの、キャバレー「ミシシッピー」の社長兼、目下赤字つづきの富士バスの社長で、娘を医者へ連れて行くひまも、なかなか見つけられないのであった。

「でも、旦那さま。きょうもお出かけになって、あと、夜はずっと多摩川の方なんでございましょう?」

「そない言うたかて、加茂井さんが洋行から帰って来やはって、こんばん、三年ぶりのあひるの会で、しようないやないか」

「あひるの会か、からすの会か存じませんが、多摩川の方の御宴会が先で、お嬢さまのおからだのことは後まわしというのは、すじが通りませんですよ」

この婆ァやは、戦前さる御大家に奉公していたというだけあって、しっかり者で、いささか芝居の老女みたいなところがあった。

「やきもちやきみたいに、そない、多摩川、多摩川言うな」

大造としてはしかし、本気で怒るわけにもいかない。仕事が忙しくなるにつれて、亜紀子の身のまわり一切、まかせ切り、婆ァやには、頭が上らないのである。

「ホホホ」

と、婆ァやは笑った。

「六十一の年になって、何も、旦那さまにやきもちは焼きませんけど」

「…………」

「どうなんでございましょう、旦那さま。いっそのこと……」

「いっそのこと、何や？」

「差出がましいことを申すようですけど、多摩川のお方を、正式に奥さまにお迎えなすったら」

「ふむ」

「旦那さまがお気に入っていらっしゃるんなら、お目にかかったことはありませんけど、お気立ても、さぞおやさしい方なんでしょう。お嬢さまのお母さんとして、不足が無ければ、よろしいじゃございませんか」

「うまいこと言うて、わしが後妻家に入れたら、お前、姑みたいにいじめて喜ぶんとちがうか？」

「あれ、ひどいことを仰有る」

婆ァやは言った。

「わたくし、まさか——。あちらさまがちゃんとした方なら、ちゃんと奥さまとしてお仕えいたしますですよ。どちらにしても、わたくしは、こちらのお宅で、死に水取っていただくつもりでいるんでございますからね」

「ちゃんとしとるかしとらんかは、婆ァやの主観やでな」

これはしかし、大造の心にいつも未解決のまま残されている問題であった。

亜紀子が一人前になるまでに、婆ァやの「死に水」を取ってやるようなことになったら、家の中、甚だ困った事態になるのは、眼に見えている。

仕事の上の交際が、だんだんふえて行くにつけても、

「女房はおらんので」

と人に言うのが、具合の悪い場合もある。

が、一方では、自分が仕事の上で伸びようとしているこの時期に、家と女の問題で、ごたごたに巻きこまれたくないという気持もあった。

「とにかく、しかし、亜紀子に、多摩川のことは話したらあかんで」

「それぐらいは、心得ておりますですよ」

「なにぶん、こういうことは、タイミングが大事やでな」

「何でございますか？」

「何でもええ。そんなら、思い切って、きょうひるから、わしが、あれ、医者へ連れてったろか」

大造は、話をそらした。

「医者ちゅうても、しかし、何科の医者へ行ったらええもんかいな？」

「そりゃ、外科か、やっぱり産婦人科でございましょうかねえ」

「産婦人科へ、わしが娘連れて行くのんか」

それでもとにかく、彼はその日、学校帰りの亜紀子を、自分の車でひろって、青山の大きな産婦人科病院へ行ってみることにした。

医者の門を叩くとなると、あらためて彼は、亜紀子のぐりぐりのことが不安になって来る。

「ちょっと、別室でお話しいたしましょう」

医者にそんなことを言い出されたら、いったいどうすればいいか？

万一、亜紀子が、小児の癌で、助かる見込みがないなどということになったら、キャバレーもバス会社も、観光事業も、彼は仕事に生きる、その生き甲斐まで失ってしまいそうな気がするのであった。

亜紀子は、

「お注射しない？」

「お注射いやよ」

と、注射の痛いことばかり心配しているようであったが、大造の方は、「お注射」の二本や三本ですむ、オデキか何かなら、こんなめでたい話はないと思っていた。

産婦人科病院の待合室は、消毒薬の匂いがして、うつむき加減に編物などしている腹の大きな女の人ばかりで、男の姿は大造だけであった。

二十分ほど待たされて、

「横田さん。診察室へお入り下さい」

と、呼ばれ、彼が亜紀子といっしょに診察室へ入って行くと、白衣を着た肥った医者は、簡単に容態を訊いてから、亜紀子の胸をつまんでみて、

「ああ、これは何も心配なものじゃありませんよ」

言下に言った。

大造は、少々拍子抜けで、かえって不満のような気がした。

「そうですかいな。レントゲンとるか、何ど、そういうこととして診てもらわんでも、ええですかいな？」

「癌のことですか？」

医者は笑った。

「子供の癌も、あることはありますがね。これは、そういうものじゃありません。ただの乳腺です」

「へ？」

「乳腺がふくらんでるだけです」

「そうしますと、所謂《いわゆる》乳腺炎ですかいな？」

「いいえ。つまり、オッパイが大きくなって来てるだけですよ」

医者はもう一度笑って、

「君、何年生？」

と、亜紀子に訊いた。

「六年か。それじゃ、遅すぎたくらいですね。戦後の子供は、発育がいいから」

大造は、「なあんや。アホくさ」と思った。

このぎょっと娘が、いつの間にか、生意気にも、オッパイをふくらませ始めている、女になる支度を始める年になった。——亜紀子のことを、まだ赤ん坊のように思っていた大造にとって、それは別の意味で、いささかショックであったが、金を払って病院を出ると、

「亜紀子、よかったなあ」

思わず言った。

「お父ちゃん、何ど困った病気やないか思て、心配しとったんやけど、オッパイが大きいなるだけなら、心配いらへん」

「うん」亜紀子は答えた。「だけど、わたしね、前からそうじゃないかと思ってたんだよ」

「何やと？」

「だって、学校で、オッパイの大きい子、もうたくさんいるもん。体操のとき、腋《わき》の下に毛の生えてる子だっているもん」

「アホ。そんなら、何で、親に心配かけんと、早うそれ言わんかい」

「…………」

「婆ァやも婆ァややて。わたくしの甥で、十一で上顎癌という病気で死んだ子がおります。何言うてけつかる。女のくせに、女のことが分らへん。あない、おなごの干物みたいになってしもたら、乳のことやみな、忘れてしまいよるんやろな」

大造はしかし、上機嫌であった。

「そやけど、まあ、婆ァやにも、早ういんで、報告してやり」

「うん」

「その前に、久しぶりやよってん、銀座へ出て、アイスクリームでも飲ましたろか」

「うわァ」

「しかし、お前も、そのうちすぐに大人になって、お父さん、今夜はどこどこ、しゃれたレストランで晩ごはん御馳走して、ちゅうようなこと、言い出すようになるやろなあ」

医者に乳腺のふくらみを指摘されて、娘があと何年かのうちには、一人前の女に成長して行くのかと、彼は、不思議なような、満足なような気持がしていた。

「時に、このごろでも、学校で、横田さんのお父ちゃんは、何とかやて、亜紀子に失礼なこと言う子、いるか？」

「パンパン屋の親分でしょう？　もう、言う子いない」

「…………」

「いつか、わたし、悪いこと言った子に、嚙みついてやったもん」

「噛みついたて？」

「うん。秋野くんていう男の子がね、しつこくからかうんだもん。指に噛みついたら、血が出て、泣いたの」

「おい。そらまた、母親に似て、えらい気の強いこっちゃが、あんまり無茶したらあかんで」

「でも、それからみんな言わなくなったのよ。先生？　先生、そんなに叱らなかった。横田さんのお父さんは、富士バスの社長さんで、みんなもそのうち、都内修学旅行か何かで、横田さんのお父さんの会社のバスに乗せてもらうんだって。大人の仕事のことで、いい加減な悪口を言ったりしては、いけませんて」

「そやそや。よしよし。お前らの学校で、乗るんやったら、いつでもバス出したる」

大造は、一層上機嫌であった。

「そんなら、アイスクリームや」

彼は、数寄屋橋のところで車を下りると、珍らしくも、亜紀子の手をひいて町を歩き出したが、亜紀子も久しぶりで嬉しいのか、

「アイスクリームよりもねえ」

と、言い出した。

「大人にならなくても、どこかで美味しい晩ごはん食べるの、ありがたいんですけど」

「ああ？」

大造は、ちょっとびっくりし、且つ困ったような顔をして、ちらと時計を見た。

「でも、いいの。アイスクリームでいい。お父ちゃん、これから行くとこがあるんでしょう？」

娘は、父親の顔色を敏感に読んで、自分の甘えた申出をさっと撤回してしまった。平素の生活から、亜紀子は自然に、そういう風に馴らされているところがあった。

大造は、あと一時間ほどで、多摩川のみち代のアパートへ廻って、加茂井博士たちの来訪を迎える予定であったが、こんな風な反応の仕方をされると、いつもほったらかしの亜紀子のことが、不憫に感ぜられて来るようだった。

彼は、ちょっと考えこんだ。

その朝婆ァやに言われたからというわけではないが、こういう機会に、それとなく亜紀子とみち代と顔を合させてみたら、どんなものだろう。

多少心配でないことはないが、亜紀子がみち代になついて、喜んで、無心に鮨を食べてくれるようなら、一石二鳥みたいなところがある。

「お前、そんなら、おすしはどうや？」

「おすし？」

「加茂井さんの小父ちゃんて、名前、知っとるやろう？　飛行機の博士や。さきおととい、外国から帰って来はってな、きょうは、お父ちゃんが、知ってる小母ちゃんの家へお鮨屋さん呼んで、その加茂井さんを、御馳走することにしとるんや。どうや、いっしよに行ってみるか？　そやったら、婆ァやには、電話かけといたらええで」

「おすしは大好きだけど、でも、行っていいの？」

亜紀子は、ませた口をきいた。

大造は、再び、多少の心配を感じた。何しろ相手は、ぎょっとちゃんであるから、本能的に父親とみち代との関係を勘づく――或いはすでに勘づいているところがあるのではないだろうか？……

しかし、

「親がかめへんちゅうたら、そら、かめへんわいな。そんなら、行こ」

自分に言いきかすように言って、彼は亜紀子の手をとり、運転手が車を駐めているはずの場所へ戻って来た。

初対面

大造が亜紀子を連れて、多摩川べりの馴染みのアパートへやって来た時には、秋の日が暮れて、出張の鮨屋は、部屋の中にもう鮨台をしつらえ、ケースの中にたねを並べて、客を迎える支度を終っていた。

「社長、まぐろのいいのがありましたよ。それからきょうは、伊勢海老、かれい、かんぱち、ひらまさ、みんなよろしいと思いますが」

鮨屋のおやじは、大造の顔を見ると、威勢よく報告した。いつか吸がら入りのビールの件で、「ミシシッピー」へ苦情を持ちこんで来た、例の新橋の欅鮨の主人だった。

大造の予言通り、欅鮨はあれ以来、大造の言うことなら、たいていの無理はきいてくれる、親しい便利な鮨屋になっていて、この日も特別に、みち代のアパートまで出張してくれたのだ。

「御苦労、御苦労」

しかし、割烹着の裾で手をふきふき現れたみち代は、大造が何の前ぶれもなしに、娘の手をひいて入って来たのに、驚いた様子であった。

「娘の亜紀子や」

「ここの小母ちゃんや。みち代小母ちゃんや」

大造は、澄ました顔をして紹介した。

「きょう、ちょっと医者へ連れて行ってやったら、帰りにお父ちゃんといっしょに御飯食べたい言いよるさかい、そんなら、わしの知ってる小母ちゃんのうちで、お客さんするねんが、鮨食べに連れてったろか言うて、連れて来たった」

「まあ、そうですか。そりゃ、よく来て下すったわねえ。亜紀子ちゃん、六年生でしたっけ？　大きいのねえ」

みち代は、驚いた表情はすぐかくして、大造に調子を合せ、如才なく小娘を迎えた。

「こんばんは」

亜紀子も、別段こだわる様子もなく、みち代に挨拶をし、

「わあ。おうちの中に、お鮨屋さんが出来てるの」

と、その方が興味があるように、顔を輝かせた。

大造としては、可愛がっている自分の飼犬と仔猫とを、突然突き合せてみたようなものので、いささか心配ではあったが、この調子なら先ず先ず、一安心という感じである。

「だけど、お医者さんて、亜紀子ちゃん、どうかなさったんですか？」

みち代が訊く。

「なに。この間から、乳のとこに、ぐりぐりみたいなもん出来て、痛い言うてるから、何ど悪性なもんやないか思うて、診せに行ったら、ただ、乳が大きいなりかけてるだけやった」

「まあ、そりゃ、よかったわ。それなら、お鮨もたくさんいただけるわね」

「いやだなあ。羞《はずか》しい」

亜紀子は、一人前なことを言って、女の子らしいしなをつくった。

「ところで、加茂井さんたち、もう来はるころやろがな」

大造はそれから、娘が手洗いに立ったところで、

「おい。きょうは、丹前に着かえるちゅうわけにもいかんで、子供の前で芝居して見せるのん、アホらしいが、へんな具合でいっしょに来てしもたんや。すんだら連れて去《い》ぬよってん、まあ、あんじょうやってくれよ」

と、少し弁解がましく、みち代に耳打ちをした。

「びっくりしたわ。でも、大丈夫よ。とてもいい子だわ。会えてよかった。わたし、きっと仲よしになれると思います」

みち代は、一種複雑な期待を持つような口ぶりで、そう答えた。

手洗いから出て来た亜紀子は、

「小母ちゃん、電話借りていい？」

と、みち代に断り、ませた手つきで、自分で南平台の家に電話をかけた。

「もしもし、婆ァや？　あのね、きょうはね、お父ちゃんとね、お父ちゃんの知ってる小母さんの家へ来てね、これから、お客さんといっしょにお鮨食べるの」

大造は聞きながら、電話の向うで、婆ァやが、びっくりして眼をむいている恰好を想像した。

「うん。だから、晩御飯は要らない。ううん。それは、全然何でもなかった。いいの。何でもないったら、何でもなかったんだから、帰ってからお話ししてあげるから。じゃあね、バイバイ」

間もなく、加茂井秀俊が染矢四郎といっしょに到着した。

「やあ、しばらく」

「やあ、お帰んなさい」

「電話で申し上げといたけど、こちらが、新日本空輸の、営業担当の染矢さんです」

加茂井博士は、染矢常務を大造に紹介し、大造は、

「うちの娘ですねん」

と、亜紀子を紹介したが、娘の手前、言いようがないので、染矢四郎へ、みち代の紹介は、省略してしまった。

「日本へ帰ったら、鮨が食いたいと言っていたら、加茂井さんが、あなたの魔法の鮨というのを食わせてやろうというから、のこのこついて来ましたよ」

染矢四郎は、大造に初対面の挨拶をした。

「それで、どないでした、外国？」

「たいへん面白かった。色んなことを考えさせられましたよ」

加茂井博士は、みち代の持って来たおしぼりで、顔を拭いながら言った。

「アメリカでは、例のケンプに世話になりましてね。横田さんもアメリカに来ないかと言ってました」

「さて、それでは、何か少し、新しいものを切りましょうか？」

欅鮨のあるじが言う。

「それから、酒はやっぱり日本酒を御馳走になりたいな」

賑やかに、人肌にあたためた菊正宗が、ぐい呑みにつがれ、鮨台の上には、色とりどりの鮨だねが、緑色のわさびといっしょに並べられて、

「先ず乾杯しますか」

「やっぱり、これは、日本の香りだな」

と、染矢重役も加茂井博士も、たいへん満悦の様子である。

「しかし、三年目の会ちゅうのもおもしろいし、日本もよろしいやろ？　三年前に、加茂井さんおよびした時には、進駐軍の罐詰集めて来るのんが、せいいっぱいのおもてなしやったけど、日本も、だんだんようなって来ますわ。どうです、美味しいでっしゃろ？」

大造は言い、

「そうそう。この鮨屋が、ちょうど三年前のあの時、吸がらビールの話した、あの鮨屋ですわ。今では、新橋銀座界隈でも、ええ店になって、うちのキャバレーへ、闇のビール買いに来たりしよらへん……」

「社長、その話は、いけませんよ」

欅鮨は笑っていた。

「そうすると、この鮨屋も、魔法の一種でつかまえて来たのか？　時に、僕はオブザーバーだが、御両人、きょうはお互いに、三年間つもった、仕事の決算報告をやるんだろ？　聞かしてくれよ。僕が口火を切ることはないが、横田さん、観光バスの事業ってのは、どうです？」

染矢四郎が言った。

「赤字ですな」

大造は答えた。

「すると、まだ、魔法のかけ方が足らんかな？」

染矢四郎は、酒が入るにつれて、持前の無遠慮な口調になって来たが、伝え聞く大造の、「商法の法は魔法の法や」という話は、よほど気に入っているらしかった。

「魔法のかけ方が足らんちゅうか、しかし赤字のことは、そない気にしてまへん」

大造は話した。

「事業は一つの思想の具体化や思うてるから、一年や二年の赤字でくよくよしてたら、自分のこうやと考えた仕事、出けへん。私は、戦争でえらい目に逢うて、長いこと辛抱して来た日本人みんなに、これから、楽しさを作ったりたいんですわ。楽しさをいっぱい作って、その楽しさを買うてもらいたい」

彼の得意の理論である。

「同じ、バスで東京見物した言うたかて、明治神宮へお詣りして、日劇見て、浅草見て、ただ見物して歩いたいうのと、ほんまに楽しかったいうのとは、ちがいまっせ。ただ見物させるだけやったら、バスと、運転手とガイドさえ居ったら、誰にかて出来る。日本人ばかりでなしに、世界中の人間にやね、東京へ来て、富士バスの観光コース廻ったら、心の底から楽しかった、東京はよかったと、そない思うてもらえるようなもん、私は作りたいんですわ。それが出来たら、赤字はいやでも解消しますがな」

「世界中の人間を、というのは、規模壮大でいいね」

加茂井秀俊と染矢四郎は、異口同音に言った。

「帰って来る飛行機の中で、加茂井さんとも話したんだが」

　染矢四郎は、鮨台の上に足をのっけそうな機嫌である。

「世界は、はっきり狭くなった。そりゃ、世界中の人間が、ますますたくさん、東京へやって来るようになるさ。お互いに、けちなことを考えていたら駄目です。これからの世界で、距離とは、時間のことだと思うね。今、鹿児島とアメリカとは、どちらも東京から同じところに並んでしまっている。南蛮船が運んで来た西洋文明や、シベリヤ鉄道が運んで来たマルクシズムは、今後、空から来るよ。パリのニュー・モードから、インドのコレラ菌まで、最初に運んで来るものは、これからは飛行機だ。横田バスも、願わくば、空にも眼を向けて欲しいな。——このまぐろは、美味いね。何の話をしてるんだっけ」

　と、染矢重役は、追々御酩酊の様子で、ふと、かたわらの亜紀子に眼をとめ、

「お嬢ちゃん、遠慮せずに、たくさんおあがり」

　と、自分が御馳走しているようなことを言った。

「おい、加茂井さん。この子は、小学生かい？　こりゃ、君、美人になる素質があるね。この子、うちのスチュワーデスに、今からレザーヴしときたいね」

　興味のない話から、急に自分の上に話題が移ったので、亜紀子は、

「レザーヴって何？」

　と訊きかえし、

「ほんと？　亜紀子、飛行機のスチュワーデス、大好き。小父さん、亜紀子が大きくなったら、ほんとにスチュワーデスにしてくれる？」

嬉しそうな顔をしたが、

「しかし、飛行機ちゅうもんは、そう言うけど、まだ大衆のものやないね」

と、大造がまた、亜紀子の上から、話をさらってしまった。

「いや、その点はね」

と、今度は加茂井博士が口を入れた。

「新橋横浜間に、最初の鉄道が出来たころ、鉄道は、決して大衆のものじゃなかったんです。その事情は、変りますすよ。スピードの点から言っても、あと十年で、世界の旅客機は音速に近づき、その次の十年で、マッハの三になると、私は推定しているんです。音速の三倍というと、東京から香港へ一時間、ハワイへ二時間、アメリカ西岸が日帰りの圏内に入って来るから、時間と費用とは、関連させて考えなくちゃならない。一人の人間が、アメリカへ日帰りするのと、太平洋の上で往復一カ月、無為に暮すのとは、どちらが安いのかということになって来るんです。その時機は、必ず来ますから、その時まで、私たちは、鹿児島を、東京から二十六時間の距離に置いといてはならないと、思うんですよ。横田さんのね、東京へやって来る世界中の人間に、楽しさを売りたいという青写真に、私の方の青写真でお答えをすれば、そのころまでに、東京と日本中の大部分の都市を、二時間以内で、飛行機で結びつけてしまいたいというのが、僕たちの抱負なんです」

「もっとも、未だ一機の定期便も飛ばしてないんだから、あんまり大きな口はきけないけど、そうなんだよ、横田さん」

染矢四郎は言った。

「短い人生を、有意義に幸福に生きるということは、一方では、しっかりした自分の仕事を持つということで、もう一方には、あんたの言う、如何に上手に楽しさを作るかということだ」

「………」

「楽しみにも、色々あるけれども、旅行は、今度外国を廻ってみてもそう思ったが、多くの人の大きな関心事だよ。旅行とは、何ぞや？　要するに、未だ見たことのない土地を見、かつて味わったことのない食い物を食って、よその国の可愛い女の子を抱くという、先ずこれに尽きるが、そこに距離と時間との問題がからんで来る」

「おい。亜紀子は、そろそろ、海苔巻でも作ってもらって、あっちへ行ってなさい」

大造は、染矢常務の話が、少々怪しくなって来たので、さすがに気にして、子供にそう言った。

「まあ、いい。いや、やっぱりあっちへ行ってもらうかな。しかし、此の子は、父親よりよっぽど、航空事業に関心がある。感心だぞ」

染矢四郎は、つまらぬ駄酒落《だじゃれ》を言って、愉快そうに笑った。

「はあい」

と、亜紀子は、それでも素直に立ち上って、みち代の居間へ入って行った。

「あら、こちらへ来たのね」

みち代が亜紀子を迎え、

「小父さんたち、何のお話してらっしゃるの。飛行機のお話？」

そう訊くと、小娘は、

「可愛い女の子をだっこするのが、旅行する時の一番の楽しみだって言ってた。どうしてだろ、小母ちゃん？」

と、異な質問をした。

「あら」

みち代はおかしそうに笑った。

が、その時、小娘の眼は、ふと、みち代の箪笥の前に置いてある、クリーニング屋から還って来たばかりの、男物の冬背広に釘づけになっていた。

お父ちゃんの背広

「小母ちゃん、これ」

みち代は、ハッと気がついたが、もうおそかった。

小娘は、クリーニング商会の紙に包まれた、大造の焦茶の洋服を、疑い深そうな眼で見ながら、質問した。

「これ、お父ちゃんの洋服じゃないの？」

「え？　ああ。これ？」

みち代は、咄嗟の返事に窮した。半分しどろもどろになりながら、

「あら、そうだったわね。これ、亜紀子ちゃんのお父さんの背広だったわね」

と、そんなことしか言えなかった。

「どうして、お父ちゃんの洋服が、小母ちゃんのうちにあるの？」

「………」

「いやだなあ」

子供は言った。

「あら、なぜよ？」

みち代としては、しどろもどろでも、とにかく何か嘘の話をしゃべり立てるより、仕方がない感じである。

「だって、これは、この前ね、お父さんが、やっぱりお仕事のお客様とうちで食事をなさった時、ほら、大雨の日よ、この間の。雨で、とってもお洋服がよごれたの。だから、洗濯屋さんに出しといてくれませんかって、頼まれたのが、還って来てたんだわ。そうだ。小母ちゃんも、忘れてた。今夜持って帰っていただきましょうね」

それならしかし、その雨の日の、大造は濡れた背広のかわりに、何を着て南平台の家

へ帰ったというのか？

小娘は、さすがにそこまで、理詰めで追究はしなかったが、みち代のつくり話を信じる様子は、全くなかった。そして、

「いやだなあ」

を繰返した。

「お父ちゃんの洋服が、小母ちゃんのうちにあっちゃ、いやだ」

小娘の眼には、何ものかへの不信の色と、本能的な嫌悪感とがあふれていた。

鮨屋が店をひろげている八畳の方からは、声高な話し声と、笑い声とが聞えて来る。

「だって、仕方がないじゃありませんか。お洋服がよごれた時は、洗濯屋さんに出さなくちゃ、仕方がないわ」

みち代は、あんまりすじの通らない、そんなことを言いながら、自分で自分が情なくなって来た。

もし、前後の見さかい無しでいいなら、彼女はいっそ、

「じゃあ、おチビさん、いいわ。もっとびっくりさせて上げましょう」

そう言って、洋服簞笥の扉をパッとあけ、中の、大造の衣類を、全部小娘の眼の前に、突きつけてやりたいくらいだった。

しかし、彼女の性質として、客の手前もあり、とてもそんなことは出来なかった。

亜紀子は、それきり、怒ったような顔をして、ぷいと部屋を出て行ってしまった。

大造は、何も気づいていなかった。

「なんや。また出て来たんか？」

そう言って、娘のお河童頭《かっぱ》に手を置き、

「どないした？　眠いんか？　うん？　玉子焼もらえ。今度は玉子焼がええ」

と、再び加茂井博士たちとの話に戻って行った。

「いったい、あんた方、外国一と廻りして来やはって、一番上手に、人遊ばせてくれる国いうたら、何処《どこ》や思いました？」

「そりゃあね、そりゃあ」

染矢四郎が答えた。

「さっき言った、あの方面ではね、最も大っぴらなのが、ドイツのハンブルク。こりゃ大したもんだよ、なあ、加茂井さん。まあ、日本の玉の井の趣が……」

「染矢さん、あんた、困るな。また子供に海苔巻持たせて、向うへやらんならん。真面目なこと質問しとるんやがな」

大造は笑った。

「その次が、ロンドンかな」

染矢四郎は、構わず言った。

「その次がパリ。――しかし、よろしい。真面目な話、よろしい。横田バス会社が、最も得意とする、楽しさをつくる方面では」

「それは、やっぱり、アメリカですよ」

加茂井博士が言った。

「横田さん。ケンプもいることだし、あなたも、ほんとに一度、アメリカを見て来るといいと思うね」

「いや。富士バスの方の、基礎さえ出来たら、一ぺん行って来たい、思うてますねん」

大造は答えた。

「ところで」

と、染矢四郎が言った。

「この会なるものの、次の例会は、いつだい？」

「それは、会則から言えば、次は昭和三十年の秋ということになるがね」

「そんなことは、どうでもいいじゃないか。今夜は、大いに愉快だよ。バスにばっかり御馳走にならずに、今度ひとつ、飛行機のほうで、御馳走しようじゃないか」

「しかし、そら、三年に一ぺん集るちゅうところに、おもしろいところがあるのやから」

「いや、とにかくこの次には、この先生を、うちの飛行機で、小倉あたりまで一と飛びさせて、ふぐでも食わせたいもんだよ。なあ、加茂井さん？」

染矢四郎は、飛び入りのくせに、いつか、自分もあひるの会の、一員になったような口ぶりであった。

　もっとも、この会に、別段むつかしい定員制があるわけでもなし、やがて、帰朝祝いをかねた昭和二十七年度のあひるの会は、その晩十時近く賑やかに、和やかに解散となった。

　亜紀子は、父親に、背広の件を一と言も言わなかったから、大造は、欅鮨といっしょに後片づけにかかったみち代が、浮かぬ顔をしていたのも、大して気にとめず、間もなく娘を連れて南平台の家に帰って来ると、亜紀子を寝かせてから、

「馬には乗ってみい、人には添うてみい、か。案ずるより生むが易い、か。昔の人はうまいこと言うとるわい。婆ァやのすすめやで、急に思いついて、二人突き合せてみたったけど、茶の間で、二人で海苔巻食べたりして、仲ようやっとった。ぐりぐりの方も、あれは自然のもんやったし、先ず先ずや」

と、婆ァやを相手に、その晩は、ほろ酔いの、極くいい機嫌であった。

　しかし、案ずるより生むは、そう易くなかった。

　大造は、翌日の晩、仕事をおわって、今度は泊るつもりで、多摩川へのこのこあらわれて、初めてそれを思い知らされることになった。

　みち代が、彼の顔を見るなり、

「わたし、どうせ、あなたの二号ですけど、わたしみたいな、一号のいない二号って、何て言うんでしょうね？」

と、珍らしくヒステリックに、まる一昼夜抑えていたものを、爆発させたのである。

「いきなり、また、何を言い出しよる。あほらしい」

大造は言った。

「一号のおらん二号やて？　一号のおらん二号は、まあ、一・五号かいな」

「そう？　一・五号って言うんですか？　失礼しちゃうわね」

「どないしたんや、いったい？　訳が分らんやないか、来るなりで」

「どうしたって？　わたし、きのうは、その一・五号というもののみじめさを、つくづく感じさせられましたから」

みち代は言った。

「何やと？」

「いやァな気がしたの。いやァな、いやァな気がしたの」

「何や、ほんまに、訳分らんが、染矢さんが酔っぱろうて、何どお前に、失礼なことでも言うたんか？」

「ちがいます」

「そんなら、加茂井さんか？」

「ちがうわ」

「そんなら、亜紀子のことか？」

「残るところは、そうでしょうね」

みち代は言った。

「わたし、せっかくですけど、あの子、きらいです。ほんとに、きらいよ」

「ふうん」

大造としては、皇室御写真売りのころから、いっしょに苦労して来た、今ではこの世にたった一人の血を分けた娘を、誰からにせよ、こう念入りにきらいと言われて、嬉しいはずはなかった。

「お前、しかし、きのう、あらええ子や、わたしきっと仲よしになれるて、そない言うてたやないか」

「そりゃ、初めはそう言いました」

「きらいというもんを、好きになれちゅうてみたかて、仕方がないが、なんでそない急に、きらいきらい言うのか、訳があるやろ。聞かしてもらおやないか」

大造の口調も、自然に、少し切口上になって来た。

「どうしてったって、あんな、こまっちゃくれた女の子って、わたし、とても好きにはなれないわ」

みち代は、やっと背広の一件を話しはじめた。

「なるほど。そら、ちょっとまずかったなあ」

大造は言った。

「それにしてもお前、たかが子供の言うたことやろが。何も、そないムキにならんでもええやないか？」

「子供ってね、子供らしい言い方なら、いいわ。あの子のは、どうしてお父ちゃんの洋服が小母ちゃんのうちにあるの？　いやだ、お父ちゃんの洋服を、小母ちゃんのとこに置いといちゃいけない、いやだって、こう、たたみかけて、わたし、まるで、浮気でもして、悪いことでもして、とっちめられてるみたいで、言われているうちに、情なくて、涙が出て来たわ」

みち代の表現は、女性として、行きがかり上、ややオーバーになって来た。

「しかし」

大造は言った。

「お前も、不用意やで。あれが、時々とんでもないこと言い出す、ぎょっと娘やちゅうことは、前々から話したあるはずや。クリーニングから戻って来たわしの背広、子供の眼の触れんとこに隠しとくぐらいの頭は、働かしてもええやないか」

「何言ってるのよ」

と、みち代は逆襲した。

「初めから、電話ででも、そんなお話があってれば、わたしだって、考えますよ。いきなり、お客さんの前に、今まで一度も会ったことのない子を、連れて来て、こちらは、面くらうのが当り前じゃありませんか」

大造の頭に、不意に——まったく不意に、戦前の、高円寺の「あかし」の店のことが浮かんで来た。貧しいながらも、若さにまかせて、二人で、一生懸命働いていた、あの、女房のつねのことが浮かんで来た。

「つねが生きとったらなあ」

彼は心の中で、わけもなくそう思った。そして、

「それで、要するに、どないして欲しい言うねん？」

と、口に出して、みち代に質問した。

「一・五号や気に入らんよってん、一号に直せ言うのんか？」

「…………」

「それとも、土台、わしもわしの娘も性に合わんさかい、これを機会に、結着でもつけて欲しい言うのんか？」

「まあ」

みち代は、怨《うら》めしそうな眼を大造に向けたと思うと、それを伏せて、泣き出した。

「わたしは、弱い立場で、そんなことが言えるわけがないじゃありませんか。わたし、何度か、亜紀子ちゃんのお母さんになることを……、なれるかどうかということを、今までに考えたんです。でも、駄目らしいということが、今度分ったの。ヒステリーをおこして、ごめんなさい。ただ、どうか、お願い。亜紀子ちゃんを、わたしに近づけようとしないでちょうだい。ここへ、連れて来ないでちょうだい。一・五号でも、二号でも

いいから、あなたとわたしの生活と、あなたと亜紀子ちゃんの生活とは、これからもやっぱり別にしといてほしいと思うんです」

「なんや。そんなら、今まで通りで、何もワアワア泣いたり怒ったりするようなこっちゃないやないか」

大造は、さも馬鹿馬鹿しいというように、そう言った。しかし、彼自身も実は、今まで、心の隅で何度か考え描いた、「みち代と亜紀子をいっしょにして一軒の家庭を持つ」というあの構図が、これをしおに、また遠い所へ、消えて行くのを感じた。もっとも彼は、そのためにひどくがっかりするなどということはなかったけれども。

第五章

時のながれ

　その後、大造のまわりで、時は静かに流れ、どちらかと言えば、平穏無事な何年間かが過ぎて行った。

　時のながれはしかし、ゆるやかに見えて、時々人をあッと驚かすような変化を、いろいろなものの上に、もたらせて行くようだった。

　朝鮮では、四年ぶりに、休戦協定が成立した。

　それは、この四年ごしの戦争が、双方にとって、要するに何の得にもならず、いたずらに家を焼いて人を殺しただけだということを証明したようなものであった。

　対岸の火は消え、いわゆる特需ブームにめぐまれた日本では、戦後の窮乏時代は、ようやく完全に過ぎ去って行くかに思われた。

　そんな天下国家のことは別にしても、ぎょっと娘の胸のぐりぐりが、癌でなかった証拠に、次第にまるい可愛らしいふくらみとなりつつあった。

ある時、彼女はまだ、ひどく子供っぽく、

「お父ちゃん。ナゾナゾして。ねえ、ナゾナゾ」

そんなことを言って、

「クの字だけの果物、なあに？」

「クの字だけの果物て、何のこっちゃ？　知らんわ、そんなもん」

「分ンないの？　イチジクよ」

と、無邪気に喜んでいるかと思うと、時に、ひどく機嫌が悪くて、婆ァやも持てあつかいかねることがあるようになっていた。

それが、何から来るかは、簡単に言えることではなさそうだが、いつか、おしっこの出るところについての進化論問答で、珍説を開陳した小娘は、大造がいくら誘っても、もう、父親といっしょには、決して風呂へ入ろうとしなくなった。

「お父ちゃんの知ってる小母ちゃん」

に関しても、彼女は、あれ以来二度と口にしたことがない。

こうして、子供が大人の域にさしかかって来れば、一方、親の方が年寄りの域にさしかかるのは、当然のすじ書きである。

父親の大造は、浴室の中で、あらぬところに自身の白毛を発見し、

「ありゃりゃ。こら、また、けしからんこっちゃなあ」

と、驚きの独り言をつぶやいたりした。

同じように、新日本空輸の本社重役室では、染矢四郎が、浮かぬ顔をして、ドイツ製の鼻毛切りで切り取った鼻毛の白毛を、加茂井博士に見せつけて、まるでそれが加茂井重役の責任ででもあるかのように、不平を言っているという寸法である。

大造にしろ、加茂井博士や染矢常務にしろ、

「四十、五十は鼻たれ小僧」

と、仕事に対する向う意気だけは、若い者そこのけのところがあったけれども、お互い、会社の赤字は、何と言っても、白毛の増殖防止に、あまり具合のいいものではない。

新日本空輸の定期便は、すでに国内を飛び始めていた。

「新日本空輸のお客さまに申し上げます。新日本空輸二十一便、大阪行は、間もなく出発いたします。二十一便にて大阪へお越しのお客さまは、ゲイト・パスの番号順に、三番ゲイトより御搭乗下さい」

というアナウンスは、毎日、羽田の国内線待合室にひびきわたり、加茂井博士のかねていだいていた、

「日本人の手で、日本の空を」

という夢は、一応実現されたかたちであった。

NATの飛行機の操縦士たちは、みな日本人だった。

彼らは、飯塚興業の芋つくりのころから、加茂井博士たちと苦労を共にして来た、戦

前派のヴェテランであり、すっかり変ってしまった航空法と、苦手の英語とに、やっと慣熟して、ここまでたどりついた人々ばかりであった。

ただ、悲しいことに、NATは、貧乏会社である。

ライバルで先輩の、「アジアの新しい翼」、半官半民のAALアジア航空に較べると、資金の上で、はるかに弱体で、そのため、使用機は、古い三十人乗りの双発機が数機あるだけ。

もし、NATがAALに向って誇っていいことがあるとしたら、誰の世話にもならずに、「飛行機が、好きで好きでたまらない」という連中だけが寄り集って、完全に日本人だけの手で、曲りなりにも、一日何便かの旅客機を飛ばせているということだけであったろう。

AALの使用機だって、古い、戦前型の飛行機なのだが、そちらはとにかく四発で、五十人以上乗れる大型機で、何となく威容があり、何となく安定感がある。

染矢営業担当重役は、セールスマンよろしく、会社や官庁を廻って、

「少しうちの飛行機にも、乗ってみてくれませんか」

と、宣伝して歩くのだが、

「どうも、僕も、もう少し長生きしたいからね」

と、にやにや断られるくらいが落ちで、一般から多くの客を吸収するというわけには、まだとても至らなかった。したがって、アジア航空の飛行機は満員でも、新日本空輸の

飛行機は、いつもガラガラで飛んでいる。

素人のお客が信用しないばかりではなかった。

羽田では、新日本空輸の職員が、アジア航空の社員から、

「へええ。きょうは大分雨なのに、おたくの飛行機も飛ぶの？」

などと、からかわれていた。

朝七時発のＮＡＴの大阪行双発機は、つづいて出るＡＡＬの七時十分発福岡行四発機に、浜松の上空あたりで追い抜かれるのが常であった。

相手が、意地の悪い日本人パイロットだと、追い越す時に、わざわざ近くへ寄って来る。

新日本空輸の機長たちは、無線電話で相手の飛行機を呼び出して、

「とにかく、もう少し離れて飛んでくれよ。こっちの客に、具合が悪くって、しようがないじゃないか」

と、空の上で、けんかとも懇願ともつかぬ言い合いをしなくてはならぬことが、度々あった。

おまけに、数少い飛行機のやりくりに無理があるから、定時の運航が、どうかすると乱れ勝ちになる。

そうすると、

「何だ、いったい。木炭バスだって、もう少しは時間表通りに走ってたもんだぜ」

ろであった。


などと、客から剣つくを食わされる。鼻毛の白毛を切りながら、染矢四郎が浮かぬ顔をするのも、まことに無理のないところであった。

大造のバス会社も、依然として赤字であった。

彼は、日本が独立し、朝鮮の戦火がおさまったのを機に、日高台のキャバレー「ミシシッピー」を、閉じることにした。

駐留軍と名を変えたアメリカ兵の数も、次第に少くなり、商売としてのうま味が無くなったからでもあるが、大造としては、赤字の富士バスに、もっと力瘤《ちからこぶ》を入れる必要を感じて来たせいもあった。

また、これを機会に、大造は、自分の会社を、単なる「富士バス」から「富士日本観光」という株式会社組織に切りかえた。

それは、一つには、「ミシシッピー」の退職者たちに株を頒《わ》けてやりたいという考えからである。

「店やめるもんが、喜んでやめて行くようにしたれ」

「店やめるもん、敵に廻したらあかん」

「人がやめる時には、出来るだけの手厚いこととしてやらな、いかん」

というのが、かねてから大造の主張であった。

それは、必ずしも温情主義というようなものではなく、その方が、将来大きく得が行くという計算から成り立っているのであったが、そうしようにも、目下「富士バス」の経営は、つらいところにあった。

彼は、手当の不充分なところは、それぞれ新発足の「富士日本観光」の株券で補って、「ミシシッピー」解散にあたり、こういう演説をした。

「みなさん、この四角い顔をした、兵曹上りの、学歴もない社長に、長い間ようつくしてくれてありがとう。別れちゅうもんは、淋しいもんやが、感傷的になってもつまらんことやから、決して、ほんまに別れてしまうのやない、お互いまだつながりが残ってるんやという証拠に、みなさんの手許にさし上げた『富士日本観光』の株式のことについて、夢物語ちゅうか、ちょっとホラを吹かせてもろて、それでお別れの挨拶にしたい」

「この株券は、今のところ、正直言うて、紙屑同然です。市場性が無いよってに、みなさんが、退職金の足しに売ろう思うたかて、売ることがでけん。しかし、や。私は、もう大方五十やけれども、これからまだ二十年は働けると思うてる。横田大造という男、かげながら声援を送って、あと二十年勝手なことをやらせてみたら、何どおもろいこと仕出かすかも知らん思う人は、どうかこの株券しばらく黙って持っててみてほしいのです。七年先か、十年先か、いつか知らん、みなさんが家の資産、ソロバンはじいてみて、オヤ、うちで何でこんなまとまったもんがあるんやろと、不思議に思う程度のことは、今の足りん分だけ、私は必ずしてみせたいし、してみせる覚悟でおるのやから」

「ミシシッピー」の女性たちは、半分欲得の計算をしながら泣いていた。

こうして大造は、事業の経営を、観光事業――さしあたっては富士バス一本に統一したのだが、それでも会社は、依然として赤字であった。

「ただの水飲ませて、ただの景色見せて」

と、大造が簡単に言うほど、観光事業も簡単ではなかった。

「一人で乗れる東京遊覧」

というのが、富士バスの唱い文句であったが、定期観光路線を持つからには、その言葉通り、たとい客が一人でも、バスは発車させなくてはならない。新日本空輪の、赤字定期便に、似ているところがあった。

言葉の分らないのを承知で、乗ってくる外人客は、めったにいなかったし、「楽しさをつくる」と称してみても、田舎から出て来た爺さん連中と来た日には、観光バスの中を宴会場と心得ていて、皇居を拝んでありがたいにつけ、浅草の人出を見て驚くにつけ、

「エーヤー、会津磐梯山は」

「アー、コリャコリャ」

と、車内で一升瓶をかたむけるきっかけになる。大造が頭に描いている「楽しさ」とは、ちがっていて、彼は不満であった。

大造のもう一つの不満は、戦後、日本も男女平等になったというくせに、女の客の少

いことだった。

彼自身は、多分に男尊女卑的感覚の持主であったが、観光会社の社長としては、日本の人口の半分を占める女性が、もっと家庭から解放されて、「楽しさ」を買いに出動してくれなくては困るのである。

三回目のあひるの会は、染矢四郎も出席して、柳橋の料亭で開かれ、期せずして、お互い赤字の報告会みたいなことになったが、その席上、大造は、簞笥撲滅論というメイ論を展開して、染矢さんたちを笑わせた。

「日本の家庭の、簞笥をみな叩きつぶしてしまわなあかんのや。いや、ほんまでっせ。あれがあるかぎり、日本のおなごは、外へ出よらへん。安サラリーマンのおかみさんやら土百姓の女房が、一生に何べん着るや分らん喪服、裾模様、無理して作って、大事に簞笥の中へしもうて、時々出して眺めてよる。それが、人生唯一の楽しみやから、観光バスも飛行機の旅行も、見向いてもくれへんのですわ。あんなもん、桐《きり》のこやしやないですか。あれ、叩きつぶして、おなご外へ引っ張り出さなんだら駄目です」

「日本中の、桐の簞笥に、火をつけて廻るか」

と、染矢四郎は笑った。

「どないです、外国は？　どこへ行くかて、大てい女づれとちがいますか？　おなご連れちゅうことは、バスならバスで言うたら、乗る人間の数が、倍になることやから」

「そりゃ、まったくそうですね」

と、加茂井博士が答え、

「時に横田さん、あなた、まだ外国へ行ってみる気にはならないかね?」

と、訊き返した。

大造は、富士バスの経営について、何か新しいことをもっと考えなくてはならぬと、そう思っている矢先であった。今まで、あまりまだ具体的に思案してみたことのなかった海外旅行に、加茂井博士の一と言で、ふと気が動いた。

「外国旅行なあ……。いったい、くるくるッと、世界一と廻りして来て、金、何ぼぐらい要るもんですやろな?」

「そりゃまあ、行きようによりますよ。ぜいたくなこと言い出せば、きりがないし」

「ぜいたくは、ある程度せんならん」

大造は言った。

「外国式のぜいたくちゅうたら、どんなもんか、それは見て来な、いけませんやろ。しかし、体面を考える必要はない。日本でも、別に体面考えたことのない男が、外国へ行って、社長の体面保たんならんこと、一つもありまへん。その意味では、不必要なとこは、三等汽車と木賃宿かてよろしいねん。ふん、こら、案外安う行って来られるかも知らんなあ」

そんな話がきっかけになって、大造は、昭和三十一年の春、生れて初めての外国旅行に出ることになった。

すかんぴんの彼が、数え年四十で、上海から復員して来た時から数えて、ちょうど十年目の三月であった。

富士観光の社内では、

「社長一人で行かせちゃあ、唖《おし》のつんぼが歩いているようなことになりゃしないかね」

通訳を兼ねたお供をつけて出そうという意見が強かったが、大造は、

「おめくらさんとか、唖とかいうもんは、勘のええもんや。わしも唖でつんぼなら、人に見えんもんが、かえってよう見えるかも知らん」

そう言って、どうしても一人で行くことを主張した。

一つには、彼のバス会社の経営状態が、まだ、二人分の外遊旅費をらくに出せるほどよくなかったからでもある。

最初の行く先は、ハワイであった。

観光地と、観光施設とを見て来るのが目的だったから、ハワイ、それからロスアンゼルス郊外のディズニーランド、賭博の本山のラス・ヴェガス、ニューヨーク、マイアミなどは、どうしても旅程からはずすことの出来ない土地であった。

羽田の飛行場には、出発の日、大勢の見送人が押しかけた。

富士日本観光の幹部連中はじめ、もと「ミシシッピー」で働いていて、今はそれぞれ、

しかるべきバアのマダムや、旅館の女将《おかみ》や、アメリカ人バイヤーの嫁さんにおさまっている姐《ねえ》さんたちなどが、ある者は、

「祝壮途」

と書いたのぼりを押し立て、ある者は大きな花束を用意し、

「社長さん、頑張って来てね」

と、派手に賑やかに、大造出征の時以来の見送り風景であった。

加茂井博士と染矢常務も、わざわざ顔を見せた。

亜紀子は、むろん来ていた。

彼女は、小学校から新制中学の三年間を了えて、都立の有名高校に合格し、あと一と月足らずで高校生、五尺二寸、十二貫三百の、立派な娘に成長していた。

「亜紀子ちゃんは、しばらく淋しいですなあ」

「お土産を、うんと買って来ていただくのねえ」

見送りの人々の中心にされて、彼女は、

「ええ。でも、お父さんがいないの、馴れてるから、平気」

そんなことを言いながら、初めて見る空港の風物を、珍らしげに、きょろきょろ眺めまわしていた。

一と昔前の人が、鉄道の駅の人混みの中で感じたような、そこはかとない旅情やあこがれを、亜紀子の年代の少年少女たちは、自然に本能的に、飛行場の空気の中に嗅ぎ出

すものらしかった。

　彼女の眼は、売店のガラス・ケースの中に飾られている真珠やカメラより、ともすれば、時々そばを通り過ぎて行く、紺の制服を着た女性たちの姿に向けられていた。よくみがいた黒のパンプス、斜めにかぶった紺色の帽子、ショルダー・バッグ——、それは、オランダの、北欧の、アメリカの、或いは日本のスチュワーデスたちであった。きょうはバンコックへ、あすはホノルルへと、地球を大きくふんまえて颯爽《さっそう》と飛びかっている、すばらしい女性の姿のように、十六歳になったぎょっと娘の眼にうつった。


　島内みち代だけが、賑やかな見送人の中に姿を見せていなかった。

　彼女の姿が見えないことについて、野暮な質問をする者は誰もなかったが、大造は、人々にかこまれながら、頭の隅で、ちょくちょく、前の晩の情景をおもいうかべていた。みち代は、二カ月の別離を前にして、また、例のめそめそ的ヒステリー症状を呈して見せたのである。

「よその会社の社長さんなら、こういう時、きっと、奥さまも連れていらっしゃるんでしょうね」

「そんなこと、あるもんかいな。四ツ葉レーヨンの社長の今村さんかて、この前の加茂井さんたちかて、みな、一人で外国へ行かはったやないか」

「だって、外国はみんなそうだ、日本も、早くそうならなくちゃいけない、夫婦そろって、観光旅行に出て行くようになるべきだって、あなたの持論じゃありませんか」

「そら、お前、うちのバスの客の話やがな」

「いっしょに外国へ行けないんなら、せめて羽田の飛行場ぐらいまで、わたしだって一人前の顔をして、お見送りに行きたいわよ」

「………」

「それが出来ないのは、要するにわたしが本妻じゃないからなんでしょう? 晴れのお発ちの日に、家にくすぶって、じっと我慢してなくちゃならないのは、つまり、わたしが一・五号だからなのよ。いったい、御一緒になって、もう何年になると思ってらっしゃるの」

「今どきなあ」

大造は、舌打ちをしながら言った。

「ちょっと外国へ行って来るのに、晴れのお発ち、ちゅうようなこと、あらへんわい。加茂井さんや染矢さんに笑われるで。それにお前、同《お》ンなじことばかり言うてぐずってみたかて、しようないやないか。亜紀子とは、性が合わんよってに、いっしょにせんといてくれ、そいで自分が本妻やないよってに、つまるたらつまらんたら……、言うこと、すじが通らへん。今さら、お前と正式に世帯持って、一人娘は家から追い出すちゅうわけにも、いかへんやないか」

「だから、要するに、わたしは羽田へ行けない身分なんでしょ」

「身分とか身分でないとか、羽田へ来るとか来んとか、しんどいこっちゃな。別に大したことやないやないか。羽田かて、そら、来たかったら、勝手に来たらええがな」

「ほらね。勝手に来たらいいとか、まるで思いやりがないんだわ。ちかごろ、あなた、あちらの方も衰えたなんて、ほんとは、ほかに誰かもう一人いるんじゃないんですか」

「出発の前の晩に、ええ加減でやめんかい」

大造は、しまいに癇癪《かんしゃく》をおこしたものだ。

彼はしかし、みち代に言ったほど、初の外国旅行を気楽に感じているわけではなかった。

「晴れのお発ち」とまでは思わないにしても、外国行も初めてなら、実は飛行機に乗るのもはじめてだったのである。

「落ちやしまへんやろな？」

と、加茂井博士に念を押してみたいのを、我慢しているのがやっとで、見送人のまん中で、いささか緊張していた。

いよいよ、出国手続きのためにゲイトを出て行く段になって、彼は、

「おい、ちょっと小銭くれ」

と、会社の者から金を借りて、ロビイの売店で、気なぐさみになりそうな週刊誌を一冊買った。

「新しいのは、あした発売なんですけど」

売り子が言ったが、

「かめへん、かめへん。何でもええのや」

と、大造はその、三月十四日号の週刊誌を片手に、ようやくみんなに別れを告げて階段を下りて行った。

彼の乗機は、新しく国際線に進出したアジア航空の、サンフランシスコ行DC6Bだった。

すべての手続きがすみ、機内に入り、スチュワーデスから、

「みなさま、飛行機はこれから長時間の洋上飛行をいたしますため……」

という前置きで、薄気味の悪い救命胴着の着け方など説明され、やがて轟音といっしょに飛行機は空へ舞い上り、光の砂を撒《ま》いたような東京の町も見えなくなって、やっと大造の気分は少し落ちついて来た。

窓の外は、空とも海とも分《わか》ぬ一面の闇だったが、彼は週刊誌を読むのも忘れ、商売気を発揮して、機内のいろんなものを眺めていた。

先ず、二人乗りこんでいる美人のスチュワーデスのサービスを観察する。

彼女たちは、どんな時にも微笑を忘れないように、教育されているかに見えた。日本国内のいろんな乗り物の中で、彼が度々出会う、あの仏頂面など、彼女たちは薬にしたくも持ち合せていないかのように見えた。

それでいて、スチュワーデスたちには、一種の権威があった。ベルトをしめるべき時

にしめていない客、荷物を上の棚に上げる客、ズボンをたくし上げて毛脛《けずね》を出している日本人の客——そういう、機内の規定に反することをやっている乗客に、彼女たちは、「おそれ入りますが」

と、微笑をもって、しかしピシピシ、規定にしたがうことを要求してまわっていた。

「ふうん」

大造は、いやに感心した。

「客に悪感情いだかせんように、それで、ちゃんと、客、教育してよる。こら、加茂井さんとこの新日本空輸も、こんだけ、女の子の訓練行きとどいとるかいな？」

長い歴史をほこるアメリカの航空会社と張り合って、日本のＡＡＬが同じサンフランシスコ線を飛ぶためには、世界に名高い日本女性のやさしさと美しさで対抗する以外に手はないというので、実際、そのころのアジア航空の国際線スチュワーデスは、えりぬきの賢く美しい女の子ばかり、かゆい所に手のとどくようなサービスぶりであったから、大造が感心するのも無理はなかったが、おかげで彼は、途中、外の景色の見えぬ時間にも、ほとんど退屈しなかった。

スチュワーデスたちは、食事の時間には、ふり袖姿にあらたまって、客の眼を楽しませにやって来た。

「飛行機の上から、先ずいろいろ勉強になるわい」

大造は思った。

ウェーキ島は、彼のような、戦争中海軍にいた者には、耳に馴染みのある古戦場であった。

飛行機は、そのウェーキ島で給油の上、ハワイへ向う。ホノルル着の時刻が近づいた時、大造は、手洗いに立ったついでに、ふところから名刺と一ドル紙幣を二枚出し、

「わしは、こういう者ですわ。えらい御苦労さん。御世話になりました。今度東京で観光バスに乗りたい時は言うて下さい」

と、スチュワーデスにチップを握らそうとしたが、彼女たちは笑って受け取らなかった。

「御名刺はいただいておきますけど、それはお受け出来ませんの」

「まあ、そない固苦しいこと言わんかて、ええやないか。ほんの、わしの気持やから」

大造は言ったが、

「いただくと、首になりますから」

彼女たちは、丁寧に、しかし頑固に謝絶した。

「ふうん。そうかいな。外国旅行にチップはつきものやて、聞いてたが、あんたら、そういうもんかいなあ」

「はあ……。あの、アメリカで、その問題、きっと、いろいろ気をお使いになると存じますけど、飛行機にお乗りになった場合だけは、世界中どこの飛行機でも、チップの御

心配は一切要りませんのですよ」

スチュワーデスの一人が教えてくれた。

「へえ、そうか」

大造は、具合の悪いような顔をして、出した一ドル紙幣を財布におさめ返した。

しかし、大造のさしあたって感心したことは、まだあった。

彼は、三月十一日の午後九時半に羽田を出発した。ところが、ホノルルへ着いた時、教えられた現在時間は、三月十一日の午後七時半だった。つまり、東京からホノルルまで、マイナス二時間で飛んだことになる。

それは、途中で日附変更線を越すための、暦の上のいたずらだということは、大造も知っていたから、単に面白いと思った程度であったが、彼が荷物のことで、ホノルル市内のＡＡＬの営業所へ行ってみると、そこに、彼が羽田で買ったと同じ週刊誌の、三月二十一日号が、表紙の色も新しく、置いてあった。

大造は、少し頭が混乱するのを感じた。

上手な手品を見せられたような顔をして、羽田で自分が買って来た三月十四日号の雑誌と、そこに確かに置いてある三月二十一日号の雑誌とを見くらべていたが、うまく納得がいかないまま、

「これは、えらい新しい雑誌が来てますなあ」

と、二世らしい男の事務員に問いかけた。

「ああ、それね？ 東京都内の発売より先に、こちらへとどくからね、お客さん、みなビックリするよ」

事務員は、広島あたりのなまりのある、あまり上手でない日本語で、事もなげに答えた。

多分、北海道や九州向けの雑誌荷物と同時に、ハワイ向けに発送されるのが、日本での発売日より一日早く着いてしまうのだろう。

説明を聞けば、何でもないことであったが、大造は、

「なるほど、加茂井さんが言うてた通りのことがおこりよるんやなあ」

と、世界が狭くなったことを、あらためて感じるように思った。

SOS

その晩、大造は、ワイキキの浜の大きなホテルに宿をとった。

ホテルの芝庭には、あちこちにかがり火が赤々と燃えて、腰みのをつけた踊り子たちが、火に赤く照らし出されながら、フラ・ダンスのショウをやっていた。

踊り子の中には、カナカ族らしいのもおり、日本人らしいのもおり、白人も、白人と東洋人の混血みたいなのもいた。

「なんや、ちょっと夢を見とるような気分やな」

風は涼しく、伴奏のハワイヤン・ミュージックのしらべには、絶えず太平洋の波の音

が入りまじって、わずか十数時間前まで東京にいたことが、嘘のようであった。世界が狭くなったのも事実であるが、今、彼がひとり、遠くはなれた異国にいることも事実なのだ。

旅心地をさそわれた東洋の遊子《ゆうし》は、あくる朝、柄にもなく、ワイキキの浜辺で、水浴をしてみる気になった。

三月というのに、この常夏の島の海岸には、ギラギラとはげしく太陽が照りつけ、名物の波乗りや、ヨット遊び、砂の上での甲ら干しと、裸の男女で賑わっていた。

赤や青のビーチ・パラソルのかげで、死んだようにじっと寝そべっている人々の姿を見ていると、時間は運行を停止し、世界中のむつかしい問題は、みんな砂の中へ吸いこまれて消えて行くように思われた。

「十五年前の十二月にも、ああやって暢気《のんき》にしてるとこへ、急にドカドカ爆弾が落ちはじめたんやよってに、連中、きっとびっくりして怒りよったんやろなあ」

誰しも、外国へ出ると、いくらか愛国者めいた気分になり、国威発揚をしてみたいような気になるものらしい。まして、元皇室御写真売りの大造においてをや。

やめておけばいいのに、彼は、

「あいつらに、ひとつ、帝国海軍の泳法を見せたろか」

と、妙に子供っぽい誘惑にかられ、のんびり水を浴びるつもりだったのを、

「えい」

とばかり、くだける白波の中へ飛びこんで、小柄な四角ばったからだで、沖へ抜き手を切って泳ぎ出した。

「ハッチ、ニ。ハッチ、ニ」

「見てみい」

威勢よくしぶきを上げて、彼はいささか得意であった。あたりに、そんな勇ましい泳ぎ方をしている者は、一人もいない。浮き袋の上に仰向けになって、太鼓腹を突き出し、くらげみたいにプカプカ浮いている白人の肌の赤い爺さんや、足に緑色の、ふかのヒレみたいなものをつけて、カヌーにつかまって休んでいるスキン・ダイバーや、ヨットの上の、黒眼鏡の裸美人や、そんな連中ばかりである。

軍艦マーチでも歌い出したいような心持であったが、残念なことに、彼は少々自分の体力を誤算していた。彼が、水泳の得意な、帝国海軍の下士官だったのは、十年以上前の話で、太平洋の大うねりの上で抜き手を切って見せるには、大造はいつかもう、年を取りすぎていた。

いくらも沖へ進み出ないうちに、大造は胸が苦しくなって来るのを感じた。

「急にあんまり無茶したら、いかんな」

「しかし、まだ背が立つやろ」

そう思って、水の中へ足を伸ばしてみたが、藍色に美しく澄んだ海は、いつかぐんと深くなっていて、背は立たなかった。

「こら、いかんぞ」

あせりを覚えた。同時に、彼は吐き気を催した。

危険な徴候であった。

浜の方を眺めると、すぐ近くに、甲ら干しをしている黒ンぼのアベックが見える。すぐ近くといっても、大分距離があるらしいが、とにかく大造は、そちらへ向って、

「おーい、助けてくれえ」

と、叫ぼうと思った。しかし、

「助けてくれえ」

では、相手に通じないだろう。

英語で、何と言えばいいのか？

とっさの思案で、彼は、手足をバタバタやりながら、

「エス、オー、エス。エス、オー、エス」

と叫んでみた。

浜の黒人は、大造に気がついたようだが、笑っていた。

それはそのはずで、「ＳＯＳ」というのは、船舶が遭難した時、救いを求める無線の符号であって、「助けてくれ」という英語ではない。

「エス、オーッ、エス」

「エス、オーッ、エス」

大造は、一生けんめい叫ぶのだが、黒人は、相変らず笑って手を振っている。

勇ましく抜き手を切って出て行った日本人が、沖合で、一層勇ましく、ボートの艇長みたいな掛け声をかけているとしか、彼らは思わなかったにちがいない。

「エス、オーッ、エス。エス、オーッ、——こら、あかんわい。ハワイの海で、わしは溺れて死ぬんかいな」

がっかりして、大声を出すのをやめ、それから死にものぐるいで、自力で浜へ向って泳ぎ出した。

その時、笑って見ていた黒人の男が、はじめて、勇ましい日本男児の様子がおかしいことに気づいた。

彼は、波を蹴立てて、ざぶりと海へ飛びこんで来た。そして、この方は、真実たくましかった。たちまち大造のそばへ泳ぎよって来ると、早口の英語で何か言うなり、大造の腕を逆手に取って、まぐろでも引っぱるように、逆戻りをはじめた。

「どうもすんまへん。サンキュー、サンキュー。ウオーッ」

と、大造が情ない声を出した時には、もう背の立つところへ来ていた。

彼は、二、三度白波に突きたおされながら、砂浜へ上ると、朝ホテルで食べたパパイヤやベーコンを、海水といっしょにみんな砂の上に吐いた。

黒ンぼの二人づれが、そんな大造を、親切に介抱してくれた。

ほかの海水浴客たちも、ワイワイ、ガヤガヤ、大造のまわりに集って来た。

「すまん、すまん。サンキューやて。いっとき、じっとほっといてくれたら、大丈夫。オーケーや。サンキュー」

彼は、末期の帝国海軍のごとき状態で、ぐったり砂の上に伏せてしまったが、黒人の男は、それでも、しきりに何か英語で言っていた。

しばらくして、やっと人心地のついた大造が、頭痛のするのを感じながら、

「何やて？　わしは、英語が分らんのやがな」

と顔を上げてみると、黒人の男は、何度も大造の顔と自分の胸とを指さして、

「ユー。ミシシッピー、パパさん」

「ヒタカダイ、ミシシッピー、パパさん」

と、繰返していた。

「ほう。あんた。日高台のキャンプにおったことがあるのんか？」

「イエス、イエス。ヒタカダイ」

「そらまた、奇遇やな。そいで、何年ごろあすこにおったんか――言うても、言葉が通じんなあ」

しかし、さいわいホテルには、

「ミスター・ヨコタは、大阪ね？　ミーのお父さんは、和歌山県よ」

などと言う、二世のボーイが、たくさんいた。

ホテルへ帰って、ボーイの通訳で、大造は、危いところを助けてくれた黒人が、朝鮮事変のはじまるころ、日高台のキャンプにいて、「ミシシッピー」に度々遊びに来た元米陸軍の軍曹であることを知った。

元軍曹は、ブラウンという名前で、連れの女は奥さん、現在ハワイのモロカイ島でかなり大きな商売をやっている富裕な黒人であった。

「いっしょにミシシッピーで遊んだ仲間たちは、みんな朝鮮で死んでしまった」

ブラウンはそう言って、東京や横浜のことをひどくなつかしがった。

そして、これからハワイのパイナップル工場を見物して、オアフ島内のドライヴに出かける予定だが、いっしょに行かないかと、大造をさそった。やっと気分のなおった大造は、喜んで同行することにした。

世界的に有名なポウル・パイナップル工場の見学は面白かった。

ベルト・コンベヤで送りこまれて来る、もぎたてのパイナップルは、流れ作業で、見る見るうちに、パイナップル・ジュースや、パイナップルの罐詰に化けて行く。その途中、栓をひねれば、いくらでもつめたいパイナップル・ジュースが出て来て、見学者が、自由に飲めるようになっているところがある。

「亜紀子を連れて来たったら、喜びよるやろがな」

案内係の女の子の制服が、また変っていて、帽子から靴まで、パイナップルの黄色と、葉っぱの緑色ずくめ。身につけているアクセサリーも、すべてパイナップルのかたちをしていた。

「なるほど。富士バスのバス・ガールも、ひとつ制服を変えて、上から下まで富士山で統一したろかいな」

それから、島内のドライヴに移ると、道は坦々となめらかに鋪装されていて、太平洋の楽園の名にふさわしく、いたるところに、色とりどりの花が咲きみだれており、美しい芝生には、スプリンクラーが絶えず、くるりくるりと廻りながら水をまいている。芙蓉《ふよう》のようなハイビスカス、藤色のブーゲンビリヤ、火焔樹《かえんじゅ》、洋蘭、サボテンの花。ブラウン夫婦と、言葉は通じなくても、なかなか楽しかった。


ハワイの人たちは、黒人のブラウン夫婦にかぎらず、みんなすこぶる親切であった。空気は澄み切っていて、埃《ほこり》がなく、ホノルルへ着いて三日目に、大造は、自分の靴が、東京を出る時磨いたままのピカピカであるのを発見し、鼻の穴から白い鼻糞が取れるのを発見した。

世界中の人間が、みんなこんな風に清潔に、のんびりと暮して行けたら、どんなものであろうか——。

しかし彼は、町でよく、見知らぬ日系人から、

「東京から来られましたか?」

と訊かれた。

「東京から来たちゅうことが、どうして分りますかいな?」

訊き返すと、彼らは、言い合せたように、

「同じ日本人でも、東京の人は眼が殺気立っとるから、すぐ分る」

と答えた。

彼は「東京の人」の中でも、あまり「殺気立った目つき」をしている方ではなく、どちらかというと象みたいな眼をしていると自分で思っていたが、それでもそういうことを言われる。

「そうかもしらん。東京の人間——いや、日本人全体に、のびのびした楽しさが足らんのや。楽しさは、人の眼つきをやさしいにする。日本へ戻ったら、また、せいらい、楽しさをつくる商売に精出さんならん」

大造は思うのであった。

彼は言葉が全然出来ないせいもあって、日本人旅行者としての、いやな思い、不愉快な経験は、ほとんどせず、現代アメリカの病根というようなものも、あまり嗅ぎつけなかった。

文明批評家ではないから、それはそれでよく、見聞の中から、彼は吸取紙のように、面白いもの、感心したものだけを吸収した。

町で横断歩道を渡ろうとすると、左右から走って来た自動車が、まるで魔法にかかったように、ピタリととまって、彼が道を渡り切るまで静かに待っていてくれる。

これは、ちょっと欧米の都市を旅したことのある人なら、誰でも知っている常識であり、ことにアメリカ合衆国では、横断歩道にタイヤが一インチでも食いこんでいて人を傷つけたら、それこそ眼の玉が飛び出るほどの賠償金を取られるのだということも、よく知られている話であったが、そんなことを知らぬ大造は、これにも端的にすこぶる感心し、

「富士バスを、無事故の富士バスにしてみせたい」

という強い意欲を感じた。

ハワイの住民の、約四割は日系人であった。大造と同じ皮膚の色をした、一世、二世、三世たちであった。

「同じ日本人の血の流れとるもんが、こないに人に親切に、こないにのどかに暮しとるんやったら、日本の日本人かて、それが出来んわけはないやろ」

と、大造は思った。

ブラウン夫婦は、それでも、

「ホノルルは、ニューヨークみたいに忙しくていかん。自分たちの住んでいるモロカイ島へ来い。飛行機ですぐだ」

と言って、大造に、モロカイ島へ渡って一カ月ばかり、のんびり過ごすように、本気になってすすめてくれたが、日程の上からも、そういう訳にはいかなかった。

ハワイ滞在五日間で、ワイキキの海に溺れそこなった大造は、再び機上の人となり、ロスアンゼルスへ向った。

ロスアンゼルスの郊外には、有名なディズニー・ランドがある。

未来の国、冒険の国、開拓の国、お伽《とぎ》の国——そんな、子供たちの夢をいっぱいに充たしてくれる豊かな設備を見物し、ぐるぐる廻るコーヒー・カップにも乗ってみたりしてから、彼は雇った通訳を介して、ウォルト・ディズニーに会見を申し込んだ。

あいにく、ディズニーは不在で会えなかったが、ほかの幹部の者に会って、

「実は、このディズニー・ランドが、これほど発展するとは思っていなかった。こういう観光地をつくるにあたって、周辺の土地をもっと広く確保しておかなかったのは、われわれの失敗だった」

という述懐を聞いて、彼はそれも心の中にメモをした。

氷ガアル

大造がディズニー・ランドへ行くために雇った通訳は、南カリフォルニヤ大学へ留学に来て、すでに何年にもなり、ずるずるにアメリカへ居残っているという、遊び好きの、少しアメリカずれのしたような若者であった。

「あんた、ところでコーリ・ガールちゅうもんは、簡単に手に入るかいな?」

大造が訊いてみると、彼は、

「コーリ・ガールか。コーリ・ガールはよかったな」

と大笑いをし、

「氷ガールでも、アイスクリームでも、何でも、要ればすぐ手配して上げますよ」

と、いささか投げやりな調子で、万事呑みこんでいるような答え方をした。

コール・ガールという言葉は、そのころまだ日本では、あまり一般的な言葉になっていなかった。

富士日本観光の若手の中に悪いのがいて、大造出発の前、

「社長、あちらで不自由した時にはね、コーリ・ガールと覚えとけばいいですよ。氷ガアル、氷があるから、あたためてやらなきゃいかん、それなら覚えられるでしょう」

と、あまりお品のよくない入れ知恵をしたせいで、彼はアメリカの特殊女性が、ほんとうにコーリ・ガールというものかと思っていたのである。

「コーラ・ガールでもコーリ・ガールでもええやないか。そんなら、それを一つ世話してもらおか」

ワイキキの海では、年甲斐もないことをやって、危うく沈没しかかったが、彼も別の方面では、まだそれほど老化しているわけではない。

「これも、楽しさをつくる、重大参考資料やでな」

「オーケー」

通訳の留学生は、すぐ公衆電話のボックスへ飛びこみ、誰かを呼び出して英語で何か

ペラペラやっていたと思うと、

「交渉成立。万事オーケーです。今夜一時に、横田さんのホテルのドアをノックして、すごい金髪美人があらわれるからね。あとのことはまあ、万国共通だから、一人で適当にやって下さい」

と言い、過分のドルの日当を受け取ると、

「サンキュー。社長、頑張ってね」

小馬鹿にしたような調子で、大造の肩を一つ叩き、さっさと帰って行ってしまった。

大造は、ホノルルでぜいたくをしたので、かねての方針通り、ロスアンゼルスでは、リトル・トーキョウと呼ばれる日本人町の、日系人経営の安ホテルに宿を取っていた。煉瓦造り七階建ての、古い大きな建物だが、フロントには、耳の遠い干物みたいな一世の爺さんが一人坐っていて、部屋の絨緞《じゅうたん》にも、エレベーターにも、鼠《ねずみ》の小便みたいな匂いがこもっていた。

もっとも「氷」を呼びこむには、こういうところの方が、遠慮がなくてよかった。

その晩、日本人町のおでん屋で、「YUDOFU」と「TERIYAKI」で夜食をすませてから、彼が部屋へ帰って待っていると、ほぼ約束通り、一時を少し過ぎたところ、ペンキ塗りのドアにノックの音がした。

「オーケー」

大造は何でも、オーケーですませている。

女は入って来た。

「ナントカ、ナントカ、ナントカ、ミスター・ヨコタ？」

「イエス、イエス。わしが横田や」

見れば、女は、金髪にちがいないが、まるで大カマキリみたいなからだつきの、ザラザラ荒れた肌をしていて、しかも明らかに大分酔っぱらっている。

「ナントカ、ナントカ、ナントカ」

それから大カマキリは、大造に向って英語でしきりに何か説明をはじめたが、いくら言っても全然反応がないのを見てとると、いきなり彼の股間《こかん》に手を突っこんで来た。

「こら、待て」

「ちょっと待て言うたら、待て」

大造は、

「何とも、積極的なもんやな」

と、驚いたり感心したりあわてたりしたが、積極的は積極的でも、大カマキリの積極さは、少し意味合いがちがうようであった。

要するに女は、事前に、大造の「品質検査」を要求しているらしいのである。

そして、「品質検査」の方が合格となると、今度は産婆みたいに、カバンの中から道具を取り出して、「衛生的処置」の実施にとりかかった。

大造は、若者ではないし、少々興味索然として来る思いであったが、女はまた英語でペチャクチャ言いはじめる。

そして、これまた全然通じないと見ると、洋服入れの中の大造の上着のポケットから、勝手に財布を抜き出し、十ドル紙幣を二枚つまみ出し、

「取引をすませるわよ」

と言うように、あっけに取られて眺めている大造の眼の前で、二、三度器用にそれをはたいて見せ、自分のハンドバッグの中へしまいこんでしまった。

大カマキリは、それからパッパッと、羞しげもなしに、衣類を脱ぎちらかし、バス・ルームへ入って、自分の方の「衛生的処置」をすませると、はじめて嬌声をあげて大造のベッドの中へころがりこんで来た。

大造は舌打ちをした。

「やれやれ。何でこんなもんに、貴重な外貨を二十ドルもまき上げられんならんのかいな」

「情緒ちゅうもんが、まるきりあらへん」

「ミシシッピーのおなごもが、アメリカ人の男にもてたわけやなあ」

しかし女は、彼の不平などお構いなしに、身ぶり手ぶりで、大造にある種の姿勢を取ることを、求めた。

それは、その通の達者の間で、69という名で知られている行為だということは、大造

にもすぐ分ったが、彼は、

「そら、わしはいやや」

と言って、首を振った。

どうせ何を言っても通じないのだから、彼は大きな声でつづけた。

「アホくさい。どんなバイキンがうじょうじょしてよるか分らんのに、毛唐のそんなとこへ、わしは、そんなことようせんて。あたり前にしとれ。あたり前に」

言葉は通じなくとも、彼はそれを拒否しているということは、女にもすぐ分る。どういうものか、今度は大カマキリの方が、ひどく興味索然たる顔になって、何やら烈しい調子で不服を言った。

双方でこう興味索然では、仕方がない。それで、結果としてこの日米交流は、ひどくそっけない終りをつげることになってしまった。

女はやがてそそくさと身なりをととのえると、毛布から首だけ出して、うらめしそうな顔をしている大造の方へ、それでも、

「バイ、バイ」

と、笑顔の挨拶だけして、バタンと扉をしめ、やがて足音が遠ざかって、大ロスアンゼルスの夜の町の中へ消えて行ったようであった。

「どういうんやろ?」

「国情の相違かいな?」

大造は考えたが、初めての経験で、考えても分ることではなかった。

彼が昔大阪の飛田の遊廓で遊んだころ、中国大陸で「お毒味」などしたころ、或いは近年荒木町あたりの待合での遊び、どれを思い出してみても、こんなつむじ風みたいな女に出あったことは、一度も無い。

「この方面は、大してエンジョイさせん主義かいな?」

「要するに、あんまりええ参考資料やなかったわい」

彼はそう思ってあきらめ、明日からの元気恢復のため、ぐっすり一人で眠ることにした。

その大造から、

「前略。健康上々にて、元気に旅をつづけているゆえ、安心されたし。ハワイもカリフォルニヤも、風景絶佳にして、人はみな親切なれども、女尊男卑の国柄で、女に情緒というものが薄い。女性はやっぱり日本にかぎる。明日ラス・ヴェガスへ向い、それより一路ニューヨークへ行く予定」

こんな航空便の絵ハガキがとどいて来るころ、東京の多摩川べりのアパートでは、みち代が毎日何もすることがなくて、退屈を持てあましていた。

部屋にこもって、ラジオのホーム・ドラマなど聞きながら、つれづれに考えることと言えば、つい、自分の行く末の淋しさ、たよりなさばかりである。

彼女のからだに、もう子供は出来そうもなかった。一・五号か二号か知らないが、ひかげの身のまま、子供も無く年をとって、やがては大造の死を迎える時が来るだろう。いや、年をとらなくても、今度の旅行中だって、何時飛行機が落ちて、大造が急死して——そんなことが起らないとはかぎらない。そうしたら、自分はどうなるのか？

経営状態の香《かん》ばしくないバス会社から、人が来て、あまり多くない手切れ金ぐらいは渡してくれるだろう。しかし、結局は、葬式一つ正式には列席させてもらえず、あとは、つめたい世間へ、それきり、ひとりほうり出されて行くだけだ。自分のような女が、そのあとたどる道は、眼に見えているような気がする。

それも、眼に見えているような道がひらけている間はまだしもで、水商売にも掃除婦にも落ちていけないような、そんなお婆さんになってからだったら、一体どうすればいいのか？

米軍がパンティを下げろと言えば、割り切って、パンティを下げる検査にも応じて、今ごろはバアのマダムや、旅館の女将におさまって、結構羽ぶりをきかせている昔の「ミシシッピー」の同輩たち。それに引きかえ、自分のグズな性質と、一方では僅かな戦前型の教養とが、夫を亡くしたあとの生活を、こんな頼りないものにしてしまったような気がする。

大造の正妻の座になおる機会は、こじれたまま、いつか完全に去ってしまったように思えるし、彼女は旦那から、あくどく、しかるべき物を自分の名義に変えさせるほどの才覚も持ち合せていなかった。

「女性はやっぱり日本にかぎるなんて、いい気なもんだわ」

考えてみれば、男は得なのだ。身辺からたとい何を失っても、仕事というものが情熱の対象として残されている。

葬式とか、手切れ金とか、掃除婦とか、みち代が堂々めぐりで、そんな淋しげな思いにふけっていたある日、彼女のアパートに来訪者があった。

「ごめん下さい。横田さんの御留守宅は、こちらでしょうか？」

ドアの外で、張りのある男らしい声が、そう呼んでいた。

「横田さんの御留守宅」などと、本宅あつかいをされるのは珍らしいことで、みち代は、

「ハイ」

と小走りに、玄関のスチール・ドアの鍵をはずし、そこに、ネイビー・ブルーのコートを着た長身の男が立っているのを見て、思わずハッと息を呑む思いがした。

年恰好といい、背丈けといい、それは、十二年前、巡洋艦那智で戦死した夫の啓介が、最後に横須賀の家を出て行った士官服のままで突然生きて帰って来たような錯覚に、一瞬彼女を陥らせたのであった。

「新日本空輸の関と申しますが」

来訪者はしかし、佐藤大尉の亡霊ではなかった証拠に、自己紹介をし、

「お近くに住んでおりますので、本社の加茂井と染矢から頼まれまして、つまらないものですが、お届けに上りました。うちの飛行機で、北海道から届きましたもので、召上っていただきますように」

と、礼儀正しく、丈夫そうな紙包みを差し出した。

「まあ、それは、わざわざ恐れ入りました。とにかく、ちょっとお上りになって、お茶でも」

みち代は言って、まだ少し動悸のする胸をかがめ、玄関のはきものなぞ片寄せたりしたが、関という人は、

「いえ。ありがとうございますが、これから乗務ですから」

と辞退した。

新日本空輸の飛行機の機長らしく、それでネイビー・ブルーのコートも、みち代は納得がいった。

「そうですか？　どちらへ？」

「札幌便でございます」

「まあ。これから札幌まで」

「はあ。いや。すぐ今夜帰って来るんですが……」

関機長は、如何にも、空飛ぶ仕事が楽しくて誇らしくてならないのだというように、白い歯を見せて笑った。

「そうでございますか。それじゃ、どうか加茂井さんにも染矢さんにも、よろしくお伝え下さい。でも、お近くと仰有ると、どのへんかしら？　よろしかったら、今夜お帰りにでも、どうぞお遊びにお寄りになって」

みち代はそう言いながら、頭のどこかで、目下ひとり身の女が、初対面の操縦士に、遊びに寄れと言うのは不謹慎かなと考えていたが、実は気持の上で、それがちっとも不謹慎にも不自然にも感じられないので、それも自分で少し不思議であった。

「はあ。そのうち、また。では失礼します」

関機長は軽くお辞儀をすると、ドアをしめて、あとはアパートの階段を遠去かる靴音だけが、しばらくみち代の耳に聞えていた。

紙包みには、「御留守見舞、粗品」と書いて、北海道のししゃもの干物と、バターとチーズが入っていた。

バターやチーズは、どこか北海道の小さな農場の自家製らしく、東京でありふれた銘柄のものとちがい、濃く、新鮮で、美味しそうであった。

荒れ馬

このことは、単調な毎日を送っているみち代の心に、ちょっとした波紋を描かせた。

彼女は、美しいきれいか宝石でももらったように、それを大事に冷蔵庫の中へしまって、なかなか手をつけようとしなかった。贈物は、加茂井博士たちからのものであるにもかかわらず、みち代の心の波紋の中心には、関機長のネイビー・ブルーのコートの影が映っているようであった。

その人が、

「お近くに住んでおりますので」

と言った言葉が、彼女の耳に、妖《あや》しい誘いの声のように残った。

そのあと、近所の住宅街を通って買物に出かけるような時、みち代は、家々の表札の中に、無意識にいつも、「関」という字をさがして歩いた。

八百屋の店先で、漬物にする白菜をえらんでいる時、背後に、勤め帰りの人の靴音が聞えて来る。みち代は敏感に振り向いて、それが紺のコート姿の男でないのに、軽い失望をおぼえる。

水商売の経験もある二号さんとしては、どっちかと言えば、純情可憐なようなものであったが、彼女にもし思春期の少女の心の動きとちがう「悪い女」の部分があったとすれば、それは、関機長に対する淡いのぼせぶりに、心理的な面ばかりでなく、大造留守中の、生理的不満が充分作用していたことであろう。

もっとも、古い型の女の常で、みち代は自分でそういう風に、はっきり意識はしていなかった。

「これから乗務ですから」

と、いやにきっぱり、持参の品物だけ置いて帰って行った飛行機乗りに、もう一度あって、ビールの一本も出して、お礼かたがた、世間話かたがた、ちょっと気を引いてみたいという、猫族的本能を自分に感じるだけだった。

彼女は、横田大造を、心身あげて愛しているわけではなかった。それは、事の成り立ちから言ってもそのはずだったが、さりとて、決して嫌っているわけではない。頼りにしているというのが、一番近いところで、長年つもった色々の不満はありながらも、頼りにさせてもらっている以上、それ相応の操《みさお》は立てなくてはというのが、漠然とした彼女の常識であった。

しかし、大造外遊中、思いがけず心に芽ばえた猫族本能は、その程度でとどまるかぎり、別に彼女の常識と背反しないように思える。

こんな風に心の敏感になっている女の眼は、束の間に、たとい大都会の町の角を曲って消えた男の片影でも、決して見逃すものではない。

「御留守見舞」の贈り物がとどいてから一週間ばかりのちのこと、みち代はいつものように買物に出て、駅の出口から商店街の方へ下りて来る人混みの中に、眼ざとく関の姿を見出してハッとした。

相手は、彼女が、

「関さんじゃございません？　せんだってはどうも、ありがとうございました」

と、僅かに頬を染めて声をかけに近よるまで、何も気がつかなかった。

「ああ、どうも」

飛行士は立ちどまった。

みち代に気がつかなかっただけでなく、関機長はその日、疲れ切って、放心したような、すぐれぬ顔色をしていた。

「今、またどこか、遠くからのお帰り？　ちょっとお顔の色が悪いけど、御気分でも？」

みち代が言うのに、

「そうですか。顔色が悪いですか？」

と、パイロットは訊き返した。

「ええ。少し青い顔してらっしゃるわ」

「そうかも知れません」

「御存じのように、すぐそこですから、よろしかったら、お茶でも召上って、少し休んでいらっしゃいません？　気つけだったら、ブランデーもありますわ。ほんとに、どうなすったのかしら」

彼女が言うと、

「ブランデーですか。ブランデーはありがたいな。じゃあ、御言葉に甘えて、ちょっとお邪魔させていただきましょうか」

と、関機長は、あっさりそのさそいに応じて来た。

彼女は、ふっと、不安ともときめきともつかぬものを心におぼえたが、今さら自分の

申出を撤回するいわれは無かった。やがて、みち代の住まいに着いて、靴をぬぎながら関は、

「大阪から帰って来たとこなんですが、実はいやなことがありましてね」

そう言った。

「いやなことって仰有ると？」

「事故をおこしかけたんです」

「まあ」

「一つ間違えば、今ごろ黒焼けの死体になってたとこなんですよ」

「いやだわ、そんなお話」

みち代は疳高《かんだか》く言ったが、危険な作業をくぐり抜けて来た男の息吹きには、一種の渋い魅力があって、彼女は手早くブランデー・グラスと、鮭の燻製とを用意しながら、

「どうなすったんですの、いったい？」

と、好奇の眼で関機長の前に坐った。

「いただきます」

関は、強い酒の香を吸いこむような恰好をしながら、

「大島まわりのコースで、定刻通り、木更津の上まで帰って来たんですが」

と、ぽつりぽつり話しはじめた。

「それから、羽田のタワーの着陸許可を取って、着陸態勢に入ろうとしたら、飛行機の

脚が出ないんです。すぐスチュワーデスを呼びまして、スチュワーデスが顔色を変えたりしたら、お客さんが動揺しますから、乗客には一切何も知らせないように、ただ、にこにこして、羽田到着が少し遅れるとだけアナウンスするように、よく言い聞かせて、それから地上と連絡をとりながら、決められたパターンをぐるぐる、ぐるぐる旋回しながら、コーパイ（副操縦士）と二人で、故障箇所をさがして、あれやこれや、やってみるけど、脚はどうしても出ないのです」

「……………」

「一時間近く飛んでたでしょうか。ついに胴体着陸の決心をして、……羽田じゃたいへんです。空港の消防署をはじめ、すでに緊急態勢に入って、滑走路の両わきに、あるったけの消防車が並んで待っているわけですよ」

「それで、結局は胴体着陸っていうんですか、成功なすったわけなのね？」

「いや、それが、いよいよその決心で、緊張し切って高度を下げはじめた時に、人を馬鹿にしたように、脚が出てしまったんです」

「まあ」

「お客さんたちには、最後まで、ほとんど何も勘づかれなかったから、それはよかったんですが……」

「そりゃ、関さんたちは、さぞこわかったでしょうねえ」

「いや。いや、こわいというより、無我夢中でしたが、下りて報告をすませて、そのあとでこわくなって来ました」

関機長は言った。

「僕は、戦争中海軍の飛行機乗りで」

「ああ、やっぱりそうでらしたのね」

みち代が口をはさんだ。

「どうしてですか？」

「いいえ、先だってお眼にかかった時から、何となく、そんな気がしてたんです」

「とにかく、ずいぶん無茶もやって、大してこわいと思ったこともなかったんですが、自分たちだけ死ねばすむ戦闘機乗りと、定期便の旅客機のパイロットとのちがいですかね、今度ばかりは、時間がたつにつれて、何ともいやあな気がして、かなわないんですよ」

「…………」

「自分の乗る飛行機に、ちょっと自信を失ったような、そういう気持が実にいやですね」

「でも、新日本空輪では、加茂井さんのような方がいらして、そんな危険な飛行機を、たくさん使っていらっしゃるんですの？」

「危険な飛行機ということはないんです」

関機長は言った。

「うちで使っているDC３型という飛行機は、素人目には、双発で頼りなく見えるかも知れませんが、ダグラスの戦前の傑作でしてね。非常に安全な飛行機なんですよ。ただ、これはうちの会社の資金の問題にもなって来るんですが、フィリッピンとかアメリカの小さな航空会社から買い取った、古い寄せ集めの一隊でして、そのため、部品の規格に色々問題があることは事実ですがね」

そういう話になると、みち代はよく分らず、何とも返事のしようがなかった。

「きょうも、会社側には、整備についてよく申入れをして来ましたけど、僕は前にも一度事故を起しかけたことがあって、二度あることは三度で、今度やったら、決定的な事故をやりそうな予感がして、それがいやな気持の原因かも知れませんが」

「…………」

「飛行機乗りの、こういう予感というのは、あたるんですよ」

関機長はそう言って、はじめて笑顔を見せた。

「いやだわ。そんな予感があたったら、たまらないじゃありませんか」

「たまらなくても、あたる時はあたるんです。それは、飛行機乗りの宿命みたいなもんですよ。人間が、早かご飛脚で、三日も四日もかかって行ったところを、欲ばって二時間で行こうとか一時間で行こうとかする天罰かも知れませんが、それでも、われわれは空を飛ぶ魅力というものに勝てないんで、少くとも僕は、死ぬまでこの仕事から離れないだろうと思うんです」

「それは、加茂井さんも言ってらしたわ。飛行機が好きで好きで、三度の飯より好きでという連中ばかりが集って作った会社だからって」

「ええ。ただね」

関機長は言った。

「これも加茂井さんの持論ですが、日本で作った旅客機を、日本人のパイロットの手で運航出来るような時代が早く来ると、いいと思いますね。色んな意味で、それはいいことですから」

飛行士の顔には、ブランデーのせいで、少し赤味がさして来ていた。

「だけど、二時間前に、生死の危いところに立っていて、今こうやって、きれいな方に、コニャックの御馳走なんかしていただいているのは、ちょっと夢のような気がしますよ」

と、彼はつづけた。

「ほんとにありがとうございました。思いがけずお眼にかかれて、すてきな酒を御馳走になって、すっかり気持がなおって来たんです」

事故の瀬戸際までいった飛行機乗りのショックは、やはり相当大きかったものと見えた。

「しかし、そろそろ、失礼をしましょう」

関機長が言うのを、

「まあ、よろしいじゃありませんか。お好きだったら、これ、まだ充分あるし、女を相手に、事故の報告みたいなお話だけなさってお帰りになるの、縁起が悪いことよ」

と、みち代はひきとめた。

「それは、ゆっくりいただいて、もっとしゃべっていたいのは山々ですがね」

と、関はまた笑った。

「奥さまが、お待ちになっていらっしゃる？」

「いいえ、僕はまだ独身です」

「あら」

「下宿住まいの身の上ですから、時間のことは構わないんですけれど」

「ですけれど、なあに？」

みち代は、自身の言葉つきがコケットになりかけるのを、ほとんど気づいてはいなかった。

「奥さん」

関は言った。

「男が、こういう危険な目にあって帰って来た時には、からだの中に荒れ馬が一匹眼をさましているものなんですよ。御好意ですけど、これ以上お引きとめになってはいけません」

「荒れ馬？　まあ、こわいのね」

みち代は、如何にも女らしい笑い方をした。

ここから先は、謂わばミサイル発射の秒読みみたいなもので、

「マイナス五」

「マイナス四」

「マイナス三」

「マイナス二」

「マイナス一」

「ゼロ」

ロケットはゆっくりと、しかし烈しく火を噴きはじめる、ということになるのは自然の順序であった。

朝富士夕富士

男というのは勝手なもので、自分は金髪の大カマキリとへんなことをしたりしていても、留守中みち代が、新日本空輸の飛行機乗りと秘密を持つようなことになっているなどとは、夢にも思わず、大造は、東京のことなど半分忘れて、好奇心満々、相変らず元気にアメリカの旅をつづけていた。

ラス・ヴェガスは、面白い町だった。

一望千里、砂漠のどまん中のラス・ヴェガス空港に下り立つと、飛行場の待合室からして、もうバクチの匂いがした。パチンコのような、スロット・マシンという器械が何台も置いてあって、飛行機待合せの人々が、銀貨を片手に、

「チーン、ジャラジャラ」

とやっている。

パチンコといっても、銀貨を入れて、ハンドルをまわして、あたれば銀貨がジャラジャラ流れ出して来る、速戦即決の現金パチンコである。

飛行場の一隅には、自家用機の繋留場《けいりゆうじよう》があって、赤いセスナ、黄色いヘリコプター、色とりどりの小型機が、何十機となく並んでいた。みんな、アメリカの各地から、遊びにやって来た金持ち連中の自家用なのだそうだ。

「飛行機操縦してバクチ打ちに来よるんかいな。ふうん」

その飛行場から、坦々たるハイウェイが、ネオンに彩られた、砂漠の中の不夜城に通じている。

大造は、そこに、ドルの乱れ飛ぶ、どんなすさまじい鉄火場が展開しているかと、日本流に想像していたが、音に聞くラス・ヴェガスの町は、意外にのんきなところで、どちらかと言えば、大人用のディズニー・ランドといった楽しげな趣があった。

お伽話のシンデレラの靴のような、大きなハイヒールが、屋上で、夜空にキラキラ廻

転しているホテルがある。そこの一階は、むろんバクチ場である。

上着に蝶ネクタイで入って行かねばならぬ、そういう高級ホテルの高級賭博場もあれば、アロハ・シャツで、最低一セントから遊べる町の庶民バクチ場もある。

タクシーの運ちゃんも、世界を股の大賭博師も、一夜の観光婦人客も、楽しく自由に好きなだけ遊んで行けるような仕組みが出来ているようだった。

静かなモテル街は、別にあって、バクチやショウの騒ぎで眠りをさまたげられるようなこともない。

おまけに、それらの賭博場と来たら、夜ひるなし、二十四時間三百六十五日、ぶっつづけの営業をやっている。バクチ場が二十四時間営業だから、町のレストランの方にも、

「食事、二十四時間中出来ます」

というのがある。

「徹底してよるなあ」

大造は、町をぶらつきながら感心していたが、たしかに町中、協力一致（かどうか分らないけど）、お客さんを徹底的に楽しませて、思いきり財布の紐をゆるめてもらおうというような気配があった。

彼は一と晩ラス・ヴェガスに泊って、あとは予定通りまっすぐニューヨークへ飛んだ。

ニューヨークは、写真や映画で知っている以上の、とてつもない町であった。

地下鉄に急行があって、黒い十輛編成もの急行電車が、轟々たる音を立てて、マンハッタンの地下で普通電車を追い越して行く。その地下鉄に乗っている人間の顔が、皮膚の色から髪のちぢれ具合、しゃべる言葉まで千差万別、英語とはあきらかにちがう言葉が始終聞え、まるで世界中の人種の展覧会である。

摩天楼の大群は、別に見ただけでは度胆もぬかれなかったが、中でも有名なエンパイヤ・ステイト・ビルディングの中に、日本の総領事館を訪ねて行った時、七一一二号というメモをたよりに、丸ビルにはいったようなつもりで、何となく七階に上り、七階の一一二号室をぐるぐるさがしていたら、それが七十一階の十二号室であったのには、彼も、

「ははン、なるほどなあ」

と、いやに感心してしまった。

人々は、何しろ物すごく忙しそうであった。

町の簡易食堂には、銀貨を入れてボタンを押すと、皿にのった湯気の立つ料理が、ゴトンゴトンと飛び出して来るのがある。

「アメリカ人が、なんぼ合理的にエンジョイするのが上手や言うたかて、こうまでなってしもたら、味気ないやろがなあ。女と食べもんは、日本の方がええなあ。カツオブシの入った握り飯が食いとうなるわ」

しかし、そうかと思うと、一方、ハワイやラス・ヴェガスと同じように、いやにのん

びりしたところもあるようであった。

一日、彼は参考のために、通訳をやとってニューヨークの観光バスに乗ってみた。大男の運転手が、ガイド兼業で、客がそろうと、一人一人に、

「どこから来た？」

「あんた、どこから来た？」

と質問をはじめる。

一人の、運転手に負けないくらいの大男が、

「ヒューストン、テキサス」

と答える。

「ほう。テキサスか。ヒューストンにも、こんな大きな観光バスがあるかね？」

「あるとも。この五倍くらいのがある」

すると客たちが、ドッと笑う。

通訳の説明によると、テキサスの人間というのは、何でも自分のところの物が世界一大きいと信じているのだそうだ。

客は、アメリカのお上りさんばかりではない。

「スイスのチューリッヒ」

と答える者もあれば、

「ミュンヘン、ドイチュラント」

と、勿体ぶってドイツ語で答えるドイツ人もあるし、

「ブエノス・アイレス」

「ラングーン、ビルマ」

さまざまである。その度に、大男の運転手は何かしら冗談を言ってみんなを笑わせる。大造に質問が廻って来た時、

「トウキョウや。日本の東京や」

と、彼は大声で返事をした。

「オオ、東京」

運転手は言った。

「十一年前に、おれたちが爆撃した町だ。悪く思わないで、よく来てくれた」

聞いて大造は苦笑したが、まわりの乗客たちは、またドッと笑う。

この運転手のもの言いは、乱暴のようでいて、当意即妙のユーモアで、人々の心をうまくくつろがせる、まことに効果的な作用をしているように見えた。

きょう一日、かりそめの縁で同じバスに乗り合せた、世界各地からの人々を、急速に打ちとけさせ、話し合うきっかけをつくり、和やかな空気を車内にかもし出す効果は、充分のようであった。

ニューヨークではまた、旧知のケンプにもあった。

ケンプは、「ミシシッピー」が閉鎖になったことは残念がったが、

「ドクター・カモイはその後どうしてるか？」

と訊き、戦争中あれだけの性能を持った飛行機を生産していた日本は、やがてドクター・カモイたちの力で、われわれのために——つまり、世界の航空業者のために——、安くて良質の、日本のカメラみたいな飛行機をつくり出すにちがいないと言い、しきりに、

「日本はいい国だ」

「日本はすばらしい国だ」

と繰返した。

しかし、あんなすばらしい国に、ほかの国の人間をもっと見物に来させる気が、日本人はないのだろうか、日本政府は引っこみ思案で、外人観光客を誘致する努力をちっともしていないように見えるのはどういうわけだろうか、などとも言った。

「その点は、不肖わしが、おいおいやってみるつもりでおるんですわ」

大造は見得を切ったが、ケンプは、

「そうだ。君ならやれる。サイト・シーイング・バスだけでなく、もっと大きなそういう仕事を、ぜひやれ」

と、本気で彼をはげました。

こうして大造は、アメリカからさらに、ヨーロッパの諸国へと、観光地や観光施設視

察の旅をつづけ、その年五月中旬になって、元気に日本へ帰って来た。

「お父ちゃん、お帰り」

「お土産ある？　なに？」

空港には、亜紀子をはじめ、大勢の社員や元「ミシシッピー」の女性たちが迎えに出ていた。

亜紀子は、しばらく留守の間に、また一ときわ成長した感じで、大造がスイスで買って来たナルダンの美しい腕時計が、よく似合う少女になっていた。

彼はしかし、娘とみち代とに、それぞれ女持ちの時計を一つずつ買った以外、外遊土産のようなものは、一切求めて来なかった。

「見て来たもん、仕事に生かせたら、それが会社のみなへの何よりの土産や」

それに、心中実はひそかに計画していることもある。

彼が観察してきたかぎり、人を上手に遊ばせることにかけては、何といっても、アメリカが一頭地を抜いていたが、フランス、スイス、イタリー、ドイツ、英国――ヨーロッパの国々も、決してそれに多くをゆずるものではなかった。

歴史や自然が創り出した、ただのものを外国人に売ることにかけては、各国とも、実に異常な熱意を持っていた。ケンプが、日本人のやり方をあきたらなく思うのも、もっともであった。

第二次大戦の傷痕《きずあと》は、ほとんど消え失せ、アメリカにもヨーロッパにも、戦後の繁栄時代がおとずれて、それぞれの国は、飛行機で気がるにやって来る人々に、史蹟も景色も美術も、その国のすべてを見せ、自分の国の美味いものを食べさせて、たっぷり楽しんでもらうように、ましてその事で、自らもたっぷり潤い、お互い、飲み、踊り、語り、平和な市民生活の喜びを満喫しているかに見えた。

「自分らが、充分楽しんでよるよってに、人を楽しませるのに、ケチケチしたみみっちいとこがない」

それが大造の感想であった。

「サイト・シーイング・バスだけでなしに」

と、ケンプにはおだてられたが、さしあたっての彼の仕事は、バス事業だった。

そして、帰国後の大造の、富士バス経営の改革ぶりには、まことにめざましいものがあった。

「アメしょん旅行をして来たぐらいで、すっかりあちらづいちゃって、このごろの社長と来たら、少しキビが悪いや」

とかげ口をきく者もあったが、何ぶん彼は、照れるというような神経と、あまり縁のない男で、まるで明治の洋行がえりみたいに、自分が吸収して来たこれはと思うものを、即決でどしどし事業に応用しはじめたのである。

当面の目標は、大きく言って二つあった。

第一に、「無事故の富士バス」という実績をうち立てること。

第二に、富士バスの旅を、もっともっと楽しいものにすること。

そして終局的には、「世界の富士バス」「世界の客が乗りに来る」というようになりたいという野心。

彼は先ず、富士日本観光社員への外遊土産と称して、バス乗務員の、うんと近代化した宿舎の建設に着手した。

昭和三十一年といえば、日本住宅公団の仕事が発足して間もない時代で、経理の方からは、

「社長の外国かぶれも、いいかげんにしてもらわなくちゃ」

と、相当強い抵抗があったが、もともとワンマン社長の彼は、

「自分が、ゆったりと楽しい暮しをしてないで、人を楽しい気持にさせるようなサービスせえいうたかて、無理なこっちゃからな」

と、強引に我意を押し通し、やがて、芝浦の富士バスの車庫から近いところに、鉄筋四階建ての、清潔な女子アパートが誕生することになった。

「社長さん、すてき」

と、女の子たちの喜びようは、大したものであったが、一方、

「社長、われわれ一般男子社員の方のお土産は、どうなるんですかね？」

と不平を述べる向きもあって、それに対しては、

「わしは、残念ながら、アメリカへ行って、レディ・ファーストになって来てしもたんや。お前らはまあ、当分、女子寮の窓に干してあるパンティでも眺めて、楽しんどれ。男のことは、あとまわしや」

大造はとぼけていた。

もっとも、それは必ずしも彼の真意でなかった。男子社員でも、バスの運転手たちのためには、完全な防音設備をほどこした暗室の寝室を、彼は車庫のとなりの土地に三部屋建設した。

貸切り長距離バスを運転して、国道すじを徹夜で帰って来たような場合、運転手たちは、自宅では、子供が泣く、ガスの集金が来る、隣家のラジオがうるさい——、なかなか睡眠がとれるものではなく、つい寝ぼけ眼《まなこ》で次の乗務に出て行くということになりがちなのだ。

旅行中、アメリカの鉄道員や炭坑労働者のためには、暗室の寝場所が用意されているという話を小耳にはさんだのが、運転手たちにそんな贈り物を提供する気にさせたきっかけであった。

先ず、バス・ガールと運転手の生活から、出来るだけ快適に——それが「無事故の富士バス」に通じる、最も効果的な道だと、彼は計算していたのだろう。

新婚早々とか、つい麻雀で夜ふかしをしてとか、睡眠不足の乗務員には、率直に申し出させて、一切叱言を言わずに勤務割を変更してやれという社内通達も出したし、

「突破するより一旦停止」

という標語は、社内いたるところに貼り出されるようになった。

ただしこれも、安全運航で世界に名高い、ＳＡＳ、スカンジナビヤ航空の、

「突破するより引返せ」

というモットーを拝借して、もじったものであった。

彼はしかし、問題は標語だけでは片づかないことも知っていた。

標語の裏打ちとして、観光バスのスケジュールには、常に充分な余裕を持たせ、安全運転のために帰着がおくれた運転手は、ほめてやるとも咎《とが》めてはならないという方針を、社内に徹底させた。

それでなお且つ、バスがおくれて、汽車に乗りそこなったとか、終電車が無くなったとか、客から苦情が出た場合は、金に糸目をつけずに、タクシーや旅館の世話から、飛行機の切符の手配まで、会社が責任を持つという内規も作り上げた。

大造のこうした、一連の思い切った方策が、これから数年の後に、地方の町々で、

「東京へ行ったら、見物は富士バスにしんさいよ。富士バスにさえ厄介になっとりゃ、生命の心配は無いけんのう」

とか、

「バスが汽車におくれたちゅうて、特急券ば買うてくれて、その特急が、わしらの乗るはずやった急行列車ば、名古屋で追い越しよりましたもんねえ。感激しましたったい」

とか、旅行会、婦人団体、修学旅行の先生たちの口から口へ、評判になってひろまって行くことになったのだが、それはのちの話である。

ハワイのポウル・パイナップル工場を見学した時に見たパイナップル色一式の、案内ガールの制服も、彼は早速富士バスのバス・ガールたちの服装に取り入れることにした。帽子も靴もバックルも胸のアクセサリーも、富士山のかたちをつけられるところには、全部富士を配し、それを夕富士と朝富士との二た組に分けて、夕焼け富士になぞらえた夕富士組は、まっ赤な制服に、赤い富士山のアクセサリー、朝富士の組は紺一色、バスの色も二色に分け、田舎のお客さんたちが、

「赤い夕富士の二号車」

という風におぼえておけば、うろうろすることが少いようにと考えた。

夏場の納涼バスに乗務する案内嬢のためには、赤いのと青いのと、富士山の模様を染め出した浴衣をつくってやり、彼女たちが帯に、富士山の絵のうちわをはさんで、キリッと勢揃いした姿などは、社長の大造ならずとも、なかなか美しい観ものであった。

その、富士バス・ガールたちのスタイルが、少し世間の評判になり出すと、抜け目なく彼はまた、玩具問屋を通して、バス・ガールの人形をたくさんつくらせ、

「御乗車記念」

と箱に書き入れて、客に配ることを思いついた。客が、

「何だろう？」

　とあけてみると、眼の前の彼女とそっくりの、まっ赤な、或いは紺の制服の、バス・ガールの人形で、おまけに、

「きょうの記念に、わたしを差し上げます」

　というカードが入っているという寸法である。

「孫にええ土産じゃ」

「いや、わしは、本物の姉ちゃんの方が欲しい」

　と、田舎のお父さんたち、喜ばざるわけがない。

　おりから、日本には、カメラ・ブームがまきおこりつつあった。

　大造は、バス・ガールたちに、扱い方を教えて、一人に一台ずつ、小型カメラを持たせることも発案した。

　定期路線にしろ、貸切りの遠出にしろ、彼女たちは、その小型カメラで、なるべく気づかれないように、客の見物姿を撮影することを命じられていた。

　うまくとれていたら、

「浅草の仲見世でお買物中を、ちょっとスナップさせていただきました。富士バス何々コース御乗車の思い出に、お納め下さいまし。またのおいでをお待ち申し上げております」

　という風な、肉筆の手紙をそえて、控えた乗客の住所あてに発送させるのである。

ニューヨークの観光バスのやり方は、むろん大いに参考にした。しかし、赤の他人の乗合客同士を、若い女の子の口一つで、ユーモアをもって、短い時間の間に、和やかな一つの雰囲気につつみこませるということは、言うべくして、なかなかむつかしい技術であった。

そのために、大造は、会社の中に、ほとんど学校に近い、富士バス・ガールの教育施設を作り上げた。

これまでも、教習所のようなものはあったが、それをうんと充実させて、歴史の先生、心理学の先生から、落語家、ボードビリアンまで招いて、課外講義を聞かせる機会を多くし、

「君らなあ、よその、いわゆるガイド調で棒暗記のおしゃべりしとるんやったら、つまらんのやで。一旦乗務したら、君ら一人一人が、司会者で俳優で保姆《ほぼ》で安全係で、一人三役も四役もつとめんならんのや。飛行機のスチュワーデスより、よっぽどむつかしい仕事やから、よう勉強してくれよ」

と、社長自ら教場に出て、激励するという力の入れようであった。

成果はそのため、次第次第に上って来た。

観光バスの客の中には、案内嬢が何か説明をはじめると、

「ああ、知ってるよ」

と、水をさすような口をきく人が、よくいるものだ。

富士バスのバス・ガールたちは、そういう時、決して絶句したり、いやな顔をしたりせず、

「あ、こちらのお客さまが、このお話はよくご存じのようでございます。ひとつお客さまに、御説明をお願いしてみましょう」

と、すかさず客にマイクを渡すぐらいの臨機の身のかわし方は、みんな朝飯前で、のちにはテレビ会社が目をつけて、引き抜きに来たヴェテランのバス・ガールまであらわれるようなことになった。

第六章

家出ブルース

「何しろ、神武さまだからね」

「いや、おかげさまで、私どもの方にも、最近やっと神武天皇が、少しお顔を向けて下すったようで」

商売人たちの間で、そんな風に、神武景気という言葉が、流行語になりつつあった。デラックスとかレジャーとかいう言葉も、次第に流行の日本語になろうとしていた。

「欲シガリマセン勝ツマデハ」

あれから十幾年、日本人の生活も、すっかり面目をあらためた。

神武新時代の三種の神器は、テレビと電気洗濯機と電気冷蔵庫で、それらの電化製品は、急速に日本の中産家庭に普及しはじめていた。

外遊から帰った大造が、富士バスの経営改革に打った手は、こうした好況の波にのって、一つ一つ着実に、予想通りの成果をあげていった。

もう、口で「簞笥撲滅論」などを言っている時ではない。彼は、

「ママの一日家出バス」

というのと、

「東京遊覧立体コース」

という二つのアイデアを思いつくと、早速それを実行にうつし、ラジオやテレビで宣伝しはじめた。

「立体コース」なるものは、富士バスの案内ガールたちが、

「これはみなさまに、陸の上から、水の上から、さらにまた空の上から、夢の東京を、心ゆくまで楽しんでいただこうという、デラックス・コースでございまァす」

と説明する通り、浅草見物のあと、富士日本観光専用のモーター・ボートに、朝富士ガール、夕富士ガールを同乗させて、一挙に隅田川を走り下り、東京湾を水の上から案内して、次に、先まわりした芝浦の岸壁に待っているバスで羽田の東京国際空港へ。そこで、加茂井博士を口説いて、航空知識の普及ということで、特に安く契約した新日本空輸の飛行機に乗りかえ、十五分ばかり東京上空を飛びまわって下りて来るという、観光コースであった。

人々のふところ具合がよくなって来るにつれて、この「立体コース」もうけたが、「ママの一日家出バス」の方は、さらに人気を博した。

「ママは羽田を知りません

伊豆も箱根も知りません
浅草さえも何年も
行ってみたことありません
やさしいうちのママだけど
ぬかみそくさいが玉にきず
ママを一日家出させ
心のせんたくさせましょう」

大造は、生れてはじめて、前代未聞、「家出ブルース」なる詩（?）を自ら作詞し、「ママのお供は、無事故の富士バス、やさしい朝富士夕富士ガールたちにおまかせ下さい」

と、コマーシャル・ソングに仕立てて、臆面もなく民間放送に流しはじめた。

「臆面もなく」どころか、実は大得意で、ひまさえあれば、社長室の安楽椅子の上で、

「ママは羽田を知りません
ママを一日家出させ」

と、自分の作った「家出ブルース」を、自分で音程をふみはずして、口ずさんでいるという風であった。

しかし、それやこれやで、社長室に貼り出された月間成績表のグラフは、尻上りの曲線をえがき出し、「赤字の富士バス」は、まだ「世界の富士バス」とまでは行かなくと

も、とにかくはっきり黒字に変り、彼は大いに満足であった。

自分の考えついたことが、次々いい結果を生むとなれば、事業経営も楽しくて仕方がない。

大造は、貧しい育ちだったから、小さいころ、自分の誕生日のお祝いをしてもらったという記憶が、全くなかった。

バスの運転手や案内ガールたちも、同様、親兄弟からいつも誕生日を祝福してもらえるような境遇の者ばかりではない。彼は庶務課に、全従業員の誕生日を記入したカレンダーを作ることを命じ、

「岡本運転手とガイドの平田さん、社長さんがお呼びですから、本日勤務がおわったら、社長室までおいで下さい」

何か叱言かと、岡本運転手と平田ガイドがおそるおそる、雁首《がんくび》をそろえて社長室にまかり出てみると、

「誕生日おめでとう。これは粗末なもんやが、わしからのお祝いや」

リボンをかけた五百円見当の品物が渡される。

「あ。きょうは、僕の誕生日でしたか？　忘れてました」

と、もらった方がびっくりするという風なことも創案し、これも社内で極めて好評であった。

しかし、そうやって仕事のことばかり考えているせいで、大造は、亜紀子やみち代の誕生日のことになると、頭から抜けて、いつもけろりと忘れていた。

それでも、亜紀子の方は、

「何よ、お父ちゃん。会社には、お誕生日係がいるんでしょ？　亜紀子のことは書きこんでないの？　本末テントウじゃない」

などと、遠慮なしに不服を言うからよかったが、みち代の心が、最近どんな屈折をしているか、それについては、忙しさにまぎれて、彼は何も感じていなかったのである。

新日本空輸の関操縦士と、みち代との間は、すでに一年ちかくつづいていた。

多忙な大造は、ちかごろでは、多摩川の彼女のアパートに、夜七時前にあらわれることは、めったになかった。一方、世間一般の好況のせいで、ＮＡＴの飛行機も満席のことが多くなり、ノンスケと称する臨時便が飛ぶことも度々で、関も忙しくはあったが、彼の場合は、午前中にオフになって、昼間の自由時間を持てることがしばしばある。

二人は、多摩川のアパートは二度と再び使わなかった。

「僕です。今、羽田。二時に、いつものところで」

と、業務命令のような電話がかかって来ると、みち代は念入りに髪のかたちなどととのえて、新宿のデパートに買物に出、その買物の往きとも返りとも知れず、ひそかに千駄ケ谷か代々木の駅に、人目を避けて下車するようなことが、重なっていた。

世話になっている大造に対して、このことは無論秘中の秘事であったが、関機長にいだかれている時、みち代の脳裏には、よく、昔の夫の啓介の面影と、若く幼い妻であった自分自身の姿とがダブって来ることがあって、それは関に対しても、秘事になっていた。

どちらかと言えば古風な気質のみち代は、そうして、二重乃至三重の内緒事をしているという意識から、なかなか抜けることが出来ず、一年近くたっても、その度に心は、喜びと怖れとにときめいていた。

飛行機乗りの愛撫を受けたあと、いつも彼女は、

「悪」

そう言って相手をなじったが、それは女としての満足と、甘えと、裏返しにされた自身の罪の思いとの、からみ合った言葉であったろう。

「だけど、男の人って、自慢話みたいに、こういうこと、お友達に吹聴したりするんじゃないの？」

「そんなことはありませんよ」

関は、浅黒い顔で笑っている。

「そうかしら。もしわたしたちのことを知った人があったら、わたし、その人を殺すかも知れないわよ」

「へえ、すごいんだなあ。邪魔者は消せ、ですか」

「わたしね、そういう風に、茶化して、遊び事のように扱われるのはいやなの」

みち代は言った。

「それじゃしかし、あなたにとって、これはもう、遊びじゃないと言うのかい？」

「二人だけのことでいたいのよ。遊びでないとは言いませんけど、絶対に、墓場まで持って行く、二人だけの秘密でいたいのよ」

「それはいいさ」

関は、皮肉な微笑をうかべる。

「僕の方だって、御同様、加茂井さんや染矢さんに知れた日には困るんだし、こういうものは、当事者同士だけだったら、無かったのと同じことなんだからね……。僕はみち代さんの、どんなにすみずみまで気に入っても、事を荒立てて、結婚してくれとか、向うさんと別れてくれだとかは、言い出さないことに決めてますから」

みち代は、男と女の気持の微妙な食いちがいをもどかしく思いながら、

「にくらしいわね」

と怒った。

「にくらしいって、それが大人のやり方というものじゃないのかな」

「もういいわ。そのかわり、ほんとに、お墓に入るまでの秘密よ。わたしが死んだら、一度だけ、一人でわたしの墓に、お花を供えに来てちょうだい。関さんが先に死んだら、きっとわたしもそうするから」

みち代は、関が、事の露見して彼女が大造に見捨てられることだけを恐れているかの

ように、そう取っているらしいのが不服だったが、男である関操縦士の方にすれば、「墓場とは、遠大なる話になって来た。こういう女とは、いつごろどうやって別れるのが、一番上手というものかな？」

などと思っていたかも知れない。

みち代はしかし、一人になると、露見する日があるにしろ無いにしろ、こんなことをしていて、いつか自分は、ひどい罰を受けるのではあるまいかという不安を、いつも感じるのであった。

そして彼女のその予感は、意外に早く、意外なかたちで適中することになったのである。

大造が外国から帰って来た次の年の春の、ある、月の無い晩であった。

名古屋の小牧空港から、羽田へ向けて、高度六千フィートで飛行中であった新日本空輸その日の上り最終便のパイロットは、二十時四十二分ごろ、伊豆半島の南方ですれちがった、下り三十一便大阪行のDC3から、日本語の無線電話連絡を受けた。

「JA五六〇一、こちら、五七〇四。機長、関です。左エンジン不調で、羽田へ引返そうかと迷っているが、難聴区域に入っていて、ジョンソンとコンタクトが取れない」

「五七〇四、五七〇四。こちらJA五六〇一。四十二便の春崎ですが、どうしたの？ジョンソンとは、こちらから連絡取りましょうか？」

「五六〇一。こちら五七〇四。お願いします。しかし、多分大丈夫でしょう。さらに具合が悪いようなら、小牧へ下ります」

「五七〇四。こちら五六〇一。じゃあ、気をつけて」

交信はそれでおわり、二つの飛行機は、よく晴れた星空の上ですれちがった。

電話の感度は良好であった。

奇数のフライト・ナムバーを持つ西行きの飛行機は、五千フィートの奇数高度、偶数のフライト・ナムバーを持つ東行きは、六千の偶数高度を保ち、二機は、高さで千フィート、水平距離で十マイルはなれてすれちがったから、春崎機長は、関機長の声を聞いただけで、五七〇四号機の機影は視認しなかった。

ジョンソンというのは、埼玉県の米軍ジョンソン航空基地内にある、日本の航空管制センターのことで、当時、伊豆半島の附近は、ジョンソンとの無線連絡の、難聴区域になっていたのである。

それから約三十分後、春崎機の乗組員たちが羽田に着陸して、国内線フィンガーわきのスポットに飛行機を停止させ、乗客をおろして、空港内の新日本空輸運航課へ顔を出した時には、もう、居合せたかぎりの職員が、騒然となっていた。

「関さんのシップが、応答が無いんだ」

「ほんとか?」

春崎機長は、叩きつけるように言った。

「さっき、左エンジンが不調で、引返そうかどうしようか迷ってるが、多分名古屋までは飛べるといって、すれちがった時連絡して来たんだ。それじゃ、小牧か浜松あたりへ下りてるんじゃないのか」

「分らない。二十時三十七分以後、連絡がとだえた」

旅客定期便に使われている類の飛行機は、たとい双発でも、片方のエンジンは予備みたいなもので、片肺だけで充分安全な飛行が出来なくてはならぬ規定になっている。あまり望ましいことではないけれども、実は、一方のエンジンが、飛行中不調になるのは、時々あることで、春崎機長たちも、それほど気にはしていなかったのであった。

「よし。ポジションは、大体分ってる。おれは、すぐ引返す」

春崎機長は、そう言うなり、今エンジンを停止したばかりの乗機をめざして、飛び出して行った。

各課、各室の電話は、たちまち全部ふさがって、加茂井、染矢両重役ら、会社の幹部連中にはすべて連絡が取られた。それらの人々は、それから一時間以内に、それぞれ、悲痛な面持ちで、急遽《きゅうきょ》、羽田へかけつけて来た。

「分らないか?」

「焼津へ下りてないか?」

「浜松は?」

「小牧は？」

しかし、JA五七〇四号機は、キャプテン、コー・パイロット（副操縦士）、スチュワーデス一名、満席の乗客三十名とも、計三十三名の人間をのせたまま、杳《よう》として行方が知れなかった。

航空機は、危急に際した時は、

「メーデー、メーデー」

という略語で、救いを求めることになっている。その「メーデー」の声すら、どこにも入っていなかった。

どういう経路で、どうやって情報をつかんだのか、各新聞社、放送局の、社旗を立てた自動車も、そのころには、羽田と田村町の本社とへ、続々集って来、新日本空輸は、ようやく上を下への大騒ぎになりはじめていた。

全員絶望？

時間は、手ごたえなく過ぎて行った。それは、そのこと自体、事件がはっきり、重大な様相を帯びて来た証拠のようなものであった。

報道陣は、所かまわず事務所の電話を占領し、新日本空輸の幹部めいた人間と見れば、つかまえて、遠慮ない質問の矢を浴びせて来た。

「カモイさんね？　失礼ですが、カモイは、どんな字を書きますか？」

胸にNATのバッジをつけていれば、加茂井博士も、決して例外にはしてもらえなかった。

時刻が時刻で、航空関係の記者でない連中、加茂井博士の名も知らず、飛行機の知識も持ち合せていない人々が、たくさんつめかけて来ている。それでも、彼らは彼らなりの職業意識で、真剣に問い迫った。

「で、加茂井さん、原因は何だと思いますか？　墜落の原因――」

「墜落の原因って、墜落したかどうか、まだ分りません。二十時三十七分以後、連絡が無くなったとだけ、申し上げているはずです」

「しかし、これだけ行方不明なら、墜落と同じじゃないですか？」

「乗客名簿は、見せてもらえないの？　乗客名簿」

「いったい、その飛行機は、落下傘は積んでなかったの？　どうして落下傘を積まないんですか？」

「落下傘については、乗客乗組員用のパラシュートを搭載して飛んでいる定期航空は、おそらく世界中に一社も無いと思いますが――」

記者団の、口々の問いに、出来るだけ鄭重《ていちょう》に返事をしながら、加茂井秀俊の気持は動転し、腹綿の煮えるような思いを、抑えかねていた。

それはしかし、飛行機にまだ乗ったことのないらしい地方新聞の記者の、無知な質問に対する腹立ちでも、まして、行方の分らなくなったJA五七〇四号機のパイロットたちに対する腹立ちでもなかった。

新日本空輸が、八百屋の飯塚興業から脱皮して、定期路線の運航を開始してから約二年——。

いつもいつも、ガラ空きだったNATの飛行機にも、ようやく客の足が向いて来て、八十パーセント、九十パーセント、時には満席つづき、幾日も前からウェイティング・リストの要るような状態があるまでにこぎつけて来、前月には、創立以来最初の黒字を記録し、

「日本人の手で日本の空を」

という、彼らの年来の理想が、やっと実りを見ようとしていた矢先だったのである。

長年の間には、いずれ一度や二度の事故は、航空事業の宿命として覚悟せねばなるまいかと、かねて内心思っていたものの、それが、自分たちの、ようやく前途に光明を見て立ち上りかけたその時をえらんで、おそいかかって来たことに対し、加茂井秀俊は、誰にとも向けようのない、いら立ちと腹立たしさをおぼえるようであった。

空港営業所の中では、報道陣に占領された電話を奪いかえそうと、職員たちが殺気立っていた。外部との連絡も、応対も、命令系統も混乱し、ごったがえしている中で、やがて、腕時計を見ながら、

「かりに飛んでいたとしても、もう切れる時間ですね」

と、ふと呟くように言う者があった。燃料のことだった。そして飛行機は、燃料の絶

えるこの時間まで、無言で、日本の空を飛びつづけているはずはなかったのである。

たった一つののぞみは、関機が、どこか、連絡の取れない場所に不時着して、救助を待ちながらひそかに息づいていることだけであった。

夜、非常の場合、人気《ひとけ》が少く、平坦地が多く、白い波がしらで海との境界の見定めやすい海岸線を、不時着場としてえらぶのは、熟練したパイロットの常識である。

「五七〇四」

「五七〇四」

友の名を呼ぶように呼びながら、NATの春崎機をはじめ、AAL、自衛隊、米軍、各新聞社の飛行機が、すでに二十数機、伊豆から東海地方の海辺に沿うて捜索飛行に出動していたが、発見の報知らしいものは、どの機からも、一切入って来なかった。

そのころ、新日本空輸乗務員控室のロッカーの前で、一人、きちんとした制服に身をかため、木の椅子にかけて、罪の宣告を待つもののように、うなだれているスチュワーデスがいた。

人々が、入れかわり立ちかわり、彼女の前を、彼女とは無関係に過ぎて行く。

「御前崎の西方で、海上に火の玉を見たという人があったというんだけど、どうもデマらしい」

「下田からは、海上保安庁の船が出たそうだね」

「横須賀からも、海上自衛隊の巡視艇が出てくれたはずです」

そのうち、人々の足音が一段騒々しくなるのは、捜索機が一機かえって来た気配で、

「春崎さん、御苦労さん。どう?」

「いや」

「何か?」

「いや。全然」

会話は言葉少なにとぎれて、また別の、

「中田さん、カウンターまで出て下さい。記者団に、乗客名簿を発表することになったそうですから」

そんな声に変って行く。

制服のスチュワーデスは、うなだれたまま、耳に入って来るそれらの声を、針をさされる思いで聞いていた。

彼女の名は、加茂井妙子——。加茂井秀俊の長女であった。

戦後、加茂井博士が、羽村の田舎で、横田の基地に発着する米軍機を眺めながら百姓をしていたころ、もんぺ姿で母といっしょに草取りやじゃがたら掘りの手伝いをしていた小娘は、あれから十年、昨春私立の短大を卒業すると、かねての希望通り、新日本空輸のスチュワーデス三期生として、父親のいる会社に勤めるようになっていたのである。

乗客名簿が発表されれば、その最後に、「本社側乗組員氏名」として、機長関和夫、

副操縦士姉崎貞次と共に、スチュワーデス市岡かよの名前が出るにちがいない。

泣きくずれないでいるのが、妙子にはせい一杯のことであった。

皮肉なことに、その日は、大安吉日だった。女学校時代の友達の結婚式があって、それに列席するために、彼女は、その晩の三十一便大阪行の乗務にあたっていたのを、同期の市岡かよと交替してもらった。

その、自分の乗るべきはずだった飛行機が、

「いいわよ」

と、気軽に引受けてくれた市岡かよを乗せて、今、行方不明になっているのを、誰に向って何と叫び、何と訴えたらいいのか、妙子はすべを知らないのであった。

あわただしく出入りしている人々の中に、彼女の姿に心をとめる人は、一人もいなかった。

ただ、別のところで報道陣に取り囲まれている父親の加茂井博士だけが、それを知っていた。

友人の披露宴の華やいだ匂いを身につけて、朗《ほが》らかに家へ帰って来た二十二歳の娘は、それから一時間もしないうちに、突然の電話に色を変える父親を見た。

そして、事情を知ると、

「ああ」

と、かすかに絶望的な叫び声を発し、それから黙って、素早くスチュワーデスの制服

に着かえ、秀俊といっしょの車で、羽田にかけつけて来たのであったが……。

記者団の質問を切り抜けた加茂井博士は、娘の姿をさがして、乗務員控室に顔を出し、妙子がそこに、青ざめて、彫像のようにじっと坐っているのを見ると、言葉をかけかねて、そっとまた立ち去ってしまった。

娘が、自分の愛している空の仕事に、進んで入って来てくれたことを喜んでいた加茂井博士であったが、その晩ばかりは、あの三十一便に、スケジュール通り乗らなくてよかったとも、乗ればよかったとも、慰めの言葉は見出せなくて、彼の抑えがたい腹立たしさは、自分と同時に娘をおそったこの運命にも、関係があったようである。

次々に帰投して来る各捜索機からの報告、各県の警察、消防署からの回答が、関機不時着の形跡を一切示さず、ＪＡ五七〇四号を、ほぼ絶望と断定せざるを得なくなったのは、午前二時半ごろであった。

新日本空輸本社、ならびに各営業所は、すべての窓々に明りをともすようにという指令が出て、都心の田村町から羽田まで、ＮＡＴの全事務所には、深夜、明々と灯がかがやきはじめていた。

それはあたかも、一つの航空会社が、静かに通夜の支度をしているもののように見えた。

三十一便乗客の近親者——遺族という言葉は、まだ注意深く避けられていたが——には、能《あた》うかぎり連絡を取り、大阪からその人々を東京へ運ぶ臨時便を用意せよという指令も、すでに発せられていた。

　乗客名簿の明らかにしたところでは、大阪行の最終便であったせいもあり、京阪神地方の人が大部分を占めていたのである。飛行機がまだ、各商社の部長クラス以上の乗り物だった時代で、リストの中には、関西財界の知名士の名前も、幾つかふくまれていた。

　しかし、やがて判明する事態が、どんなものであっても、明朝（今朝）八時をもって、事故処理関係者と、日常業務担当者とを、明確に区別し、たとい一名の乗客が無くとも、ＮＡＴ定期便の定期運航は厳守せよという業務命令も出た。

　これら一連の指令は、みな、本社へ引返した染矢営業担当重役が、社長と相談の上、発しているものであった。

　加茂井秀俊は、染矢四郎の、着実冷静な処置を、頼もしく思い、かつ感謝した。染矢四郎は、これら一連のさしずをもって、ここでくじけたら、日本の民間航空の将来が失われる、芋を植え、闇商人のまねをし、米軍の使役や、ゴム足袋のチンドン屋に甘んじて、やっとこんにちまでやって来たのは、何の為だ、いたずらに悲しそうな顔をするなと、大声叱咤《しった》しているかのようであった。

　その無言の声を聞くと、自分と娘とを二重におそった運命に、この数時間気持を動転させていた加茂井博士も、自分を立て直さなくてはならぬという意志をおぼえるようだった。

「よし、事故処理をふくめた業務のことは、染矢、すべて君の采配にまかせる。そのかわり僕は、今年から、国産の輸送機を設計する仕事に、本気で、全身で打ちこむよ。開発費の問題がこじれるようなら、総理大臣官邸へでも、大蔵省へでも僕は、デモ隊になったつもりで乗りこんで行く」

彼は、人々の騒ぎの中、羽田の片隅で、熱っぽく、そんなことを思っていた。

それは必ずしも、論理の通った思考ではなかった。なぜなら、航空工学の権威である加茂井博士にとって、今回の事故が、DC3型という使用機そのものの欠陥に基くとは、信じられなかったからであり、したがって、DC3型がよくないから、自分らの手で、日本流の旅客機を開発するのだとも、考えていなかったからである。

ただ、敗戦後、こんにちの新日本空輸にたどりつくまで、大部分の人々が、心を同じゅうしていだきつづけて来た、

「もう一度、日本人のつくった飛行機を、日本の空へ」

という夢は、こうした不幸な出来事を、一種の踏み台にしなくては、なかなか実現へ踏み切る機会がとらえにくかったかも知れない。

とにかく加茂井秀俊は、その思念に自ら浸ることで、ようやく、吐き出しようのない腹立たしさを鎮めることが出来るように思った。

しかし、加茂井博士がそうやって、少し、自分の落ちつきを取り戻したころには、深夜の臨時便で、悲しみと不安とに打ちひしがれた人々が、約三十人、大阪から羽田に到着していた。

加茂井博士は、現在羽田にいる会社側の最高責任者として、人々に挨拶をし、事情を説明し、バスを仕立てて、とりあえず本社の、染矢四郎たちのもとに送りとどける役目もしなくてはならなかった。

彼は、妙子に、何も仕事を与えないでじっと考えこませておくのはよくないと思い、ふと、この近親者たちの供をさせることにし、それを命じてみた。

それは、思いがけずいい役割を果した。

美しい制服のスチュワーデスの、青ざめた、真実悲しみに閉ざされた表情は、芝居で出来るわざではなかったから、ほんとうの原因を知らないまま、人々は、事故に対する会社側の誠意の象徴を見るように思い、自分たちのこれ亦《また》やり場のない怒りを、少し和らげられたのである。

こうして事故の夜は、白々と明けて来た。

田村町、新橋あたりの店屋は、夜の白々あけに、軒並み叩きおこされた。

横田大造ひいきの、欅鮨も、その一軒であった。

欅鮨の主人は、染矢四郎と新日本空輸の名をよくおぼえていたから、事情を聞くと、

「よござんす。すぐやりましょう」

と言って、早朝から鮨米《すしまい》を炊き、海苔巻弁当のこしらえに取りかかったが、いい顔をしない店の方が多かった。

それでも彼らは、異常に緊張した面持ちの、航空会社の社員たちから、手を合すように頼まれて、寝衣姿のまま、それぞれ、煙草、酒、ジュース、菓子などの商いをさせられた。

それらも、すべては染矢四郎の指図であった。

彼は、本社の講堂に収容し、報道陣と隔離した、やがて「遺族」と呼ばなくてはならぬであろう人々のことを、決して不真面目に考えているのではなかったが、こういう状況に立たされた時、人間は赤ん坊と同じで、口に入れる物があると無いとでは、怒り方や騒ぎ方がちがうことも、よく知っていたのである。

関機長の飛行機の方は、依然として行方不明であった。

「分りません」

「まだ、何も分りません」

新日本空輸の社員たちは、講堂に集っている近親の人々にも、報道陣にも、何度となくそれを繰返さなくてはならぬのが、つらかった。

町には、牛乳屋と新聞配達とが廻りはじめている。

「新日空機消息を絶つ

昨夜伊豆半島沖合で

乗客乗組員三十三名全員絶望か？」

大見出しの記事を印刷した朝刊は、東京の町々、家々に、インクの香も新しく、次々と配られて行きつつあった。

　その晩多摩川へ泊った大造が、いつものくせで、みち代より早く起き出し、用便をすませて、新聞受から朝刊を取り、もう一度あったかい寝床の中に戻って来て、老眼鏡をかけながらゆっくりそれをひろげ、

「あれ。大変や。加茂井さんとこの飛行機が、落ちたらしいで」

　大きな声を出した時、まだ眠りからさめ切っていなかったみち代は、はっと胸さわぎがし、途端に衿もとをかき合せて、蒲団の上に起き上った。

「どれ？　ちょっと見せて下さい」

　さっと記事をななめに、

「機長関和夫氏（34）」

　という小さな活字のところで、彼女の眼は釘づけになった。

「まあ」

　顔から血の気がひくのを感じ、それをどうかくしていいか、彼女は恐れたが、

「加茂井さんと染矢さんに、お見舞いをせんならんな。それから、誰ど、知っている人入ってえへんか、もう一度その名前、よう見てみ」

　と、大造の方は、何事も勘づく様子は無かった。

たった一人の乗客

搜索機の一つから、

「関機ノモノラシキ多量ノ油ノ浮流ヲミトム。東経一三九度〇三分、北緯三四度三一分」

という緊急報告が入って来たのは、その日の午後おそくなってからであった。

地点は、伊豆の神子元島の南東海面にあたっていた。

救助隊に加っていたすべての船舶と飛行機とは、時をうつさず、神子元島南東に、針路を向けはじめた。

しかし、潮が早くて、JA五七〇四号機の油は、飛行機が実際に突っこんだ場所から、相当遠く流され、拡がっていたようである。

そのため、海上保安庁の船の底曳き網に、機体の破片や、最初の遺体がかかって来るまでには、なおかなりの時間を要した。

東京の新日本空輸の本社に集っていた遺族団は、下田の寺へ移動し、その人たちの前へ、それからあと三日間にわたって、見るも無惨なかたちのものが、二体、三体と収容されつづけた。

こういう事件には、怪談がつきものである。

静岡県下で、事故の晩、

「サヨナラ、サヨナラ」

という、かすかな声を聞いたというアマチュア無線局の話などは、眉唾ものであったが、三十三人しか乗っていなかったはずの飛行機に、三十四番目の遺族があらわれたのには、誰もが首をひねらざるをえなかった。

それは、玉島と名のる若い奥さんと、二人の子供であった。

乗客一人につき、家の子郎党二十何名つめかけて来ている家もあって、会社では、一家に一人、専任の社員を世話係につけ、宿や食事の手配、遺体の確認、事後の処置などにあたらせていたが、それらの人々が、次々父親や姉や夫の死体を引取って行く中にあって、玉島某氏と、あと三つの遺骸だけが、どうしても上らなかった。

玉島某氏は、大安吉日の事故の晩、

「急用で、これから大阪へ出張する。新日空の大阪行の最終便の座席が取れたから、それで行く」

という電話を、羽田から家へかけたきり、消息を絶ったというのである。

玉島氏の会社では、大阪出張を命じたことを認めており、それきり、東京の本社にも大阪支店にも、家にも姿をあらわさないとすれば、遭難したとしか考えられないのだが、三十四番目の乗客に関しては、ＮＡＴの乗客名簿に記載がないのであった。

事故の原因は、不明だった。

焼け焦げのあとのあるシートが、海中から上って来て、空中爆発説が一時有力になったりしたが、正確なことはつかめないまま、この、遺体の見つからない三十四番目の謎の乗客が、事故の鍵を握っているのではないかなどと取り沙汰された。それから数日して、怪談はしかし、あっけない結末を告げた。ちゃんと足のある玉島某氏が、箱根の温泉宿から、恐縮しきった様子で、出現したからである。

察するに、玉島氏には、具合の悪い連れがあり、何かの辻褄を合せるために、それに乗ったことにしておいた飛行機が墜落してしまったので、すっかり計算が狂って、温泉から出て来られなくなっていたらしいのであった。

怪談といえばしかし、乗客の遺体が、結局全部みつかったのに、市岡スチュワーデスをふくむ三人の乗務員だけが、ついに遺品も遺体も上らず、飛行機のエンジンまわりの部分とともに、完全に行方不明に終ったことの方が、NATの人々には、気味が悪かった。

おそらく、エンジンの不調で、羽田へ引返すことを決意した関機長が、ベルでスチュワーデスをコック・ピット（操縦席）へ呼び、そのことを説明しているうちに、飛行機は急に爆発をおこすか何かして、海へ突っこんでしまい、コック・ピットとエンジンまわりの部分は、衝撃でもぎとられて、三人の乗組員のからだごと、海底の砂の中深く埋もれてしまったものと思われた。

関機長や市岡スチュワーデスは、遺体、遺品のかわりに、海上の浮流品を白木の箱におさめて、それが家族の人に渡された。

ちょうど世間に大した話題の無い時で、新聞は連日、新日空機の事故のことを、こまごまと書きつづけた。

みち代は、毎日、涙をうかべて、それらの新聞報道を、丹念に読んでいた。

彼女の心を去来するのは、

「わたしは神様から、きびしい罰をうけた」

という思いであった。

彼女の肉体と心とに印せられた記憶以外、関の形見らしいものは、一つも無かった。写真すら、みち代は持っていなかった。

何か、大きなものの手が、

「これで思い知りなさい」

というように、何一つ残させず、ぴしゃりと垣を立てて、相手を永遠のかなたへ連れ去ってしまったように思われた。

どちらかが先に死んだら、という約束の、墓まいりも、その墓がどこに立てられたか知るすべもなく、またたとい、関の墓所が分っても、遺骨も遺品もおさめてない墓へおまいりに行くのも、むなしいことのように感ぜられた。

ただ彼女は、いつかもし機会があったら、その神子元島とかいう島の、南の青い海を、飛行機の上からでも眺めて、ひとり、そっと亡くなった飛行士のために祈ってやりたいと、そんなことを思っていた。

二人の関係から言っても、関の死に方から言っても、ありきたりのお墓まいりよりは、その方がずっとふさわしいような気がするのであった。

みち代は、飛行機というものには、乗ったことがなく、伊豆の南の海を航海した経験もなかったから、いつ、そんな願いが叶《かな》えられるか、見当はつかなかったが、

「いつか、きっと、一度」

と、そう思い、

「だけど、関さんとのようなことは、もういやだ。もういけない」

とも思っていた。

日かげの女という立場からか、一度でも水商売にたずさわったせいか、彼女は、一年あまりの関機長との関係を、必ずしもそれほど不倫なこととは思っていなかったにもかかわらず、自分のかくしごとに手痛い罰を加えられたという感じから、どうしてものがれられなくて、心は女らしく屈折し、あとは、日かげの女でもいい、大造の身辺にいて、静かに年をとりたいと、そんな淋しげなことばかりが思われるようであった。

亡くなった人の墓まいりにも行けない、にがい思いに耐えている女性はしかし、みち代のほかに、もう一人いた。加茂井妙子であった。

「運命のいたずらだから」

と、いくら慰められても、市岡スチュワーデスの両親が釈然としてくれないと同様に、妙子も、決して釈然とすることは出来なかった。

彼女やみち代の眼から見たら、玉島某氏の家庭における、後日の夫婦大喧嘩などは、めでたい笑い話でしかなかったであろう。

事故のあと、スチュワーデスたちは、エンジンの音に、ひどく敏感になった。それから、臨時の乗務交替を、みんながひどく渋るようになった。

パイロットたちも、その点、似たようなものだった。

彼らは、乗機に対する信頼感を——、失ってはならないと思いながら、つい失いがちで、神経質になり、そのため、新日本空輸の飛行機は、その後一年たらずの間に、起さなくてもいいような小事故を、頻発させた。

故障でもないのに、脚を出すのを忘れて、胴体着陸をしてみたり、滑走路でスリップして、溝へのめりこみ、機首を損傷させたり、そんな出来事が、何度も重なった。

「ねえ、お父さま」

神子元島沖の事故の後整理も、すっかり終ったころのある日、妙子は父親の秀俊に、何げなく相談を持ちかけた。

「このごろのうちの会社、何だか、少し危っかしい感じね」

「…………」

「わたしが、このまま会社の飛行機に乗りつづけること、どうお思いになる？」

加茂井博士は顔を上げた。

「妙子は、飛行機から下りたいとか、会社をやめたいとか、そんなことを考えているのかい？」

「いいえ。逆なんですけど」

妙子は言った。

「そうでなくても、うちのデスたち、廻転が早くて、一人前になったころには、お嫁に行ってしまうでしょう。三期は、もうそろそろ、中堅なのよ。わたし、市岡さんに身代りになってもらったことを、自分で納得の行くように解決するには、どうしたらいいか、長い間考えたんです」

「それで？」

「それでね、当分の間、親には悪いかも知れないけど、わたし、結婚ということを考えずに、飛行機に乗りつづけようという気になったのよ」

「当分って、どのくらいの当分かね？」

秀俊は、ひょっとして娘が、乗りつづけているうちには、いつか事故にあって、死んで自分の気持を清算出来ると思っているのではないかと、ふとそんな気がして質問したが、妙子はそれほど古式な考え方をしているわけでもないらしかった。

「まあ、二年とか三年とかでない当分だわね。そのうち会社も立ち直るでしょうし、わたしも古狸になるでしょうから、わたしに出来る範囲で、あとから入って来るデスを、立派に養成する役目が果せたらと思うんですけど」

「それなら、お父さんが反対する理由は、何も無いよ」

加茂井秀俊は言った。

「お父さま、ＹＫのお仕事、その後どんな風なの？」

妙子がＹＫというのは、輸送機開発委員会の略称で、神子元島の事故以来、加茂井博士が中心になって設立し、かねての夢の、国産旅客機を生み出そうと、仕事をはじめた、主として学者ばかりから成るグループのことであった。

「まだイロハのイとロのへんだが、熱意だけはみんな非常なものだから、仕事は着々進んでるよ」

「それで、順調に行ったとして、その日本製のジェット旅客機が飛ぶようになるまで、何年ぐらいかかりますの？」

妙子は訊いた。

「まあ、ロール・アウトから試験飛行まで四年。量産に入って、実際に客を乗せて飛ぶようになるまで、早くて五年だろうね」

「ＮＡＴじゃ、その飛行機、買って使うんでしょう？」

「そりゃ、むろんさ。ＮＡＴやＡＡＬだけでなく、世界中へ輸出することを、みんな考えているんだから」

「じゃあ、わたしの当分っていうのは、その国産ジェット機が、NATに就航するまでということにしても、いいかも知れませんわね」

「なるほど」

加茂井博士は、はじめて笑顔を見せて言った。

「そうすると、お父さんとしては、孫の顔が早く見たければ、それだけ早く、飛行機を仕上げなくちゃいかんということになるかね」


新日本空輸機の事故は、みち代や妙子の心と生活に、微妙な転機をもたらしただけでなく、NATの会社自体も、さらに大きく言えば日本の民間航空施設の改善にも、大きな転機となった。

浜松、焼津の飛行場に、夜間飛行のための設備が出来たのも、木更津に夜間照明が置かれたのも、この事故があってののちであった。

マス・コミにあらざる口コミというやつは、場合によって、マス・コミ以上の宣伝効果を発揮するが、人の口から口へ伝えられる噂は、

「何しろ、フィリッピンで使っていた中古機だったたっていうんだから、無茶だよ」

というのであり、

「お願いだから、新日空の飛行機にだけは乗らないでおくれ」

であり、AALのすみれ号の事故以来、再び、

「やっぱり、日本人の操縦する飛行機は、危いんじゃないかねえ」

であった。

加茂井秀俊や染矢四郎としては、それらのよくない噂は、今後会社の実績をもって、打ち消すよりほかに、道が無かった。

NATは、向後五カ年間にわたる、長期計画をたて、人員機材の徹底的な再整備から、国内路線への新型機の導入、さらに国産輸送機開発への側面援助と、横田大造の富士バスではないが、

「無事故のNAT」

「世界の客が乗りに来る」

という風にするために、懸命の努力をはじめたのであるが、事は志とちがって、その後も、小事故ながら黒星つづき、

「新日空がまたやった」

と、巷《ちまた》の評判はきわめて香ばしくなかった。

お客は、がた減りであった。

事故の翌々日あたりから、潮の引くように引きはじめたNATの客足は、ことに夜行便に顕著にあらわれて、夜の名古屋行など、乗客数ゼロという日が、何日も何日もつづくことがあった。

社内には、

「当分運航を中止してみたら」

という声もあったが、染矢四郎は、

「タイム・テーブルにのっているものは、客があろうと無かろうと、必ず飛ばせろ」

と、頑としてそれをきかなかった。

だから、飛行中、パイロットが扉をあけて客室をのぞいてみると、からのシートが三十幾つずらりと並んだ一番うしろに、スチュワーデスがひとり、ぽつねんと、泣き出しそうな顔をして坐っているなどというのは、毎度のことであった。

会社や官庁に、本社営業部の者がセールスに行くと、

「新日空の切符を買えって？　うーん、そりゃ、相当いい心臓だね」

などと、けんもほろろに追い返される。

そうでなくてもうら淋しいような、そのころの、ある秋の日の夕暮れ、羽田七時二十分発の名古屋行のＤＣ３に、加茂井妙子がスチュワーデスとして乗務した時、めずらしく一人の日本人の乗客があった。

「みなさま、お待たせいたしました。本日は、新日空機を御利用下さいまして、ありがとうございます。本機、ただ今より、名古屋小牧空港に向けて出発いたします。名古屋到着の時刻は、離陸後あらためてお知らせいたします。本日の機長は、山本、副操縦士は金子、それにみなさまのお供をいたしますスチュワーデスは、わたくし、加茂井妙子でございます」

　エンジンを廻しはじめた機上で、彼女は型通りのアナウンスをしてから、ふとたった一人の客に、「みなさま」と呼びかけたことに気づき、すっかり照れてしまい、あらためてその人の席へ挨拶に行った。

「本日は、ようこそ御搭乗下さいました。御用がございましたら、どうぞ何でも仰有っていただきます」

　ふとった、年輩のその客は、

「ああ。ああ」

　と、おおようにうなずき、

「あんたらかて、なにも、自殺するつもりで飛んどるんやないやろしな。いつも貸切りみたいに空《す》いてええよってに、このごろ、わしはいつでも、あんたとこの飛行機使うてるんや」

　と、大阪弁で奇特なことを言った。

「ところで、あんた、さっき名前言うてたけど、何ちゅう名前やて？」

「加茂井妙子でございます」

「やっぱりそうか。あんた、加茂井さんの娘さんやろ？」

加茂井妙子なら加茂井さんの娘に決っているが、

「はあ……、父を御存じで？」

　と、妙子はいささかけげんな顔をして訊き返した。

たった一人の男の乗客は、ありがたいこともありがたいが、夜の暗い機内で、いささか薄気味悪いことも事実なのである。

「知ってる段やないがな。あんた、わたしの名、分ってるか?」

夢の都

「お名前……、ちょっと失念いたしまして、失礼ですが、どなた様でしたかしら?」

「あんた、たった一人の客の名、おぼえてんようなことでは、あかんで。お父さんとは古い知り合いの、横田いうもんです」

「あら、横田の小父さま? 富士バスの」

妙子は思わずそう言った。

「父から、お噂はよく承っております。ほんとに失礼いたしました。わたくし、小さい時、お眼にかかったことがあるんだわ」

「そうや。羽村の百姓家でな。あんたが、こんな時分や。大きいなったたなあ」

大造は、あらためて加茂井博士の娘の紺の制服姿を見上げた。

「もっとも、あのころ小学校へ上る前やったうちの子が、もうじき大学へ行こうかちゅう年になったんやよってな……。時に、お父さん、元気か?」

「はあ」

「あの事故があったあとで、ちょっと見舞いに行ったきり会うてえへんが、どないしてはる？」

「何ですか、すごく忙しいらしいんです」

飛行機は、エンジンの赤い排気炎だけを夜空に見せて、ブルブル小きざみにふるえながら、大島の上空あたりを飛んでいる。

名古屋へつくまで、彼女も格別もう用はない。

客の多い時ならそうは行かないのだが、薄ぐらい機内、何しろ「小父さま」と二人きりなので、彼女も遠慮なく大造の横の席へ坐りこんで話をはじめた。

「会社がこんな有様ですから、その方もたいへんらしいんですけど、小父さま、ＹＫって御存じかしら？」

「ＹＫ？」

「輸送機開発委員会のかしら文字なんです。ほかの方たちと御一緒に、国産のジェット旅客機を設計する仕事をはじめまして、今それで、毎日一生懸命になっていますわ」

「ああ」

大造は言った。加茂井博士がいよいよ、年来宿願の仕事に一歩踏み出したのだなと思った。

「ですから、会社の再建の方は、すっかり染矢常務たちにおんぶしてしまって……」

「染矢さんも、よう知ってる。しょげんと元気にやってはるか？」

「うちの会社で、あの事故の時から、終始一貫、一度もしょげないのは、染矢常務だけなんです。こうやって、お客さまの無い定期便を、毎日飛ばせているのも、染矢さんの厳命で、そのかわり、毎日ものすごいんですよ」

妙子は言った。

「頭使って気を使うなって言うだろ？　頭を使え、頭を。お前たちの頭は、沢庵《たくあん》石か、からだの重しか。ポーカーでも、手がつかない時は、ついて来る波の前兆だ。現在窮乏しとるということは、将来が有望だってことだ、けちな面をするなって、上から下まで、どなられ通しで引っ張られてるんですの」

「そうかいなあ。ふん、うちのバスかて、長い間人の乗らん時期があったわ」

大造は、少ししんみりして言った。

「お父さんにも染矢さんにも、よう言うて下さい。今年は、あひるの会の年や。十一月になったら、一ぺん盛大に飲みまひょ、いうてな」

「はい」

妙子は答えた。

「でも、小父さまも、ずいぶんお忙しいらしいんですね」

「仕事を追いかけるのが好きやでな。人間、仕事に追いかけられるようになったら、あかんのや」

「せいぜいお仕事に、うちの飛行機御利用いただきます。来年から、新しい飛行機も、どしどし入れるそうですから」

ガランとした機内、二人は、お互いに何となく人恋しいような気持で、しばらく話しあっていたが、やがて妙子は、

「さあ、もうすぐ、着陸態勢に入りますわ」

そう言って立ち上った。

灯の砂をまいたような名古屋の市街が、窓の下に見えて来ていた。


横田大造の富士日本観光は、このところ、順調以上の発展をつづけていた。

「家出ブルース」は、婦人会の余興にまで歌われるようになったし、東京見物の思い出のこもった朝富士ガール夕富士ガールの人形は、日本国中、いろんな家庭の茶の間に飾られていた。

交通事故の多い東京で、

「無事故の富士バス」

というのは、今や押しも押されもせぬ実績をもって、修学旅行つきそいの先生たちの信頼を博していた。

株は公開されていなかったが、もし富士日本観光の株式を、青空市場で手に入れるとすれば、今では千円でもむつかしいだろうと言われていた。

キャバレー「ミシシッピー」から巣立って、旅館の女将やバアのマダムにおさまっている昔のみち代の同僚たちは、大造を中心に「象の会」という同窓会（?）をつくって

いて、象の会の会員たちは、みんな富士日本観光の株主である。

退職の時頒《わ》けてもらった紙きれが、ちかごろそんなことになって来たのを、喜ばない者はいなかったし、彼女たちが、日常多く接触する財界関係、マス・コミ関係の人々に、大造の会社のことを悪く吹聴するわけはなかった。

新日本空輸を窮地におとしいれた口コミは、東京でも地方でも、何とはなしに、次第次第に大造の会社を持ち上げて、

「富士日本観光というのは、バス事業だけで、近年に伸びて来た会社だが、内容はどうも大したものらしい」

というイメージを、人の頭にきざみこみ、「東京遊覧」といえば、誰もがすぐ、朝富士夕富士の赤いバス、青いバスを考えるようになりつつあった。

資金面でも、ゆとりが出来て来、大造は、ほんとうに、「世界の客が乗りに来る」ように、イヤ・ホーンを耳にあてれば、スイッチ一つで三カ国語ぐらいの案内が自由に聞けるような、外人専用バスの製作も計画していた。

大造はしかし、

「仕事を追いかけるのが好きやで」

と自分で言う通り、富士バスの経営が、ここまで安定して来ると、会社の事業としては、そろそろもう、別の新しいことが手がけてみたくなっている。

彼は、大阪人特有の、臆面もないところがあって、自分が興味を持つと、行きずりの

見知らぬ人にでも、

「もし、あんた、失礼やけど、そのハンド・バッグ、どこで買いはりましたやろな？　えらいきれいやから、うちの娘にも一つ買うたろか思て」

などと話しかけるのは、平気な方で、その年の二月ごろ、羽田の飛行場で、スキーをかついだ外人の家族づれを見かけたことがあり、その時も、早速、英語の出来る秘書を通訳に、

「飛行機でスキーに行かはりますか？」

と、質問を持ち出したものである。

外人の妻子づれは、気さくに、笑顔で、

「ハイ。北海道へ」

と答えた。

「アメリカの人かいな？」

「そうです」

「それで、平素は東京に住んではるんやな」

「いいえ、香港です」

「へ？」

「香港から東京まで六時間、東京から札幌まで三時間、合計九時間で、スキー楽しみに来られます」

「はあ、なるほど」

これには、さすがの大造も、少々毒気を抜かれた感じであった。

大造が感心したのを面白がったのか、アメリカ人はついでに言った。

「わたくしの友達、北海道にいます。週に二回、飛行機で東京へ通勤しております」

「ははあ。……ああ、さよか」

彼が、北海道というものに、特別の関心を持ち出したのは、それ以来であった。

その年の四月には、ソ連のTU104というジェット旅客機が、レニングラード交響楽団の一行を乗せて、初の日本入りをした。

その前の年には、英国のBOACが、コメット機の再就航を開始していた。

新日本空輪は、まだ、古いダグラスの双発ピストン機を飛ばせているけれども、世界の空には、加茂井博士がいつか予言した通りの、ジェット時代の夜明けが訪れつつあるようであった。

大造は、自分のつくった「家出ブルース」も、満足に歌えないような音痴で、音楽の素養は一向無かったが、外国の管絃楽団が、気軽に飛行機で日本へやって来る――、事業家として、そういう新しい時代の胎動のようなものは、人一倍強く感じないわけにはいかなかったのである。

「おもろい時代になりよるな」

彼は、外部に対してはひそかに、東奔西走を開始した。

彼には、前々から、こんにちのはやり言葉でいう、一つのビジョンがあった。

加茂井博士の夢が、日本製の旅客機を日本の空へ飛ばせることなら、大造の夢は、今まで人が、夢にさえ描ききれなかったような、すばらしい観光都市を、いつか忽然《こつぜん》として、日本のどこかに生み出すことであった。

日本国中、観光地は多いが、どれもこれも無性格で、成り立ちは無計画である。もっとも特徴的なことといえば、どこへ行っても、紙くずと弁当がらと、われたビール瓶とが、平気でちらかしてあることぐらいで、交通のことも、騒音のことも、空気のことも、一つとして本気では考えられていない。

人々はだから、不便をしのんで、秘境めいた山の奥の出で湯にでも行って俗塵を洗うか、そうでなければ、味噌も糞もゴタ煮の熱海のようなところを、東京の奥座敷などと称して、安直に楽しんでいるより仕方がない。

ハワイ、マイアミ、ベニス、世界中のどこの観光地と比較してみても、熱海などは、よほど趣味の悪い、騒がしい奥座敷ではないか。

日本人が、本質的に、そういう味噌くそゴタ煮のレクリエーションを愛しているのだとは、大造には信じられなかった。

そうでないとすれば、誰かが立派に、そうでないものを作って、そうでない楽しみ方を人に教える必要があるのではないか。

彼は、富士バスのガイドたちにも、

「みなさま、バスの窓の外は何でしょう？　道路かも知れません、公園かも知れません。でも、お手洗いや紙くずかごでないことだけは、たしかでございます。みなさまの富士バスは、無事故の安全運転でも有名ですが、窓から決して、ビール瓶やお弁当箱が飛び出して来ないお行儀のいいバスとしても、有名で、評判をいただいております。どうかバスの窓から、物をお捨てにならないよう、お協力下さいまアセ」

などと言わせて、自分の考えの一端を実行していたが、将来の夢は、もっと大きかった。

彼が頭に描いている新しい観光都市は、必ずしもマイアミやニースのイミテーションではなかった。もう少し大きく、もう少し空想的なものを、彼は考えていた。

ネオン・サインの色まで規定した円型の商店街を中心に、放射状の道路が八方にのび、その一本一本が、それぞれの性格を持っている。A道路を中心から遠ざかれば、次第に静かな、花いっぱいの別荘地帯であり、B道路をたどれば、両側どこまでも、夜の歓楽街である。同じように、Cは高級ホテル通りの性格を持っており、Dは、国民車でやって来るクラスの、若い人たちのためのモテル通りで、お互いに決して入り交らず、町の性格を干渉し合わない。それぞれの通りの表か裏が、海または湖水になっていれば、なおいい。別荘地帯やホテル地区では、聞えて来るものは、波の音だけだろう。

人口は十五万程度におさえ、周囲は約七十キロ。清潔な電車が、町のほぼ周辺をめぐって、ループ状に走っている。

人は、この観光都市へ足を踏み入れただけで、のびのびと心が安まり、頭がすっきりするのを感じるようになる――。

そこには、彼の持論の、タダの景色と、タダの美味しい水と、それにタダの澄んだ空気とがふんだんにある――。


問題は土地であった。

日本は狭く、地価は高い。土地の原価が高ければ、ホテルの料金だって、はね上らざるを得ない。

どこか、土地の安いところ――。

北海道を、前にも彼は何度か考えたし、ガラ空きの新日空機で、ぶらりと視察にも行って見たが、如何にしても東京から遠すぎる感じで、本気に取り組む気になれなかった。しかし彼は、この夢の観光都市の建設プランを、五年や七年の単位では考えていなかった。

それは、周囲七十キロという規模から言っても、現在の富士日本観光の資力からいっても、最低十年、完全な姿にするまでには、三十年くらいの年月を目標に置くつもりであった。

そんなことを考えているところであったから、アメリカ人の家族づれのスキーヤーの言葉は、大造を刺激した。

十年、二十年を単位にしてみても、なおかつ北海道は遠すぎるだろうか？　げんにマイアミなどは、ニューヨークから千キロ以上もはなれているではないか。

十年、二十年ののちになっても、金持ちのアメリカ人のまねは、とても出来ないほど、日本人はみんな貧乏だろうか？……

大造が名古屋の旅から帰ったあと、十一月に入って、恒例のあひるの会は、ちかごろ新しく普請の出来上った多摩川の大造の別宅で、新日空の飛行機が小倉から空輸して来たふぐの料理で開かれた。

ようやく一時の気持から抜け出したみち代は、前々から楽しみにしていて、新しい白いエプロン姿も甲斐甲斐《かいがい》しく、女中をさしずし、ふぐの刺身を大皿に盛りつけたり、ひれ酒の用意をしたり、働いていた。

「奥さん、覚えておられませんかな？　いつか、北海道のししゃもをお届けさせた、関という、うちの若い優秀なパイロットがいたんですがね、この前の事故で死にましてね。惜しいことをしましたよ」

染矢四郎がいうのに、みち代は、

「はあ。新聞で拝見しまして、ほんとにお気の毒なことだと思って……。よくお顔、おぼえてますわ」

と眼を伏せたが、大造の方は、そんなことより、もっぱら関心は北海道の方に向いていて、その晩は根掘り葉掘り、十年後の日本の国内航空の見通しについて、加茂井秀俊に質問を持ちかけた。

彼は、香港から来たスキーヤーの家族のことも話したが、

「よくそういう外人がいますよ。香港は、ちょっと外へ遊びに行く場所のないところですからね」

と、加茂井博士は大して驚きもしなかった。

「それに、十年後と言わなくても、あと一、二年で、うちの飛行機が、札幌まで二時間以内で飛ぶようになりますよ。イギリスとオランダから、新しいプロップ・ジェットを入れる計画が、もう進んでいるんです。それから、その次が、僕たちの国産旅客機というつもりなんですがね。いずれにしても、香港から東京へ三時間、東京から札幌へ一時間半乃至二時間という時期は、もう目前に来てますよ」

「それやったら、一体、二十年後とか三十年後とかには、どうなりますかいな？」

「結局、スーパー・ソニック（超音速機）から、空気の無いところを飛ぶロケット機ということになって行くでしょうね。東京と日本中の主だった都市が、わたしどもの飛行機で、日帰り圏内に入るのが、三、四年のうちとすれば、二十年乃至三十年後というのは、大体、アメリカ、ヨーロッパが日帰り圏内に入って来て、東京への通勤地帯というのは、鹿児島から北海道まで、要するにどこでも、ということになるんじゃないでしょうか。僕たち技術屋というのは、専門の知識にしばられて視野が狭いから、ほんとは、

もっと何か驚くようなことが起って来ないとはかぎりませんけど……。何しろね、僕が子供のころ、代々木の練兵場で、徳川大尉が初めてファルマンという飛行機を飛ばせた時、翌日の新聞記事は、『松の木よりも高く場内を一周せり』というんだったんですからね。たった四十八年前の話ですよ」

加茂井博士は言った。

第七章

お便所掃除

戦後十何年かの歳月というものは、どうしてこうあわただしく、あっという間に流れ去ってしまったのか、いささか不可解なようなところがある。

ロカビリー旋風が過ぎ去ったと思ったら、次にフラフープの嵐が来て、たった三カ月ほど、日本国中を吹きまくったと思う間に消えて行った。

五千円札で驚いているうちに、一万円札が発行され、すぐみんなが慣れっこになり、安保問題で、国がひっくりかえるような騒ぎだったが、批准と同時に、忽ちけろりと忘れて、誰も何も言わなくなり、神武景気の次に、なべ底の不景気が来たと思ったら、次の年は再び岩戸景気とかで、その目まぐるしいこと、甚しいものがある。

新日空神子元島沖の事故もいつか遠くなり、都立の高校から、T女学院短大へ進んだ、ぎょっと娘の亜紀子も、もう二十歳、社会へ巣立つ日が近くなって来た。

父親に似ると、あんまりスマートなからだつきになれないところだったが、幸い彼女は、亡くなった母親の姿をうけついだらしく、均斉のとれた、五尺四寸、十三貫二百のすらりとした美しい娘に成長していた。

いつか、青山の産婦人科医に笑われたぐりぐりも、スェーターの下で、もはや、可愛い立派なふくらみを見せている。

美しい粉屋の娘さんが、王子さまのお嫁さんになって、一世を湧かしたのが、つい此《こ》の間のことだと思っているうちに、御夫婦にはいつの間にか坊やが生れ、その小王子さまの一年目の誕生日が近づいたころのある日のことであった。

渋谷の家の婆ァやが、

「旦那さま、お嬢さまが、少しへんなんでございますよ」

と、大造に注進に来た。

「なんや？　ボーイ・フレンドでも作ってる様子か？」

「いいえ。ボーイ・フレンドなんか、前々からたくさんおありで、別に驚きませんけど」

「へえ、そうかいな――。しかし、そんなら何がへんなんや？」

「おとといから、お嬢さま、うちのお便所掃除を、御自分でなさるんでございます」

「………」

「いくら年とって参りましても、お便所ぐらいは、婆ァやがいたしますからって、申し上げるんですけど、おききになりません」

「へえ。そら、しかしまあ殊勝な心がけで、別にへんでもないやないか」

「へんでございませんですか？」

婆ァやは疑わしげな顔をした。

そう言われてみれば、今まで、音楽会、パーティー、ロカビリー大会、アンポハンタイ、自動車の練習と、外でばかりお忙しかったのが、急に、便所掃除とは、いささかへんでないこともない。

「新興宗教みたいなものに、どこかでかぶれていらしたんではないかと思っているんです。わたくしは年よりでございますけど、ああいうもの、きらいでございますから」

婆ァやは言った。

「ふうん。一ぺんわしから訊いてみたろか」

大造は言い、大学帰りの亜紀子を、一と晩新橋の欅鮨へ連れて行くことにした。

「いやだわ。せっかく美味しいトロを食べかけてるのに、お手洗いの話なんか」

亜紀子は顔をしかめた。

「そうかて、お前が、ちかごろその方の掃除に、えらい熱心やそうやから……。婆ァやが驚いとったで。いったいお前、何を思い立ったんや？」

「うん……、それよりね」

亜紀子は少し言葉を濁して言った。

「わたし、この三月に学校卒業でしょ。卒業したら、お勤めしてもいい？」

「勤めか。勤めは別にかめへんけど、どういう勤めや？　清掃事業か？」

「茶化しちゃいやだ」

娘は、怒ったような顔をして言った。

「そうかて、就職の話と、手洗いの掃除と、何の関係がある？」

「順々に説明しなくちゃ、分ンないわよ。ねえ、お父さん。わたし、飛行機のスチュワーデスになってもいいでしょ」

「スチュワーデスて？」

大造は鼻のへんに少ししわを寄せて、おうむ返しに答えたが、亜紀子はかまわずつづけた。

「そうよ。子供のころから、わたし、あれになりたかったんですもの」

「ふうん」

大造は鮨を持つ手を休めて、いささか考えこんだ。

話は飛ぶが、北海道の千歳の町から、車で一時間半ほどの山ふところに、夕萌、日萌という二つの、人に知られぬ湖がある。

北海道の湖水には、神秘な色をたたえた深い湖が多いのだが、夕萌、日萌は水深が浅く、大きな沼みたいな感じで、そのためか、観光地としてあまり宣伝されていなかったが、その欠点さえ除けば、東に日高山脈の山々を望む、広々とした、どちらかといえばむしろ荒涼とした、如何にも北海道らしい自然のままの土地であった。

エゾ松トド松の大原始林が近くにあるが、パルプ会社の開発もまだ進んでいない。

大造は、頭の中に理想的な観光都市の姿を描き、それの候補地として北海道を考え出したころから間もなく、この夕萌、日萌の湖に眼をつけた。

不便なところで、しかも何の面白い施設もないから、人が足を運ばないのだが、東京から千歳空港へジェット機で一時間、千歳から、もし立派な鋪装をした高速道路が通じて、車で三十分ということになれば、この自然は生きて来るだろう。

その時には、それまで「面白い施設」など無かったのこそ幸いというものである。おまけに、湖の水深が浅いために、内々計算をさせてみると、湖面の一部を埋め立てて、驚くくらい安い値段で、百万坪ぐらいの土地が手に入ることが分った。

「わしが、この大自然を、見事に生かしてみせたろか。冬は徹夜の満員スキー・バスで志賀高原あたりへ出かけて行く人間が阿呆に見えるような、夏は、軽井沢や野尻へ避暑に行く人間が阿呆に見えるような、そういうどえらいもんを作ってみせたろかい」

彼は、ひそかに二つの湖水のほとりの土地の買占めを始めていたのである。

したがって、ちかごろ大造は、北海道へ出かけることが頻繁になっていた。往復は、必ず飛行機だった。

新日本空輸は、再建五カ年計画にもとづいて、昭和三十四年度に、ピストン機最後の傑作と言われるコンベヤ440「メトロポリタン」という飛行機を買い入れ、その翌年の三十五年には、英国ヴィッカースのターボ・プロップ「ヴァイカウント」を導入して、国内線ジェット化の先鞭《せんべん》をつけ、ようやく立ち直りの気配を見せはじめていた。

大造は、加茂井博士との古い関係もあって、新日本空輸はひいきであり、飛行機に乗ること自体も好きだった。

しかし、一人娘の亜紀子が、スチュワーデスを志願して、日々夜々空で勤務をするということになると、少々話は別になって来る。神子元島沖の事故や、先年のアジア航空すみれ号の、大島墜落事故のことを、いやでも思い出さざるを得ない。

「そうかてお前、スチュワーデスの試験ちゅうのは、何百人に一人たら言うて、えらいむつかしいんやろが。亜紀子、学校の成績、そない上等やあらへんやないか」

自身が始終飛行機で飛びまわっていて、娘に飛行機は危いとも言えず、彼はそんな言い方をした。

「勤めるんやったら、いっそ、うちの会社へ入って、お父さんの秘書みたいな仕事でもしてみる気ないか？　ええ給料出したるで」

「ウフ」

と亜紀子は笑って、

「ないわね」

あっさり言った。

「そら、亜紀子がどうしてもなりたいちゅうなら、スチュワーデスかてええけど」

なしくずしに認めさせられてしまいそうだが、勝手に試験受けさせたらこいつ、落っこちよるやろ、と父親は思った。

「そいで、飛行機会社て、新日本空輸か、アジア航空か、それともどこど外国の会社か？　試験はいつごろや」

彼は鮨を頰張りながら質問したが、亜紀子は、

「試験？　新日本空輸の採用試験、実はもうすんじゃったの」

しゃあしゃあとして言った。

「何やと？」

大造はあきれたような顔をし、欅鮨のおやじは、

「どうも旦那、スピード時代ですな」

と、鮨を握りながら笑い出した。

「アホが。そんなら、相談もへちまもないやないか。それで、採用になったんか？」

「発表はまだ」

「ふん」

大造としては、落第大いに結構なのだが、娘に後手にまわされたいまいましさで、

「亜紀子はほんまにアホやなあ。それやったらそれで、試験受ける前に言うたら、加茂井さんかて染矢さんかて、皆知ってるのに、お父さんがコネぐらいつけてやったがな」

と、そんなことを言った。

亜紀子はしかし、父親に対して、どうも一枚上わ手らしかった。

「お父さん、案外古いから、反対すると困ると思って、コネは自分でつけたわ」

「…………」

「染矢常務、今から八年ぐらい前、わたくしがまだ小学生のころ、酔っぱらって、大きくなったらスチュワーデスにしてやるぞ、今からレザーヴしといてやるって約束なさいました。お忘れかも知れませんけど、父も同席して聞いておりましたし、どうかよろしくお願いします――。面接の試験委員が染矢さんだったのよ」

度々のことながら、大造は、ぎょっと娘の手まわしのよさにあきれて、うまく返事が出来なかった。

「いったい、また、便所掃除の話が、どういうわけで、こないそれてしもたんかいな?」

「これからがお手洗いの話なのよ。わたし、もうお腹いっぱい食べたから、話したげるわ」

亜紀子は、大きな湯呑みで、熱い茶を飲みながら言い出した。

「染矢さんたらね、こわい顔して、そういう約束をしたかどうか知らんが、君は横田さんの一人娘で、顔にちょっとぐらい自信があって、フラフラ華やかな仕事でもするつもりで試験受けに来たんだったら、だめだぞって仰有るのよ」

「………」

「うちは、ファッション・モデルの採用をやっとるんじゃないから、頭を、沢庵石みたいに、からだの重しにだけ使っとる馬鹿は、取らんことにしとる——。失礼しちゃうわねえ」

「あはは。その話、聞いたことがあるわ」

大造は笑った。

「それから、君のうちでは、便所の掃除は誰がするって訊くから、婆ァやですって正直に答えたら、家庭の便所掃除を自分でやらないような女の子も、採用せんかも知らん」

「なるほど」

「それでわたし、染矢常務に、じゃあうちのお手洗いの掃除は、これから毎日必ず自分でやりますから、その点だけはどうか大目に見て下さいって、お願いしたの。——にやっとなさったわ。大てい採用して下さるんじゃないかしら？」

新日本空輸は、近代化再建五カ年計画が軌道にのって、次第に立ち直りを見せてくるにつれ、路線もフライトの回数も、おいおい延びて来ていた。

ぽつんと、スチュワーデスが一人だけ座席に坐っている定期便が、夜空を淋しく飛んでいるなどという風景は、さすがにもう見られなくなった。

保有機数も、ヴァイカウント、コンベヤ、ＤＣ３とりまぜて二十五機に達し、日本人パイロットの手で日本中の空をくまなくネットするだけでなく、やがて、東京から国内の主要都市を全部、日帰り圏内に入れてしまうという理想に向って一歩一歩前進しつつあった。

パイロットの年間飛行時間は、航空法で一千時間以内と規定されている。スチュワーデスの乗務時間も、だいたいそれに準じることになっている。

それから割り出すと、一機の飛行機に対して、それぞれ約三組の乗務員を用意しておかなくてはならない。

二十五機分の三倍では、七十五人だが、機種によっては、スチュワーデスが二人乗りこむから、会社としては、かれこれ百人の訓練されたお嬢さんたちを常時持っていなくてはならぬ勘定になる。

一期、二期、三期あたりのヴェテラン・スチュワーデスは、もう加茂井妙子たち数人を残して、ほとんど結婚し、退職してしまった。何しろ、美貌で頭がよくてよく気のつくこの制服の処女たちは、すぐ眼をつけられてお嫁に行ってしまうので、廻転が早い。

事故の記憶も薄らいで、新日本空輸の評判が、少しずつよくなって来るにつれ、採用試験の度に志望者は殺到するようになっていたが、由来女の子というのが、顔のきれいなのはお脳の方が弱く、頭のいいのは容貌がお粗末ということになっていて、適当な女性を取るのはなかなかの難事であった。

スチュワーデス、パイロット、整備員の補充、古い機種の交替、新機購入と、立ち直って来たとはいっても、まだ経営状態に楽観を許されない会社としては、難問題が山積していた。

日本中の主な都市と都市との間が、事実上日帰り旅行のスケジュールに組みこまれるようになるためには、どうしても、数年のうちに手持ちの飛行機を、すっかりタービン機に切替えてしまう必要がある。

ヴァイカウントにつづいて、次の年には、オランダのフォッカーから「フレンドシップ」F27というプロップ・ジェット機が入る予定であったが、新日本空輸の人たちが、更に一層待ちのぞんでいるのは、輸送機開発委員会の国産ジェット旅客機の出現であった。

一般の日本人は、敗戦後の日本で、ジェット機の生産が可能だなどということは、まだ誰も知りもしなかったし、信じてもいなかった。

しかし日本は、敗戦前の昭和十九年に、年産二万七千機の実績を示した、世界屈指の航空機生産国であった。すべてが戦争のためであったとはいえ、その中には、世界の人の眼を見はらせるような傑作機が幾つかふくまれていた。

そのすぐれた技術陣はどこへ行ってしまったのか？　実は、彼らは、敗戦後七年間の強制冬眠状態から抜け出すと、その間のおくれを取り戻すために、ひそかな活動を開始していたのである。

アメリカの軍用機の修理やオーバーホール、ノック・ダウン方式といって、向うで作った部品を持って来て、ただ日本で組立てるだけという航空機生産からはじめ、やがて数年を出でずして、F重工のT1F2という純国産ジェット練習機が飛ぶまでに成長している。

いま世界中に、自分のとこだけで独立に、ジェット機の機体とエンジンとを設計製作出来る国は八つしかない。アメリカ、英国、フランス、カナダ、イタリー、ソ連、東ドイツ、そして日本。

「ほう」

日本人は、それを知らされると、大てい不思議そうな顔をするが、海外の航空界の人々にとっては、このことはむしろ当然すぎるくらいの当然であった。戦争中のあの厖《ぼう》大《だい》なすぐれた総合技術陣が、そう簡単に消滅してしまうわけはなかったからである。

しかし、T1F2は、自衛隊の練習用で、これが戦後の日本の傑作ジェット機ですといって、世界に自慢出来るほどのものでないことも、事実だった。

次に来るべきものは、当然、日本独自のジェット旅客機であった。

加茂井博士たちのYK——輸送機開発委員会では、基礎型はすでに決定し、ベニヤ板の実大模型も完成し、各種の風洞《ふうどう》試験もおわって、新しく出来た輸送機製造株式会社の手で、そろそろ第一号機の組立てをはじめようというところまで、仕事はすすんで来ていた。

ＹＫ20

組立てのはじまった国産旅客機は、青写真によると、一見ごく平凡な恰好をしていた。低翼、双発、プロペラがついていて、そのへんどこにでもありそうな飛行機に見える。

「へえ。これでもジェット機かね？」

といわれるくらいは、まだましな方で、

「これ、ほんとに飛ぶんですか？」

などと、如何にも疑わしげな顔をする人までいる。

加茂井秀俊を技術委員長とする輸送機開発委員会の面々は、時に深夜つかみ合いの喧嘩になりそうなほどの激論を、長い間真剣にたたかわせた末、結局飛行機の型を、ここに落ちつけたのであった。

それは、彼らの引っこみ思案のせいでもなく、妥協でもなく、外国の模倣でもなかった。

その気になれば、四発、ピュア・ジェット、速度において世界一というような性能のものも、或いは設計可能であったであろう。

が、委員会のスタッフは、戦後の日本に、飛行機のブランク時代があったことを、よくわきまえていた。

見てくれの派手なことはやってはならないというのが、激論の間にも、彼らの共通した自戒であった。

四発、ピュア・ジェット、亜音速というような超大型旅客機なら、すでにアメリカで、すぐれた性能のものが生れている。日本がねらうべきは、世界の商業機のアナであり、その方が輸出の道も大きくひらける可能性があるのだ。一機あたりのコストが安く、整備にも時間と金を食わず、そして、どんな小さな飛行場にでも、らくに発着出来る、そういう地味な性能で、世界の先端に立つような中距離ジェット機――それが彼らのねらいであった。

飛行機の仮の呼称は、ＹＫ20と名づけられた。

ＹＫ20は、プロペラは持っているけれども、従来のピストン・エンジンの飛行機でなかったことは無論である。ジェット・エンジンの本体であるガス・タービンにプロペラをつけた、いわゆるターボ・プロップ方式のプロペラ機だった。

ターボ・プロップ――つまりプロペラのあるジェット機は、ピュア・ジェットにくらべて、速力は劣るが、離着陸性能はずっとよくなり、使いやすくなる。太平洋航路に用いたりする気が無い以上は、ＹＫ20がターボ・プロップに落ちついたのは、当然であった。

そして、新日本空輸が、英国ヴィッカースの「ヴァイカウント」を国内線に使い出してから、日本人旅客の間にも、ターボ・プロップ機の快適さは、次第に認識されはじめていた。

ところで、飛行機というやつは、主翼を小さくすればスピードは出るが、離着陸距離が長くなる。主翼を大きくして、翼面荷重をへらせば、離陸距離は短く、ふわふわと扱いやすい飛行機になるかわりに、スピードが落ちるという、二つの性能について、矛盾した面を持っている。

ＹＫ20の翼面積に関しては、0《ゼロ》案から第一、第二、第三と四つくらいの試案が出た。エンジンに関しても同様だった。国産のジェット・エンジンを使うか、英国あるいはアメリカのものを輸入して装備するか——。

その色々な案の、色々な組合せが検討された末に、翼面積に関しては第二案、エンジンに関しては0案、——主翼面積九十五平方メートル、英国のロールス・ロイス・ダートのエンジンを積むということが決定し、それがＹＫ20の呼称のもととなったのであった。

夏目漱石の「坊っちゃん」の中に、坊っちゃんが日向の延岡へ転任させられるうらなり君に同情して、「延岡と云えば山の中も山の中も大変な山の中」で、「猿と人とが半々に住んでる様な気がする。いかに聖人のうらなり君だって、好んで猿の相手になりたくもないだろうに、何という物数奇《ものずき》だ」と憤慨することが書いてあるが、宮崎県延岡が、猿と人と半々に住んでいる土地なら、北海道の夕萌日萌などは、熊と人間とが半々に住んでいるところにちがいない。そこへ眼をつけて、心魂打ちこみはじめている横田大造などもよっぽどの物ずきということになるにちがいない。

しかし坊っちゃんは、ヴァイカウントやフレンドシップやYK20が空を飛ぶような時代を、とても、想像出来なかったのであろう。

宮崎は、土地の先覚者たちが、他の地方都市にさきがけて飛行場の開設を心がけたせいで、間もなく、新日空のフレンドシップF27の導入とともに、大阪から一時間二十分、東京からでも日帰りは簡単という土地に変ろうとしていた。

明治時代、

「火を吐く陸《おか》蒸気なんぞ、通ってもらっては困る」

といって、鉄道の敷設に反対した街道すじの町が、その後次第に取り残されてさびれて行ったような、それと同じことが、今では、空の道に関連しておこりつつあることは、宮崎ならずとも、少し新しい感覚を持っている人々には、もはや常識であった。

大造は、漱石の坊っちゃんとちがって、そうした変化が、今後急速にあらわれて来そうだということを予見して、自分の事業の手を打っているに過ぎなかった。

YK20の群が、豊富に日本の空を飛びはじめるころには、夕萌日萌の観光都市の計画も、基礎をかためているにちがいあるまい。

国産の旅客機で、東京から二時間、思いきり澄んだ空気と水、すばらしい近代的な施設をととのえた美しい町の図を、子供が楽しいおもちゃの夢を見るように、大造は夜毎の夢にみていた。

彼は、加茂井博士を応援する気持からも、ＹＫ20の出現をひどく期待している一人であり、ＹＫ20の飛ぶ日が、自分の事業にとっても、一つの指標になりそうにさえ思っているのであった。

しかし、大造のような人間は、まだ日本に、そうたくさんはいなかった。ＹＫ20のことは、航空関係の雑誌に、時々記事が出るくらいのもので、一般の人には、まだほとんど知られていなかった。知っても、

「日本製の旅客機？　そんなもの、出来たって、当分乗らない方が安全だよ」

と思う日本人が大部分であった。

ところで、輸送機製造株式会社では、一号機の組立てと平行して、別にＴ一号、Ｔ二号という名のＹＫ20の組立てを開始していた。

Ｔのつく番号のＹＫ20は、全備重量の何倍もの重さをかけたり、水タンクの中へすっぽり突っこんだり、曲げたりぶったりして、要するに最後に叩きこわしてしまうための飛行機であった。そうして、ＹＫ20が、どんな条件のもとで、何万時間の飛行に耐えうるかということを、証明するのである。

この強度試験疲労試験のための飛行機と、実用の一号機とが、そろそろ、工場の中で飛行機らしいかたちを見せはじめるころ、製作会社や、加茂井博士の委員会あてに、海外から、ちらほら、問合せの手紙が舞いこむようになった。

その数は、日毎に多くなり、世界あちこちの航空会社のテクニカル・マネージャーで、

わざわざ日本まで、ＹＫ20の建造状態を見に来る者もあった。

不思議なようなことだが、航空機製造の本家本もとみたいなアメリカからも、次第に引合の数がふえはじめていた。

加茂井秀俊は、満足な気持であった。彼と彼のスタッフのねらいは、あたったのだ。

世界には、ニューヨークのアイドルワイルドや、パリのオルリーのような、ばかでかい空港もあるが、千二百メートル程度の滑走路がわずか一本だけというような、日本の地方都市の飛行場と同じ、可愛い飛行場も無数にある。そこでは、ＹＫ20のような飛行機こそ、待ちのぞまれていたものであった。

世界の空には、英国のコメットやアメリカのＤＣ８のような飛行機も飛んでいるが、一方、新日本空輸が使っているＤＣ３のような古い機種も、まだ無数に飛んでいた。ＤＣ３が生れて約二十五年、いくら戦前の傑作機とはいえ、どこの航空会社でも、もう代替の時期が来ていることを感じている。

そこでも、ＹＫ20のような飛行機こそ、待ちのぞまれていた。

旅客機というものは、自動車や電気冷蔵庫とちがって、むやみな量産は出来ない。しても、買手が無い。高名なボーイングの707でも、売れた数は、百八十機程度で、その製作には、手工業的な面が多分にある。一機一機の手工業なら、それは日本人の最も得意とするところであろう。

それからもう一つ――特にアメリカで、日本が旅客機の製造に踏み切ったということは、一種特別な関心をもって見られているらしかった。

——いったい、誰が設計しているんだ？　訊いてみると、設計者は、A104とコンゴ・ファイターのドクター・カモイ、四式飛行艇のドクター・ミヤザキ、「銀流」のドクター・コミヤマ等々のグループだというではないか。

これらの飛行機にアメリカ人たちは、戦争中、さんざんの目にあわされた経験がある。あの連中が、一とかたまりになって仕事をはじめているということになれば、いったいどんなものが生れて来るか、少くともアメリカの航空界は、タカをくってこれを眺めているわけには行かないようであった。

こうしてYK20は、日本よりも海外で、まだ日の目を見ぬうちから、次第に有名になりつつあったのである。

そのころ亜紀子は、スチュワーデス十四期生として、めでたく新日本空輸に採用になった。

「お父さん、お父さん。来たわよ、来たわよ、合格通知が。お便所の掃除した甲斐があったわよ」

彼女は眼をかがやかせて、大造に報告した。

「ふうん……。それで、いつから空飛ばせてもらうんや？」

「体験搭乗っていうのは、すぐあるらしいけど、乗って一人前にお仕事するのは、まだまだ、大分先らしいわ」

亜紀子は、分厚い封書の中に入っていた訓練日程の概要を、父親に見せたりした。

「ふうん」

大造は、いささか複雑な表情であったが、同じ十四期に採用された娘の母親で、京都から血相を変えて取消しに飛んで来たなどというのにくらべれば、もの分りのいい方である。

「旦那さま、なぜたった一人のお嬢さまに、そんな危い勤め口をお許しになったんでございますか？」

婆ァやが一番不服そうだったが、大造は、

「そうかて、勝手に試験受けよって、勝手に有頂天になってよるんやよってに、しようあらへんがな」

亜紀子ときたら、仕事の危険など、想像してみたこともないような、生き生きとして、まことに嬉しそうなあんばいであった。

「そのうち、お父さん、わたしの飛行機に乗せて、お客さまとして、大いにサービスしてあげるわ」

そして亜紀子は、毎日、国電とバスで、羽田の新日本空輸運航部へかようようになった。

もっとも就職通勤といっても、以後四カ月間は、訓練生として、みっちり教育を受けるのである。

入社二日目には、制服の採寸があって、やがて仮縫、出来て来たあこがれの空色のユニホームは、彼女の若いからだにぴったり合い、三十六人に一人の競争を突破したことも誇らしく、ほんとうに亜紀子は生き甲斐を感じ出している様子であった。

それに、新日本空輸という会社の空気がそうなのか、それとも、運航部の係長が、

「とにかく、三次元の世界というのは、愉快だからな。コセコセした気分にゃなれんよ」

と、机に足をのっけていう通り、空の仕事をしていると、自然にそういう性格になるのか、関係者がみんなさばさばしていることも、気持がよかった。

加茂井妙子は、先任スチュワーデスとして、監督の立場にいて、新しい人たちの面倒を見る仕事をしていた。

「あなたのお父さまとは、いつか一対一で名古屋行に御一緒だったことがあるのよ」

「ええ。聞きました。でも、あのころ、父は、わたしがデスになるなんて、考えてもいなかったらしいわ。わたしは、その当時から、大いにその気だったんですけど」

「そう……。何か困ることがあったら、いつでも言ってらっしゃいね」

「ええ。ありがとう」

亜紀子は、加茂井先任スチュワーデスとも、すぐしたしくなった。

教育日程は、毎日、朝九時半から夕方五時まで、ぎっしりつまっていて、授業をサボって映画を見に行ったり出来た短大のころより、よっぽどきびしかったが、亜紀子は、それもたのしく、心に張りがあった。

旅客貨物運送約款、スチュワーデス服務規定のような法規めいたことから、航空無線、飛行機の歴史、人文地理、さらにテーブル・マナーまで、のんびりしていた脳味噌がびっくりするぐらい、次々と新知識をつめこまれる。

「ユア・アテンション・プリーズ」

「ユア・アテンション・プリーズ」

「プリーズ・ファッスン・ユア・シート・ベルト」

「プリーズ・ファッスン・ユア・シート・ベルト」

「エンド・リフレイン・フロム・スモーキング。サンキュー」

「エンド・リフレイン・フロム・スモーキング。サンキュー」

雀の学校の生徒みたいに、パクパク口をあけて、英語の会話やアナウンスも、あらためての勉強である。

「NATの飛んでるところの航空路だけは、地図を見なくても、ちゃんと頭に入れといてよ。時々染矢常務が督戦隊で見にいらっしゃるから、沢庵石沢庵石って言われるわよ」

先生といっても、加茂井妙子も若く、生徒たちはもう一層若く、教場の中には、いつも華やいだ空気がただよっていたが、染矢四郎の「沢庵石」は、部内でよほど有名になっているらしかった。

日本語のアナウンスの発音矯正には、ＮＨＫのアナウンサーが来るし、救急看護法の講習には、大学病院の外科の先生がやって来るという風で、新日本空輸の乗務員訓練は、いつかの事故以後、相当徹底したやり方がとられているようであった。

「これだけ熱を入れて、いいことばっかり教えてやってるんだから、十四期は、あんまりすぐ、お嫁に行かないようにしてくれよ、な」

運航部の係長はそんなことを言った。

「行きません」

「行かないわ、お嫁になんか」

仕事の楽しい娘たちは、口々に答えたが、係長は、

「それが嘘なんだ」

と笑っていた。

一日一日と教程はすすみ、彼女たちの航空知識も大分充実して来、体験搭乗も何度かやっているうちに、やがて夏が来た。

学生のころとちがって、もう夏休みはなかったが、そのかわり、みんながかねて楽しみにしていた海上脱出訓練が、一日、千葉県木更津沖で行われることになった。

海上保安庁の船を出してもらって、会社給与のお弁当とジュースつきで、飛行機が不

時着水した時の緊急訓練をやるのである。

ほんとうなら大変だが、訓練だから、気分はピクニックめいて来る。

「それでは明日は、制服の下に水着を着用して来るように」

前の日の終業後言われて、楽しみは楽しみながら、亜紀子はちょっと心配になった。

彼女は、海水浴の経験があまり無く、五十メートルも泳いだらアップアップする方で、もし木更津の海で泳げと言われたら、どうしようかと思ったのである。

海の色彩

七月下旬の、あつい日であった。

海老取川の川口近く、油の浮いた水の上に、朝からギラギラ太陽が照りつけている。

ここは、羽田飛行場でも北のはしで、一般の旅客にはまったく縁の無い殺風景な場所だが、その日は、時ならぬ色彩豊富な光景が展開していた。

「みんな揃ったら、キャアキャア言わずに、順序よく、早く乗艇する」

運航部の係長が、メガホンを口にあててどなっている。

水着の上に、上下コンビネーションのまっ白な作業服を着た若い娘たちが十数人、危っかしい足どりで、踏み板を渡って、桟橋にもやった海上保安庁の巡視艇に、次々乗りうつって行く。

「ちょっと、手を引っぱってエ」

「サンダルが脱げちゃう」

キャアキャア言うなと言われても、無理というもので、

「乗艇したら、班ごとに名前をチェックして、弁当とジュースを受取って。ただし、遠足じゃないんだよ。何べん注意したら分る」

と、係長の叱言《こごと》は、あんまり効き目がない。

彼女たちが、純白の作業服に、耳の部分だけくり抜いた飛行帽のような赤い帽子、青い帽子をかぶって、海の上に勢ぞろいしているところは、かもめの水兵さんみたいで、なかなか色あざやかな風景であった。

赤い帽子は、きょうの緊急訓練で、スチュワーデスの役、青い帽子は、乗客の役と分れていた。

十四期のスチュワーデスばかりでなく、そのほか、同じ服装をした教官配置の課長係長や、加茂井妙子ら先任スチュワーデス、定期的な緊急訓練受講の番にあたっている若いコー・パイロットたちも、あわせて十数人参加していた。

全員が乗艇をおわると、巡視艇は川口をさしてゆっくり動き出した。

すぐ海だ。

泥色の海の中に、飛行機のための標識灯が幾つも立っていて、その鉄櫓の上に、ほんもののかもめがたくさんとまっている。

A滑走路の北端にあたるらしく、ちょうど、ジェット・エンジンのすさまじい音をあ

げながら、巡視艇のま上、すれすれに、大きな旅客機が一機、離陸していった。

新米のスチュワーデスたちは、みんな本能的に首をすくめて、それを見上げていた。

「君たち、馬鹿だなあ。首をすくめたって、同《お》ンなじだよ。かもめを見たまえ。羽田のかもめや鴨は、君たちよりジェットが好きなんだぜ」

その日の訓練の、機長役をつとめることになっている川江という若いコー・パイさんが、笑いながら言った。

実際、あのものすごいジェットの轟音《ごうおん》にもかかわらず、かもめどもは、馴れっこになっていると見えて、飛び立とうともせず、むしろ小首をかしげて飛行機の音に聞き入っているような様子をしていた。

「飛行機なら平気で、自動車が行くと逃げるのよ。羽田の鴨は、シベリヤへ帰る時は、編隊飛行の訓練をしてから出て行くっていうんですもの」

加茂井先任スチュワーデスも、川江操縦士といっしょに、そんなことを言った。

「あなたたちも、きっとそのうち、飛行機の音が好きでたまらなくなって来るわよ」

「もうなってます」

小声でいう十四期生のデスがいた。

「ところで、あの飛行機、何か分るかい？」

川江コー・パイロットは、黒煙を噴出しながら、急角度で見る見る高く小さくなって行くジェット機の機影を見上げつつ言った。

「ハアイ」

「ハアイ」

「パン・アメリカンのボーイング707です」

「じゃあ、707の乗客定員はどのくらいか知ってるかい？　誰か」

「大体百八十人くらいだと思います」

横田亜紀子見習スチュワーデスが答えた。

「うん。それじゃあね、横田君」

川江コー・パイロットは、少しいたずらっぽい顔をしながら言った。

「この間羽田へ、たった三人しか客を乗せないで着いたボーイングの707があったんだけど、どこから来た飛行機か分るか？」

「さあ……」

「台北かしら？　それともシアトルかな」

「分らないか？」

「分りません」

「カルカッタだよ」

「へえ……。じゃあ、エア・インディアの飛行機？」

「ちょっとあなた、馬鹿ねえ。かつがれちゃ駄目よ」

加茂井妙子が言って、亜紀子の背中をたたいた。

「え？」

「カルカッタ、つまり、軽るかった、じゃありませんか」

どっと、みんなの間に笑いが湧いたが、亜紀子は、

「まあ。まじめなお話かと思って聞いてたのに、しゃくだわ」

と、川江コー・パイロットをにらみつけた。

飛行場のまわりをはなれると、巡視艇は次第に速力をあげはじめた。みんなは三々五々、艇の中に足など投げ出して、赤い帽子、青い帽子、白い作業服、黒めがね、青いサンダル、素足の指にピンクのマニキュアをしているスチュワーデスもいる、ギラギラ真夏の太陽は照りつける、

「卯《う》の花の匂う垣根に」

と一人が歌い出すと、みんながすぐ唱和する。色どりは豊かで、遠足じゃないと言われても、いささか海水浴気分にならざるを得ないが、東京湾の海ばかりは、いくら進んでも、しつこく泥色に濁っていた。

艇は、絶えず汚水色のしぶきをあげている。

加茂井妙子が立ち上った。

「さて、第一班は、横田さん、あなた、スチュワーデス配置よ。緊急時のアナウンス、習ったから出来るでしょ」

「ハイ。……だけどわたし」

　と、亜紀子は訊きかえした。

「泳ぎの方が自信がないんですけど、泳ぐんですか？」

「ああ、海へは入らなくていいのよ。水着はただ、濡れるとあれだからね」

「なら、安心だわ」

　亜紀子は、ほっとしたように笑顔をうかべた。

「第二班は、緑川さんがキャプテンで、橋本さん、あなたがスチュワーデス配置よ」

「第三班は」

　加茂井先任は、配置表を持って、みんなの間をまわっている。

　一時間ほどで、艇は千葉県木更津の沖へついて、エンジンをとめた。

「みんな、それではライフ・ジャケットをつけて下さい」

　運航部の係長がメガホンを口にあてる。

　黄色い救命胴着が、いっせいにものものしく、一同の胸をかざる。

「各班ごとに整列して、各ラフト（救命ボート）の長は、人員点呼をすませたら、レポートして」

「第一班。長以下八名」

「ハイ。それでは、川江キャプテンの第一班から、状況はじめます。言ってある通り、この巡視艇が、非常事態の飛行機ですから、そのつもりで」

指名されて、川江操縦士が、先ずアナウンスをはじめた。

「乗客のみなさまに申し上げます。こちらは機長の川江です。本機はいかんながら、エンジンが不調になり、あらゆる処置を講じましたが、恢復《かいふく》の見込みが立ちませんので、最も安全な方法として、海上に不時着水を決意しました。乗務員の指示にしたがって、順序正しく御用意をねがいます。当機不時着水に関しては、すでに地上の救助施設に、無電で連絡ずみですから、海陸からの救援隊が、間もなく到着してくれるはずです」

「ハイ。すぐ次。横田スチュワーデス」

さすがに遠足気分は消えた。

亜紀子は少しあがっていた。

「みなさま。エエン……。みなさま」

「卒業式の答辞読みみたいな、そんなシンミリした調子じゃ駄目だ。もっとキビキビと、早く、はっきり」

「みなさま」

亜紀子は少しむきになってやり出した。

「身につけていらっしゃる、時計、めがね、ガラス製品、万年筆、ネクタイ・ピンなど、尖ったものをおはずし下さい。ネクタイをゆるめて下さい。ハイヒールはおぬぎねがいます。急いで、座席の下の救命胴着を御着用下さい。ただし、救命胴着は、機内では絶対にふくらませないでいただきます。着水の際は、二回またはそれ以上の、強いショックがございますから……」

監督の加茂井妙子は、パンフレットを片手に、その調子よ、という風に亜紀子のアナウンスを聞きながら、何か複雑な表情をしていた。

夏の、この緊急訓練の時が来ると、彼女はいやでも、同期の市岡かよが身がわりになってくれた、神子元島沖の事故のことを思い出さざるを得ないのであった。

あの時、関機長の飛行機は、乗客にこんな注意をあたえるひまもなく、海中に突っこんでしまったのだろうか？

もしあの事故がなかったら、市岡さんは、今ごろ誰かのいい奥さんになっているか、それとも、まだ現役で、きょうもいっしょに、十四期生たちの海上脱出訓練に参加しているか――。あれからもう、足かけ四年の歳月がたってしまった。

妙子の物おもいを破るように、圧搾空気の噴き出す鋭い音がした。

飛行機は、ただ今着水したという想定で、第一班の八人が、いっせいにライフ・ジャケットのひもを引っぱったのだ。胴着は、みんなの首のまわりで、いっぱいにふくれ上った。

同時に、棉花の梱包みたいなラフトの、まわりのテープがひきはがされ、海へ投げこまれた。

「ポオン、シュルシュルシュル」という音をたてて、梱包は蓮《はす》の花がひらくように、海の上でひとりでにひろがり、みるみる十二角形の救命ボートのかたちにふくらんだ。

青帽子の乗客役のスチュワーデスから、順に、ボートの中へ飛びこむ。

「足を折らないように。飛びこんだら、円座になって、足をまん中へのばして」

ついで、横田スチュワーデスと川江機長が飛びこむ。

コー・パイロットの川江は、乗り移ると、馴《た》れた手つきで、ラフトの一隅から、手品みたいに、電池、食糧の罐詰、アンテナ用の凧、信号弾、テントなどを、次々に取り出した。

「次、第二班」

梱包されたラフトが、もう一つ巡視艇の上から海へ投げこまれ、

「キャア」

とか、

「いやあ」

とか言いながら、次の班のスチュワーデスたちが飛びうつって来る。

やがて、木更津沖の海には、赤い大きなくらげみたいに、三つのラフトが、それぞれ八、九人ずつの人を乗せて、思い思いに浮かんだ。

落ちついてみるとしかし、ラフトの中は、如何にも静かで、たのしい帆走でもしているように、いい気持だった。

亜紀子は、仲間のスチュワーデスたちと、顔を見合せ、そして空を見上げた。

七月の青い空に、ゆっくり綿雲が動いている。新聞社のセスナが一機、軽快な爆音を立てて近づいて来、写真を取るらしく、翼を傾けて、何度も低く、みんなの上をまわりはじめた。

彼女たちは、新聞社の飛行機に手を振った。

「この中で、お弁当食べたら愉快でしょうね」

「あら、お魚が飛びこんで来たわ」

銀色のこのしろの子が一尾、可哀そうにもラフトの中へはねこんで来て、彼女たちの生けどりになった。

「おいおい。暢気《のんき》なこと言ってちゃ困るよ。想定の状況は深刻なんだぜ」

と、川江が注意した。

「これからまだ、何かするんですか？」

「色々プログラムがあるんだよ」

「ねえ、川江さん。さっきのカルカッタのお礼に、一つ、謎々言いましょうか？」

亜紀子は、大空やけのしている川江コー・パイロットの浅黒い顔を見ながら言った。

「暢気だなあ。――何だい？」

「やさしいんです。デスが一人胸を悪くして、田舎の病院へ入っているのを、別のデスがお見舞いに行ったんです。そしたら蝶々がひらひら飛んで、牛がモーと鳴きました。デスの病気は何でしょうか？」

「馬鹿馬鹿しい。盲腸に決ってるんだろ」

「ワーイ。ひっかかった。胸を悪くしてって、言ってあるじゃないの」

巡視艇の上から、次のプログラムの指令が出はじめた。

真紅のテントが、ラフトに張られる。

行灯《あんどん》型の凧を上げる。風が弱くて、これはなかなか上らない。

空の救助隊からの識別用に、緑色の化学薬品を海の上へ流す。泥色の海が、たちまち、あざやかな緑色にそまって行く。

発煙筒が焚《た》かれ、信号弾が打ち上げられる。発煙筒の煙は赤く、信号弾から打ち出された小さな落下傘は、尖光を見せながら、海の上に落ちて来る。

すべてアメリカ式の緊急用備品で、色彩の取り合せは、眼につきやすいように、如何にも鮮明で美しい。

「鏡の信号を試みて下さい」

と、巡視艇から声がかかり、亜紀子は手鏡で、太陽の光をチカチカ反射させて、巡視艇の方へ合図を送った。

みんなが順番に、信号弾を打ち上げたり、鏡信号を試みたりしてみる。

そのうち、巡視艇はもう一度エンジンをかけて、三つのラフトのまわりを、全速でぐるぐる走りはじめた。

「こんな静かな海へ、不時着水ということは、まあ無いんだからね」

川江操縦士が言った。

艇で波を立てて、漂流中の海洋の感覚を出そうということらしい。

ラフトは、大ゆれにゆれはじめ、その中で、三つのラフトをロープで結合しろという命令が出た。三つのラフトは、それぞれ櫂《かい》で漕ぎ寄って、何とか一つに結び合わなくてはならない。

近づいた二番ラフトから、汚水色のしぶきをはね上げながら、ロープが飛んで来る。亜紀子は、それを取ろうとして、ふかふかのラフトのへりに乗り出したとたんに、波が来て、頭からさかさまに、海へころがりこんでしまった。

水の中で、光の縞が上下左右にぐるぐるッとまわって、水面に顔を出した時には、もうラフトとの間に四、五間の距離が出来ていた。

「横田さあん。早く、泳いで、ラフトにつかまって」

仲間のスチュワーデスたちが、口々に金切声の声援を投げて来たが、波は容赦なく彼女の鼻や口に海水を叩きこみ、亜紀子は、おそろしくて、

「ああッ、ああッ」

と、泣き出しそうな声を出した。

見かねたと見えて、川江操縦士がすぐ、作業衣のまま飛びこみ、亜紀子の腕を取って、巧みに泳いで、ラフトの上へ引きずり上げてくれた。

「おい、しっかりしろ。何だ、ライフ・ジャケットを着けてるんじゃないか」

「ああ。ごめんなさい。溺れるかと思ったんです」

亜紀子は、少し吐きそうな気持になりながら、でも、なるほど妙に軽々と浮いていると思ったのは、救命胴着のせいだったのかと、初めて気がついた。

しかし、びしょ濡れだった。

「作業衣を脱いで水着になりたまえ。風邪をひくぞ」

「羞《はずか》しいから、いや。大丈夫です」

亜紀子は、からだからポタポタしずくを垂らしながら答えた。

「だけど、海洋恐怖症のデスは、少し困るよ。今年の夏は、君、ちっと本気で水泳の練習をするんだね」

「ハイ。すみませんでした」

彼女は素直に、川江にあやまった。

やがて状況おわり。巡視艇はエンジンを微速にして、ラフトに近づいて来、緊急訓練参加のスチュワーデスたちの収容をはじめた。

空の色彩

亜紀子たち、新日空スチュワーデス十四期生の教育訓練は、その後も夏の暑い毎日を、規則正しくつづけられた。

太いロープを一本、股の間にはさんだ、いささかあられもない恰好で、飛行機のドアから地上へすべり落ちる、ロープ脱出訓練。運輸省所属の空港消防署の化学消防車に出動してもらって、飛行場の空き地で行われた消火実習訓練。

消火器といっても、飛行機に積んである消火器には、三つぐらい種類がある。

ＣＢという、毒ガス製造過程で出来る副産物の化学薬品は、一リットル何千円と、ウイスキー並みの値段だそうだが、そのかわり、油をひたした、わかめみたいなボロ布が、メラメラッと赤黒い炎をあげはじめたのに、このＣＢ消火器を向けると、まるで魔法みたいに、サッと、すばらしい効果を発揮した。

消防署の人が、

「もう一ぺん火をつける方が、よっぽど手間がかかるんです」

と言って笑いながら、風の中で、ライターを何度もカチカチやっていた。

救急看護法は、外科だけですんだのかと思っていたら、日をへだてて、内科から産婦人科の訓練までやらされたのには、亜紀子も驚いた。

つまり、産婆の練習である。

彼女たちは、一人前になったのちは、機上で産気づいた御婦人があっても、決してあわてたりしてはならないのであるらしかった。

「何か、事があった時は、パイロットはランディングのことだけでせい一杯なんだ。客室の方は、君たちが一切の責任を受持たなくてはいけない。すべての講義を、真剣に聞くように」

言われてみれば、それにちがいない。

新日本空輸は、神子元島沖の事故の、苦い経験をフルに生かして、

「楽しい空の旅、無事故の新日空」

「日本中の都市を、日帰りでネットする」

再建計画へと、次第に社運が上を向く勢いに乗じて、日ごとのスチュワーデス教育にも気合が入って来ていることは、彼女たちにもうかがえるようであった。

オランダから、フォッカー「フレンドシップ」F27が二機、初めて日本人パイロットの手で、空路日本へ到着したのも、彼女たちの教育期間中であった。

オランダ大使のお祝いの言葉をうけて、この高翼双発の美しいターボ・プロップ機は、即日羽田で、航空関係者たちの見守る中に、片肺だけの見事な、離着陸デモンストレーションをやって見せた。

「フレンドシップ」F27が、両エンジンを全開して離陸する時は、滑走をはじめたと思う間もなく、機体は急角度で空へ浮かんでいるというあざやかさで、エンジンはYK20と同じ英国のロールス・ロイス製ながら、戦後オランダの生んだ傑作だと、人の眼を見張らせるに充分であった。

関係者たちの中には、それにつけても、

「ああ、YK20が、ああやって見事なテイク・オフを見せてくれるのは、いつだろうなあ」

と、期待の嘆息が聞えた。

ＹＫ20が完全な姿をあらわす日には、少くとも離陸滑走距離において、このオランダの傑作機をさらにしのぐ性能を発揮することが予定されていたからである。

ヴァイカウントに加えて、フレンドシップが定期便に就航し、宮崎、鹿児島、金沢、高知、高松、函館などの町が、東京大阪から、掛け値なしの日帰り圏内に入るようになって、新日本空輸はさらに一段の発展を見せて来た。

議員さんたちが、いまだに赤字路線の鉄道を、おらが国サに引きたがるような日本でも、空の旅の便利さと快適さとは、次第に広範囲の人々に理解されようとしていた。

以前は、部長クラス以上でなければ、出張に飛行機は使わせないという内規のあった会社が、平社員や係長クラスに飛行機を利用することをむしろすすめるように、変って来つつあった。

旅費、日当、宿泊費を払って、長い間留守にされるより、日帰りか一晩泊りで出張して来てもらった方が、結局安上りだということに、人々が気づきはじめたのだ。

カーゴ（貨物）関係を見ても、ＮＡＴの貨物便は、商品見本を運んだ時代から、商品そのものを運ぶ役目を果す時代へと、急テンポでうつりかわりつつあった。

ひよこ、テレビ、酒、魚介、洋服生地、中には札幌で開業する美容院が、美容パーマネント機材一式を、新日空の飛行機にゆだねたような例も、あらわれた。

亜紀子たち十四期生は、そうした環境の中で、やがて秋とともに、一人前のスチュワーデスとして、巣立つことになった。

五十人、六十人の、千差万別の乗客を相手に、一人だけで、

「ユア・アテンション・プリーズ」

をやる日が来たのである。

さすがに、三十六人に一人の競争率を突破して入社したお嬢さんたちだけに、最後のペーパー・テストとフライト・チェックにも、落伍する者は、一人もいなかった。

彼女たちは、会社の苦しかった時代のことは何も知らない温室育ちではあったが、それだけに、みんなのびのびと、潑溂《はつらつ》と、若さにかがやいていた。

中でも、横田亜紀子は、空色の制服に、飛行機特有の匂いが染みつくにつれて、なかなか見事な、落ちついた空のホステスぶりであった。

規定によって、イヤリングはつけてはいけない、ネックレスもいけない、髪は肩にかからない程度まで、指輪は一つだけ、香水は禁止ということになっているが、それがかえって、如何にもスチュワーデスらしい、清楚で近代的な持味をかもし出す。

父親の大造は、

「ふうん。大分お前、板について来たな。そのうち、亜紀子の飛行機にも一ぺん乗ったるわ。せえらいサービスしてくれ」

などと、惚れぼれ、娘の制服姿を眺めたりしていたが、娘の方は、

「駄目よ」

と、にべもなかった。

「そうかて、スチュワーデスにしてくれたら、機上で大いにお父さんにサービスする言うてたやないか」

「だって、考えてごらんなさいよ。大阪まで六十分よ。六十人のお客さまに、一人一分ずつ何かしてたら、それでおしまいよ。近親者御搭乗の際は、自分のことは自分でねがいますだわ」

「そうすると、飛行機の上で、ええ婿《むこ》さん見つけて来るちゅうようなわけにも、いかへんかいな?」

「いやだア、そんなこと。考えたこともない」

実際彼女は、結婚のことなど考えるより、毎日の空の仕事が楽しくて仕方がなかった。

空の色は、何度飛んでも、毎日ちがっている。

同じ富士山が、日により月により、時刻により、高度により、不思議なくらいちがう色彩を見せた。

海の色も、いつも美しく色を変えていた。

プロペラの描く虹のような模様、ぐいと傾いた銀色の主翼に、夕陽がまぶしく反射する時、森や綿雲や湖が、箱庭のようにゆっくり窓の下を流れて行く風景、――飛行機乗りに、気性のさっぱりした人が多い理由が、分るような気がする。

いろいろな、隠語や、英語式の略語もおぼえておく必要があった。乗客のことはＰＡ

Xで、臨時便のことはノンスケ、スキップというのは、着陸すべき飛行場を、天候不良などのためにオーバー・フライすることである。

エントラといって、エンジンにトラブルがおこった時は、

「カーテンをおしめいたしましょう」

と、それとなく、故障したエンジンのがわの窓のカーテンをひいて、お客さんの眼をふさいでしまうぐらいの機転も心得ておかなくてはならない。

飛行機の旅が普及して来るにつれて、PAXの御生態も、さまざまであった。

「これ、車掌さん、えらい、かわいらしい手してるな」

などと、田舎の狒々爺《ひひじじい》さんに手をおさえられたり、そんないやな思いをした時でも、彼女はあとで、みんなで笑って、すぐ忘れてしまうだけの、若さと強さを持っていた。

「どうも、ちかごろの新しいデスは、気が強いよ。あんな時、昔のデスは、泣いたもんだがね。この間も、パラシュートを積んでないのかって、しつこく聞くお客さんがあったそうだ。そしたら、十四期のデスだが、お客さま、もしパラシュートがつんであったら、飛び下りられますかって、やり返したっていうからね。AALの飛行機に、空の上で追い越されて口惜しい思いをしてたのが、こっちのジェットがAALのDC4を追い越すような時代になると、デスの気風も変ってくるかね？」

染矢四郎も、加茂井技術重役たちと顔を合せると、今昔の感にたえぬ思いで、そんな話をしたりした。

操縦士たちの平均年齢も、次第に若返りつつあった。加茂井妙子がデスの一線にいたころまでは、新日空のパイロットといえば、すべて、亡くなった関機長のような、戦中派の生きのこりばかりだったが、今では航空大学を出たばかりの、川江副操縦士のような独身の若いパイロットが、続々戦列に加わりつつあった。

川江健次は、東京下町の商家の息子であるが、子供のころから飛行機が好きで、とうとう志を通して、一年前に宮崎の航空大学を卒業したばかりの青年だ。

木更津沖の海で、アップアップを助けてもらったからというわけではなかったが、亜紀子は、このコーパイさんが好きだった。川江健次の方でも、亜紀子スチュワーデスには、好意を持っているようであった。

しかし、どちらからも、デートにさそうようなことは、まだ一度もしたことがなかった。

いっしょの勤務がおわれば、

「じゃあ、お休みなさい」

「失敬」

と、さっぱりして別れたし、運航部で顔を合せると、

「きょうは、どこだい？」

「大阪行のダブルなんです。川江さんは？」

「札幌行のノンスケでね。信用金庫の団体さんだよ」

などと、西と東へ飛び別れた。

彼女たちスチュワーデスの日程は、きょう、ひるから大阪へ発って、四時すぎに大阪から帰って来ると、すぐまた次の便でもう一度大阪へ。そして夜、九時半すぎに羽田でランプ・インという、いわゆる大阪のダブル。次の日が札幌往復、十三時羽田帰着。三日目に一日お休みがもらえるという風な組合せだが、パイロットたちのフライト・スケジュールは、必ずしもそれと一致していない。

したがって、同じ機上で顔が合うことは、一と月に何度かしか無かったが、そういう時、川江はきっと、亜紀子をコック・ピット（操縦席）へ呼んで、思いついた色んな実物教育をしてくれ、そのついでに、一つか二つ、つまらぬ冗談を言ってからかうのが例であった。

ある日の小倉行のオンスケ（定期便）の時も、久しぶりに川江コー・パイロットといっしょの便で、亜紀子が何となく愉快な気持で待っていると、案の定、離陸後間もなく、ベルが鳴った。

コック・ピットからの眺望は、いつ来てみてもすばらしい。空と陸と海とが、上下左右一八〇度に、天然色で展開している。それは客席の窓からでは想像もつかぬ、壮大で静かな眺めだ。

飛行機はフレンドシップであった。

「天気がいいから、富士山の北側を、まっすぐ飛ぶよ」

「ハイ」

「きょうは、野球の選手が大分乗ってるようだね?」

「ええ新鉄ジャガースの選手たちです」

「あの連中、わりに神経質だろ」

「そうね。そう言えば、そういう感じかしらね」

「とにかく、コック・ピットを出る時は、どんな場合でも、いそいそと、微笑をうかべてろ」

「ハイ」

それは、亜紀子も承知している。スチュワーデスが操縦席へ呼ばれて姿を消しただけで、乗客たちの間には、一抹の不安がさざ波のように流れるのが常だ。たといそれが、パイロットたちにサンドイッチを運ぶ用であった場合でも――。

したがって、操縦席から出て来るスチュワーデスには、必ず、その顔色を読みたげな、もの問いたげな視線が集中して来る。

「なんてまあ、おだやかな、楽しいフライトでしょう」

彼女たちは、だから、たとい緊急事態の発生を告げられて客席へ戻って来る時でも、そういう顔つきをしている必要がある。

こんにちでは、空の旅が自動車の何十倍も安全なものだということが証明されていても、人間が機械に乗って宙に浮いているという状態が、へんてこりんなものだという頭は、本能として抜けないのだから、仕方がない。

もっとも、ついでに言えば、陸上や海上の交通事故が、事故、病院、墓場という過程をたどるのに対し、空の事故は、原則として病院抜きで墓場へ直行というのも事実であった。

「野球の選手はまあいいけど、お相撲さんが乗って来た時の要領を知ってるかい?」

川江パイロットはつづけた。

「さあ」

「肘かけを、はずしちまうんだよ。そうしないと、あの人たち、坐れないから」

「なるほどね。ハイ」

「ところで君、野球選手が三人歩いてたら、金が落ちてたんだってさ。その野球選手は誰々だと思う?」

このへんからが怪しくなるから、亜紀子は笑って返事をしなかった。

富士の向う、もう雪をいただいた南アルプスの山並みが見えている。

「考えてみろよ。頭の体操だぜ」

川江健次は指先で操縦桿を軽くつまみ、静かに上って行く高度計の針を見ながら、まじめな顔をして言った。

「分りません、そんなの」

亜紀子は、黙々としてレシーバーをかぶっている機長の手前も照れくさかったが、川江は平気だった。

「王、金田、広岡さ」

「いやだわ」

しかし彼女も、一字のクダモノなあにで、父親の大造をかついだころから、こういうことは、不得手でなかった。つい調子にのって、

「じゃあね、英語って何語か知ってる？　映画でおぼえて来たんだけど」

とやり返したら、たちまち、キャプテンから、

「おいおい。謎々はオフになってからやってくれよ。それより僕に、オレンジ・ジュースを一杯持って来てくれないか」

と、さえぎられてしまった。

彼女は少し赤くなって、客室へ引返して行った。

鈴鹿のあたりから少し雲が多くなったが、飛行機は予定通りの時刻に、小倉の飛行場へ着陸した。

着陸の時は、謎々どころではない。アプローチ・チェック、ファイナル・チェック、タッチ・ダウンまで、操縦士たちは非常に緊張する。だが、そのあとお客さんたちもすっかり下ろし、くつろいだところで、川江コー・パイロットは、

「ところで、さっきの英語は何語だってのは、何だい？」

と、亜紀子に話しかけて来た。

「あら、まだ分らなかったの。英語って、日本語じゃありませんか」

「なんだ、つまらない」

「じゃあ、これも映画の知識だけど、ザ・ピーナッツって何語？」

「………」

「分らない？　ふたごでしょ」

「チェッ」

川江副操縦士は、口惜しそうに舌打ちをして、本気でちょっと亜紀子の肩を小突いた。

第八章

銀のあひる

亜紀子と川江の仲のよさについて、そのうち社内で、少し評判が立ちはじめた。

航空会社というのは、女子職員がいやに多くて、しかも水準以上の美人女子職員がそろっているところだ。こんな事業会社は、ほかにあんまり無い。

それから、航空会社は、社内の噂話の伝播《でんぱ》速度の、おそろしく敏速なところである。けさ鹿児島でしゃべられていた話が、夕方にはもう、札幌の営業所に聞えている。

会社の発展につれて、次々たくさんの若い男の子と女の子が採用されて来るから、

「今度のダレさんとソレさんと、そろそろあれらしいわよ」

などという噂は始終で、それがたちまち日本国中の支店営業所にひろまってしまうのだが、亜紀子たちのことも、その中の一つに数えられるようになった。

「どうやら、まだ御清潔らしいけどね」

「だけど、見ててみろ。そのうち、私どももこのたびと、きっと来るぜ」

「謎がとりもつ縁かいなってネ」

「あのデス、しかし、富士日本観光の社長の一人娘でしょ。川江君、養子になるのかな? どっちにしても、彼女気が強そうだから、尻に敷かれちゃうぞ」

宮崎でも高知でも函館でも、そんな、人の疝気《せんき》を気に病むような噂話が、ちょいちょいささやかれていた。

亜紀子は、それについては、ホワイト・ハウス当局式に、特に肯定も否定もしないことにしていた。

実際、川江とは、その後新橋の欅鮨で一度、日比谷のプルニエで一度、いっしょに夕食を楽しんだことがあるくらいで、結婚の話めいたことなどしたことも無く、御清潔で、人にかれこれ言われるような間柄ではないと思っていたのである。

しかし、自分の心に、一種の恋心ともいうべきものが芽生えて来ていることは、自分で認めないわけにいかなかった。

九州のおだやかな秋景色の上を飛んでいるような時、

「川江さんは、きょうは札幌便のはずだ。千歳の飛行場は、きのうからの雪がまだ降りつづいているだろうな」

と、亜紀子はよくそんなことを思った。

そして妙なことに、自身のそうした気持を自覚しはじめてから、彼女は、父親の大造のことがしきりに気にかかるようになった。

大造のおこした富士バスは、無事故と親切の二枚看板で、もはや東京の観光業界に、押しも押されもせぬ位置をきずいていた。

バス・ガイドたちも、スチュワーデスと同じで廻転は早い。

結婚退職した朝富士ガール夕富士ガールたちの、同窓会みたいな会があって、春秋二回、なつかしの富士バスを仕立ててもらって、近郊の行楽地へ一日の清遊に行き、音痴の社長をまん中に、

「ママは羽田を知りません

伊豆も箱根も知りません」

「家出ブルース」の大合唱をして散会するのが恒例になっている。

年々人数はふえるし、それが大抵コブつきと来ているから、ちかごろでは、大型バスを三台用意しても足りないくらいだが、そういう時の大造は、若いお母さんと大勢の子供たちにかこまれて、如何にも嬉しそうに、若々しく見える。

昔の「ミシシッピー」の同窓生（？）たちで結成している象の会の関係で、キャバレー、バア、花柳界とも接触が多いし、特別な関係の女の人も、二人や三人はいるらしい。

「北海道湖沼研究所」なるものも出来た。

これは、例の夕萌日萌の夢の観光都市のプランを、腰を入れ年月をかけて、充分に練り上げようという、富士日本観光直属の研究開発機関である。

大造の周囲は賑やかで、活気にあふれており、事業家としてまだまだ若く、先がある

ように思えるのだが、その大造が、渋谷南平台の家のこたつで、日曜日に、どてらを着、老眼鏡をかけて、白髪のふけを落しながらぼそッと新聞を読んでいる時など、亜紀子は、ふと、

「ああ、お父さんも年をとったな」

と思うことがあった。

うしろ姿が、如何にも淋しげに、老いて見えるのである。

「わたしがもし結婚して家を出たら、お父さんはそのあと、ひとりぼっちで、どうやって暮して行くつもりだろう」

と彼女は思い、

「いったいお父さんは、お母さんが死んでから二十年近くも、なぜ独身で押し通して来たのだろう」

と、あらためて疑問を感じた。

年をとったと言えば、しかし、南平台の婆ァやは、もっと年をとった。そして、年と共に口うるさくなり、亜紀子の生活に、祖母的介入の仕方をするようになって来た。だいたい婆ァやとしては、亜紀子が「飛行機の女中」をしていることが、気に入らないのである。

「けさは雨ですよ」

「そうね」

「大分吹き降りでございますよ」

「…………」

「お嬢さま、こんな日だけは、飛行機に乗るのは、おやめになったらどうなんです」

「そうはいかないわよ。こっちは、お客さまじゃないんだもの」

「風邪をひいたことにして、お休みになればよろしいじゃありませんか」

「…………」

「好きでやってるんだから仕方がないよって、許していらっしゃいますけど、ほんとはとてもご心配なんです。二十年間、お嬢さまのことばかり思って、大きくなさって、もし飛行機でも落っこちたら、そりゃ、旦那さまが何といってお嘆きになるか」

「ねえ、婆ァや」

ある時、亜紀子は婆ァやに訊いてみた。

「うちのお父さん、どうして再婚しないんだろう？」

婆ァやは、びっくりしたように目玉をまるくした。

「好きな人が見つからなかったからってわけじゃないでしょ」

婆ァやは、一層目の玉をまるくした。

「そんな顔しなくたっていいわ。わたし、多摩川の人のことなら知ってるし、うすうす勘づいているのなら、ほかにもあるし……。だけど、どうして正式に、後妻さんを迎える気にはならないのかしらね？」

「それは」

婆ァやは言った。

「そう申しちゃ何ですけど、それは、結局、お嬢さまというものが小さくていらしたから、婚期を逸しておしまいになったんですよ」

「馬鹿ねえ。婚期を逸したって、そんな時に使う言葉じゃないわよ。だけど、やっぱりそうかしらねえ」

「そりゃそうでございますよ。ただ、お嬢さまにまま母の味を味わせたくないという、十何年間、そのお気持ばかりだったんじゃございませんですか。だからわたくしが、飛行機なんか……」

「分ったわよ。飛行機のことは別だったら。でも、やっぱり、——そういうものかしらね」

亜紀子はちょっと考えこんだ。

「たとい、そうでないにしたって、もう手おくれでございます」

「手おくれってことは、無いと思うけどな」

彼女はおぼえている。

昔、父親に手をひかれて、多摩川の「あの人」のところへ、お鮨を食べに行ったことを。

加茂井博士や、染矢常務が酔っぱらって、賑やかな晩だった。「あの人」は、とてもきれいな人だった。

だけど、彼女は子供心に、はっきりおぼえている。「あの人」に何とはない反感をおぼえ、「あの人」の居間に、父親の背広が置いてあるのを見つけて、

「いやだなあ」

「お父ちゃんの洋服が、小母ちゃんのうちにあっちゃ、いやだ」

と、駄々をこねたことを。

あの時、「あの人」は、何ともいえぬ情なそうな顔をした。

川江副操縦士に対して、女らしい気持を持つようになってから、亜紀子はこのことを思い出すと、自分が如何にもこまっちゃくれたいやな女の子だったような気がして、憂鬱な気分になるのである。

もしかしたらお父さんは、あのころ再婚する意志があったのだ。しかしあの小事件で、これはやっぱり、生涯変則的な家庭生活をつづけるより仕方がないと、そう決心をかためたのではないだろうか？

ところで、亜紀子が一人前のスチュワーデスとして、空を飛ぶようになった翌年の春、ＹＫ20は、名古屋小牧飛行場構内の、輸送機製造株式会社の工場で、晴れのロール・アウトをした。

ロール・アウトというのは、格納庫の中で組立てられていた飛行機が、すっかりかたちをととのえて、外へ曳《ひ》き出されることをいうのである。月みちて、赤ん坊がこの世に産ぶ声をあげるようなものだ。

まだ一人で立ち歩きは許されないが、はじめて晴れて日の目を見るのである。

格納庫の中では、いやに垂直尾翼が高く、プロペラが大きく、ずんぐりもっくりした飛行機に見えていたが、エプロンに曳き出されたＹＫ20は、白い胴体に青い帯を一本描いて、見ちがえるほど美しい、スマートな姿であった。

立ち会う技術陣の中でも、加茂井秀俊は、特に感慨無量であった。

博士は、時々眼鏡のくもりを拭きながら、春の陽を浴びて全容をあらわしたＹＫ20を、なめるように、撫でまわすように眺めていた。

生れたてのこの赤ん坊には、ニックネームがつけられることになった。

ＹＫ20だけでは少し無風流なので、近い将来の輸出も考慮して、英国の「ヴァイカウント」やオランダの「フレンドシップ」のような、何かいい愛称を与えてやろうというのである。

色々な案が出たが、結局、設計委員会で、この飛行機の第一の父親である加茂井秀俊の名をもらって、カモは英語でダックだから、「シルバー・ダック」と命名されることになった。加茂井博士は、当惑して、大いに辞退したが、衆議の結果、それに決った。

もっとも、日本語で「銀の鴨」というと、どうも誰かにカモられそうないやな語感があるというので、日本名は「銀のあひる」と呼ぶことになった。あひるも、英語ではやっぱりダックである。

あひるは、飛行機の名称としてどうかという説もあったが、戦後長いブランクのあった日本の航空技術界が、初めて生み落した作品として、謙遜の意味でもそれでよかろうということに落ちついた。

加茂井博士が新日本空輸の重役を兼ねている関係もあって、ＹＫ20が量産に入ると同時に、ＮＡＴはこの飛行機を二十機購入する内約をしている。ＡＡＬも少くとも十機は入れる。やがて「銀のあひる」が、日本中の空を飛ぶ日がやって来る。

「ちょっと九州へ行って来ます」

「そう？　いつお発ち？」

「きょうの午後の、新日空のあひるで」

なかなかいいじゃないか、というわけであった。

大造は、加茂井博士の作った飛行機の愛称が、「銀のあひる」と決ったということを、新聞で読んで、

「ふうん。あひるの会のこと思うて、加茂井さんが、こういう名つけはったんやな」

と、大いに喜んでいた。

いささか誤解の気味があったが、大造はそれでますます、この国産旅客機をひいきにしたい気持になり、「銀のあひる」が北海道夕萌日萌の観光都市まで、二時間足らずで

彼のお客を運んで来てくれる日のことを考えると、老眼鏡も白髪も忘れて、何とも愉快な気分になるのであった。

加茂井秀俊の説による、飛行機というのは、血統書つきの犬みたいなもので、生れのいいのが勝ちである。

生れがいいかどうかは、ちょっと飛べばすぐ分る。飛んだ結果、くせのいい、経済性もすぐれた飛行機だということが証明されれば、需要は、海外にも確実にひろがって行く。

百五十機の量産販売ということに関しては、彼は技術者として自信を持っていた。

しかし、ＹＫ20は、実はまだ飛んでいない。

戦争中の軍用機だと、ロール・アウトのあと、すぐ試験飛行。そして大して問題なく飛べるということが分れば、たちまち実用実験に入る。それでなくては、戦争の間に合わない。

しかし、乗客を六十人も乗せる旅客機の場合は、そうはいかなかった。

「銀のあひる」は、格納庫から曳き出されてから約一カ月間、綿密な地上での試験が行われた。その間、あひるは名前通り、空を飛ばずに、地上ばかり滑走していた。

その結果、満足すべきデータが得られて、昭和三十七年の四月のはじめ、ＹＫ20は、ようやく初の試験飛行に飛び立つことになった。

正式の機番号は、ＪＡ八六九一と与えられた。これが、「銀のあひる」一号機の、正式の戸籍上の名前である。

この段階ではしかし、飛行機はまだ、航空法で飛行機と認められていない。何やら分らん、――露骨に言えば、果して空に浮かぶかどうか未知数の、一個の大きな機械に過ぎない。

したがって、テスト・パイロットと、一定の計測要員以外は、加茂井博士といえども、乗ることは許されていなかった。

そのころには、しかし、戦後日本が生んだこのターボ・プロップ機のことは、国内でも一般の人の話題になりはじめていた。

報道陣は、処女飛行の前日から小牧空港の片隅に、やぐらを組み、テレビ・カメラを備え、国産旅客機の初の晴れ姿を全国の人に見せようと張り切っていた。

関係者は、自信を持ちながらも、非常に緊張していた。乗員はすべて、落下傘を装着した。

機内には、客席のかわりに、大きな水タンクが幾つも積んである。これは、飛行中、タンクの水を移動して、前後左右に重心を変え、軽くしたり重くしたりして、必要なデータを取るためのものである。

床には揚げ蓋《あぶた》がある。万一の時には、試験飛行の要員は、パラシュートを抱いて、ここから飛び出すのである。

小牧タワー（管制塔）でも、運輸省航空局の管制官たちが、緊張した面持ちで、「銀のあひる」の初飛行に待機していた。

もし、飛び上った、たちまち頭から突っこんで墜落、炎上というようなことになれば、加茂井博士や輸送機製造株式会社だけの醜態ではなく、日本の科学技術が、世界に面目を失うことになる。

その朝六時、小牧は、視程二マイルの霧だった。

あひるは、静かに霧の晴れるのを待っていた。

七時半、視程が三マイルになった。

加茂井博士やテスト・パイロット、製造会社関係者たちの屯《たむ》ろしているテントの中で、

「行きましょう」

という声がかかった。

二人のテスト・パイロットと五人の計測要員とが、しっかりした足どりでＹＫ20の方へ歩いて行き、機内に姿を消した。

そして、ロールス・ロイスのジェット・エンジンがまわり出し、すぐ管制塔との応答がはじまった。

「コマキ・タワー。８６９１《エイトシックスナインワン》。レディ・フォー・テイク・オフ。リクエスト・フォー・タクシー・インストラクション。オーバー」（小牧管制塔。コチラ八六九一号機。離陸用意ヨロシ。誘導路ヘノ指示ヲネガイマス）

打ち返すように、タワーが答えて来る。ふだんなら、二、三秒の間合があるところだ。

「8691。コマキ・タワー。ランウェイ・スリー・フォア。クリヤ・ツー・タクシー。ツー・ナイン・ナイン・ワン。オーバー」（八六九一号機。コチラ小牧管制塔。離陸滑走路三四。誘導路へドウゾ。気圧二九・九一インチ）

こうして「銀のあひる」は、人々の見守る中に、タービン・エンジンの高い音を響かせながら、誘導路へ向って辷《すべ》り出した。

処女飛行

「8691。コマキ・タワー」

管制塔が、風向風速を知らせて来る。

「コマキ・タワー。8691、ラージャー（了解）」

「8691。コマキ・タワー」

「コマキ・タワー。8691、レディ、フォー、テイク・オフ。オーバー」

「8691。コマキ・タワー。クリヤ・ツー・テイク・オフ。オーバー」

母鶏《ははどり》と雛《ひな》とが呼び合うように、管制塔と銀のあひるとは、互いに呼び合っていた。

この日のテスト・パイロットは、遠藤、蜷川という、一人は海軍出身、一人は陸軍出身、共に飛行時間五千時間以上の古強者《ふるつわもの》であった。

彼らはもう、何の心配もしていなかった。

わざわざ英国へ出張して、ロールス・ロイスの工場で、エンジン関係の講習も受けて来たし、五カ月間ＹＫ20と毎日つきあって、銀のあひるのことなら、隅の隅まで頭の中に入っている。

飛ぶかどうか、ほんとうのところは、未だ分らない。もし、何かの間違いで、このあひるが、操縦出来ないような飛行機に出来上っていれば、おそらく誰がやっても落ちるだろう。しかし、もし、予期通りに出来てさえいれば、うまく飛ばせてみせる腕の自信はあるのだ。

コントロール・タワーの離陸許可が出ると同時に、ＹＫ20は誘導路から滑走路へ入り、ジェット・エンジンの音を一ときわ高く、疾走しはじめた。

報道陣のテレビ・カメラが廻りはじめる。

そして、あッという間であった。

銀のあひるは、空に浮かんでいた。

報道関係でも、こういう仕事に来ているのは、たいてい飛行機好きの連中ときまっている。飛行場のすみのやぐらの上で、望遠レンズつきのカメラを前に、テレビのアナウンサーは、自分で酔ったようにしゃべっていた。

「日本が日本の航空技術の面目を世界にかけた、初の国産旅客機は、離陸いたしました。見事に離陸いたしました。やや煙りがちの名古屋上空、銀のあひる、美しい姿勢で、急角度に上昇しております。離陸距離は、約五百メートル、六十人乗りの大型旅客機として、おそらく世界記録の、もっとも短い、あざやかな離陸ぶりでございます。画面にごらんのように、見る見る急角度で、青空の中の一点に、消えて行こうとしております」

専門語で離陸距離というのは、飛行機が滑走をはじめてから、高度三十五フィートに達するまでの距離を称する。

この日は、とにかく飛ぶことが先決問題だから、実は重量がずっと軽くしてあって、別に成績にはならないが、たしかにあひるは、約百十ノットのスピードで、五百メートル未満で脚を地上から離してしまったのである。

上昇率は、一分間に、千五百乃至二千フィートであった。

急上昇している時、パイロットに見えるものは、ただ、計器盤と空だけだ。

高度五千に達した時、ぼんやり煙っていた眼の前に、テスト・パイロットたちははじめて、鈴鹿と日本アルプスの山々があらわれたのに気づいた。

名古屋市の上空をさけて、三河湾の上から、渥美半島をこえ、太平洋へ出る。

それからYK20は、志摩半島より伊勢湾へと飛びながら、失速試験、舵《かじ》のきき具合、旋回、上昇、下降と、予定した各種の実験をやった。

期待された——或いは期待された以上の性能が計測されつつあった。そうして、初の試験飛行は、一万フィートの高さまで上ってつづけられた。

地上では、加茂井博士たちが、空を仰いで待っていた。

五十七分後、初飛行に成功した銀のあひるは、ふたたび小牧上空に姿をあらわす。

飛行場に並行して、正規のパターンを、百四十ノット、フラップを一〇度におろして入って来る。九〇度左旋回して、ベース・レッグに入る。フラップ二〇度、百三十ノット。さらに九〇度旋回して、ファイナル・レッグ。一直線に滑走路をさしながら、スピードを百二十ノットに落して来る。寸前、フラップが大きく、四〇度に下がると同時に、見事なタッチ・ダウンであった。

プロペラのピッチ（空気を切る角度）がゼロになり、グォーッとものすごい音がして、YK20は三百八十メートルほどの滑走で、ぴたりと停止し、タクシーに入った。飛行場の一隅から、さかんな拍手がわいた。

加茂井秀俊は、運動会の小学生みたいに、背広の上着が脱げそうな恰好で、六十一歳のからだをころがすように、飛行機の方に走りよって来た。よっぽど嬉しく、よっぽど一生懸命だったと見えて、煙草が一つ、ポケットからころがり落ちたのも知らずに、若い誰彼よりも先を切って、

「遠藤君、蜷川君」

と叫びながら、まだケロシンの燃える匂いのしている飛行機のそばへ走り寄って来た。

「よかった、よかった」

「ありがとう、よかった」

加茂井博士は、何度もそう言って、あひるの中から出て来たテスト・パイロットたちの手を握った。

空輸であった。

ＹＫ20の処女飛行の成功を、もっとも関心をもって眺めていた国内の会社は、新日本空輸であった。

新日空は、今後の路線拡張で、便数増加にそなえて、銀のあひる二十機の購入を予定している。

しかし、いくら設計委員会の技術主任が身内から出向の人間だからといって、加茂井重役に義理立てをして、出来そこないの飛行機を二十機も使うわけにはいかない。

初飛行から得られた種々のデータが、おおむね予期通りか、それ以上のものであったことに、新日本空輸は満足した。

ただ難をいえば、加茂井博士にしろ、宮崎博士にしろ、わが国航空技術界の至宝のサムライたち、みんな軍用機の経験ばかりで、それまで、お客さんを乗せて飛ぶ飛行機をつくったことがない。

読書灯一つ、ベル一つ、便所の構造一つ取ってみても、どうも兵隊さん向きで、サービス精神が足りない。

これは、量産に入る前に、使用者側で充分に註文を出す必要があるというので、ＮＡＴの内部には、ＹＫ20艤装《ぎそう》委員会というものが設けられた。

しかし、まだ海のものとも山のものとも分らぬ国産機を、率先、二十機も購入の内約をするだけあって、最近の新日本空輸は、とみに、進取発展の気風のみなぎっているおもむきがあった。

亜紀子たちも、ノンスケ、ノンスケで、追いまくられている。時には、AALの国際線スチュワーデスみたいに、ふりそで姿で空を飛ばされることさえある。

長崎の造船所で、外国籍のマンモス・タンカーの進水式が行われるような時、造船会社は、船主がわの外人たちのために、東京から一等寝台、食堂車つき、四輛編成ぐらいの特別列車を仕立てて、九州まで御案内御接待するのが例であったが、ジェット時代ともなれば、こんな風習も変って来るようであった。

新日空のフレンドシップ一機借切り、ふりそで姿の日本娘の、サシミ、テンプラ、サケのサービスつきで、眼下に瀬戸内海を眺めながら二時間あまりで大村着という方が、気がきいているし、安上りで、客にも喜ばれる。そんな貸切り便の需要が、次第にふえつつあった。

NATの方では、また、現地での進水式、祝賀パーティーの間、大村の飛行場で飛行機を一台遊ばせておくような間の抜けたことはしはしない。飛行機は、地上に置いておくのが、一番高くつく。

「ちょっと給油に行って来ます」

などと称して、その間に、小倉大阪一と往復ぐらいさっさと稼いで来る。

創立以来はじめて黒字を出したとたんに、神子元島沖の事故で、どん底にたたきこま

れた新日空は、染矢常務らが、

「沢庵石」だの
「現在窮乏、将来有望」

だのと言って、みんなを引っ張り上げて来たおかげで、今では黒字などというものは、あたりまえ中のあたりまえになってしまい、事業会社としての成長ぶりは、かつてのソニーに比較されるほどであった。

亜紀子も、月ごとに立派なスチュワーデスとして成長して行った。

客にきかれても、大井川と天竜川との区別がなかなかつかなかったのが、今では高度七千フィートで、窓の外をちらりと見れば、日本列島のどこを飛んでいるか、ほとんど間違えることはないまでになった。

会社の路線も、秋田へのび、広島へのび、沖縄へとのびて行った。

川江コー・パイロットとも、きのう浜松の上空ですれちがったのが、あすは沖縄の飛行場で顔を合せるという、そんな生活が、彼女は楽しくて仕方がなかった。

「何でも通る鎌倉街道」というけれども、今では、「何でも通る空の道」である。

ひよこも猿も、ファッション・モデルも、犬も、やくざの親分も、野球選手も、老若男女、種々さまざまなものが乗って来る。

やくざの大親分などというのは、こわいものかと思うと、意外に物腰がおだやかで、スチュワーデスに無理難題を吹きかけたりは、決してしない。それに、わらじをぬぐという昔の感覚からか、旅に出る時は、必ず、新調のピカピカの靴をはいている。で、どこの会社の重役かと思っていると、九州の飛行場に、小指の無いのが出迎えに来ていたりする。

とにかく亜紀子には、毎日毎日がいい社会勉強であった。

無理難題を吹きかける客は、もっとほかの人種にあった。

「ちょっと、姐ちゃん」

「もしもし、車掌さん」

などは御愛嬌の方だが、飛行機に四、五回乗って、すっかり通になったようなつもりの安紳士たちがいけなかった。

国内線の機内は、酒はおことわりということになっているのに、DC3の中で、彼女たちの制止もきかず、罐《かん》ビールを開ける。

DC3は、プレッシャー・キャビンにはなっていないから、上空でビールはすっかり吹き上って、泡の洪水になってしまう。

「雑巾を持って来てくれ、雑巾を」

こういう御連中にかぎって、飛行機が少しゆれだすと、とたんにだらしがなくなり、スチュワーデスたちが「ゲロバッグ」と称している紙袋に、ゲーゲーやり出すのだ。

ゲロバッグといえば、ある高名なファッション・モデルのけちなのにも、亜紀子はおどろいたことがあった。

大阪からの夜の便が、羽田へついて、ほかの客がみんな下りたあと、そのファッション・モデルは、全部のシートから、備えつけのゲロバッグを、一枚一枚抜きとって、たくさん腕にかかえて出口へ出て来た。

とがめだてするほどのことでもないが、けげんに思って、

「それ、何になさるんですか？」

と、亜紀子は訊いてみた。むろん顔には、職業的微笑をうかべて。

すると、ファッション・モデル嬢は、

「お仕事のあと、靴を入れるのに、これ、とても便利なのよ。ねえ、もっとあったら、くれない？」

と、しゃあしゃあとして仰有ったものである。

飛行機に酔うのがこわくて睡眠剤をのんで、ふらふらになっている青年を、自殺未遂とまちがえて、機上から空港へ、救急車の手配を依頼し、着陸後、

「馬鹿野郎。余計なことすンない。大恥かくじゃねえかヨ」

と、ひどくからまれたこともあった。

アメリカ人の奥さんに頼まれて、九州から青森県の三沢へ、空輸の途中、羽田で飛行機待ちになっていた犬を、彼女は親切気から、オシッコに連れ出してやって、逃げられてしまったこともある。

鎖をはなれて、川を泳ぎわたって、逃げてしまった。

犬のパッセンジャー・リストというのは作ってないから、名前は知らないし、それに、日本語を理解しない犬だというから、探すのに始末が悪かった。

結局、先に三沢へ行っていた飼主の婦人に、もう一度東京まで出て来てもらい、二人で車に乗って、足かけ三日がかりで羽田の周辺を、

「ペッパー、ペッパー」

と呼んでさがし歩き、見つかった時には、アメリカ人は犬とキスをして、泣いていた。

ある日、亜紀子が非番の時、ちょうど大造も家にいて、父娘は珍らしく二人さし向いで、豚肉の水たきで晩めしを食べた。

年をとったとはいっても、大造のあぶらっ濃いものに対する食欲は、昔新宿の闇市で、十五円の牛丼だか猫丼だかを平らげていたころと、あんまり変らず、彼はさかんに鍋の中の豚肉をつまみ上げては、レモンの二杯酢にもみじおろしを加えたタレにつけて頬張りながら、亜紀子に話しかけた。

「どうや？　失敗して、上の人に叱《しか》られたりせえへんか」

「失敗はするけどさ、失敗もまた楽し、よ」

「そうか。よっぽど、仕事おもろうて、気に入ってるらしいな」

「おかげさまで、ね」

「まあ、危険なことさえなかったら、結構なこっちゃ」

「お給料も、この間の昇給で、乗務手当を加えると、三万円を少し越すようになったの。お父さんに、そのうち何か贈り物したげましょうか？」

「まあ、ええ、ええ。それは、自分の好きなもん買うか、貯金でもしとけ」

大造は、豚肉をつまみ、ビールの小瓶を一本かたむけながら、至極機嫌がよかった。

「ＹＫ20も、無事に飛んでめでたいことやったが、お前、あの時の実況放送のテレビ見たか」

「わたしは見なかったわ。だって、飛んでたんですもの」

「わしは会社の研究所で、研究所の連中といっしょに見た」

「…………」

「加茂井さん、喜んではるやろが」

「加茂井さんて、ミスの方？」

「ミスの方も、ミスターの方もや」

「ミスターの方には、しばらくお会いしないけど、妙子さんは、父がとっても喜んでるのよって、それを喜んでらしたわ。加茂井先任スチュワーデスは、今じゃ、うちの会社にいなくては困る人になってるのよ。これでＹＫ20が就航して、成功だったら、新日本空輸は、加茂井さん親子には、よっぽど感謝してもいいわね」

「そら、そうや。しかし、わしも、ほんまに一ぺん、お前の乗ってる飛行機に乗って、お前がおしぼり配ってるとこ、見てみたいような気がするな」

「いやだア」

亜紀子は笑った。

「しかし、お前はやっぱり、なにか？　ここ当分は、嫁に行くちゅうようなことは考えんと、今の勤め、つづけて行こう思うてるのんか？」

「………」

「朝晩かけちごて、お前とめったに話すこともあらへんで、あんまり自由放任主義にしてると、婆ァやの奴が怒りよるでな。おなごは、やっぱりある時期には、きちんとした結婚した方が、しあわせやろとも思うしな」

「あのね、婆ァやったら、ひどいのよ」

亜紀子は、少し赤くなって、早口で話をそらした。

「雨の強い日には、風邪をひいたことにして、飛行機に乗るのをやめろなんて言うんですもの」

「このごろは、飛行機のハネムーンも多いやろが？」

大造はつづけた。

「お前かて年ごろやし、新婚旅行のお客さん見て、あてられること、あれへんのか」

「あんなことばかり言って、お父さんこそ、いつまでも独身主義でいないで、うちの飛行機でハネムーンでもしてみる気、無いの？」

彼女は、その晩の雰囲気で、自然に気軽く、そんなことを口にした。

「ふん。そら、お父さんかて、場合によったらな」

大造はそう言って笑ったが、亜紀子は父親のその言葉が、まんざらの冗談でもないのではないかと、ふとそう思った。

あひる飛びなさい

やがて新しい年があけた。

昭和三十八年――、亜紀子は、昔流に数えて、二十四歳の春を迎えた。

彼女と川江副操縦士との恋仲については、社内ですでに、半ば公認のかたちが出来上っていた。

まだ、プラトニック・ラブの域を出ないだろうということになっているが、そのうち横田スチュワーデスの方の退職、婚約発表、挙式、社の飛行機で割引の新婚旅行と、幾組かの先例が示す通りの段取りになるであろう。

「まあまあ、そうかも知れないわね」

当人がしゃあしゃあとして言うのだから、おおむね疑う余地がない。

亜紀子の気持としてはしかし、川江健次との間が、その程度まで進んで来ると、よけいのことに、何も知らない父親の身のまわりが気にかかって来るのであった。

父親にもしその意志が無いのでないとしたら、親の結婚と娘の結婚と、どちらを先にするかと言って、先ず親から片づけるのが、順序というものだろう。

川江の家には、両親健在なのだし、自分のそういう場合には、こちらだって、義理の母でも双《ふ》た親揃って列席してもらった方が、いいような気がする。

お父さんとしても、これからおいおい老境に入るのに、多摩川の「あの人」と、正式に再婚していっしょに暮す方が、幸福なのではないだろうか？——

その年の正月、日本には、全国的に寒波が襲来していた。

九州では、年があけてから、二十何日間、気象台はじまって以来という雪がふりつづいた。

フレンドシップが、小倉の飛行場で、吹雪のために立往生してしまったことも再三で、飛行機のスケジュールは乱れがち、WX（ウェザー・キャンセル）になることもしばしばであった。

飛ぶはずで、飛ばないで羽田から帰って来るような時、亜紀子は川江健次とお茶を飲みに行って、自分たちのことより、父親についての心配を彼に訴えたりした。

「若いつもりなんだけど、もう若くないんですもの。わたしが結婚でもしたら、がっくり老いこんでしまうんじゃないかと思うのよ」

「そりゃ、北海道の例の町を完成するためにも、ちゃんとした家庭を持たれた方がいい。遊びや浮気は、その上で御自由ということにしとけば、仕事に対しても、いつまでも潑《はっ》溂《らつ》としていられると思うな」

「ちょっと、待って。何ですって？」

「いや。これは、君のお父さんの話なんだよ」

川江は笑いながら言った。

「ほら、この前、うちの飛行機をチャーターして、富士山上空で、機上結婚式というのを挙げた人があっただろ？　君と僕とで、ヴァイカウントでも飛ばせて、その人とお父さんと乗せて、……どうだろうね？」

「でも、それならいっそ、ＹＫ20が就航するまで待った方がいいわよ。父は、ＹＫ20のこと、すごくひいきなんですもの」

しかし、話を具体化さすにはどうすればいいかということになると、亜紀子にも、あんまりいい知恵が無いのであった。


銀のあひる、ＹＫ20の方は、初の試験飛行に成功して以来すでに九カ月、底冷えのする名古屋小牧飛行場を基地に、連日空での実験をつづけていた。

銀のあひるが、正常の状態で、すぐれた飛行性能を示すことについては、もはや何らの疑問は無く、海外からの引合はふえて来る一方で、南ア連邦、アメリカ合衆国、マラヤ、アルゼンチンなどの航空会社で、ＤＣ３型の代替機として購入の内約を取りかわしたところもすでに何社かあるが、一人前の飛行機としての免状みたいな、型式証明というものを取るためには、約六百時間の厳格な試験飛行が必要とされていた。

大きな項目だけで、百三十項目ぐらい、失速試験一つについても、五百回から六百回のテストをやらねばならない。

ＹＫ20のような大きな飛行機は、失速してスピンに入ったら、おおむね処置なしである。

失速の徴候は、操縦桿がガタガタガタッとゆれ出して、いくら頭を上げようと引っ張っても、頭が下がって来ることだ。

テスト・パイロットたちは、毎日、ＹＫ20の一号機を、こうした危険状態の寸前まで持って行っては、型式証明を取るに必要な実験をくりかえしていた。

銀のあひるも、フレンドシップ同様、はじめから片肺だけで飛び上ったり下りたりするのは、朝飯前のように設計されている飛行機であった。

ただ、両エンジンがフルに廻転している時、突然片肺が不調になった場合は問題がある。離陸途中で、三千六十馬力のジェット・エンジンを片方急にとめたら、どういうことになるか？

九十ノット以下なら、飛行機を停止させる。九十ノットを一ノットでもオーバーしていたら、そのまま離陸を続行する。では、その時どんな処置をとるか？

着陸の際、片肺とまって、前方に山があったら、どこまで上昇して越えられるか？

しかし、それらの厳密な試験も、もう、ほぼ終末に近づいていた。そして、ＪＡ八六九二の機番号を持つ、銀のあひるの二号機が、すでに一号機につづいて完成を見ていた。

試験飛行に使われている一号機は、気象観測用に政府が買い上げる予定で、新日本空輸に最初に納入されるＹＫ20は、このＪＡ八六九二号機があてられることになっている。二号機以下は、見本通りに出来ているという滞空証明さえ取れれば、それで客を乗せて飛ぶことが出来るのだ。

二号機は、試験用の水タンクや計測器械ばかり積んでいる一号機とちがい、新日本空輸内のＹＫ20艤装委員会の手で、壁の色やカーテンの模様にまでこまかく神経を使い、六十の座席を持つ、美しく贅沢な旅客機として出来上っていた。

戦後十八年ぶりに、日本人の造った飛行機が、はじめて一般の旅客を乗せて、日本人の手で日本の空を飛ぶ日が近づきつつあった。

二月に入って、全国的な寒さも、ようやくゆるみを見せて来るころ、新日本空輸の営業部では、係の人たちが、ＹＫ20の招待飛行の準備をはじめた。

型式証明と、二号機の滞空証明とが取れる見通しがついて、三月中旬から、銀のあひるは、新日本空輸の路線に就航することが確定し、それに先立って、各界の知名士に披露かたがた、賑々《にぎにぎ》しく、東京大阪間を試乗してもらおうというわけであった。

「謹啓

早春の候いよいよ御清祥のこととお慶び申し上げます。

さてこのたび、初の国産ターボ・プロップ輸送機ＹＫ20『シルバー・ダック』が完成いたし、当社の大阪線、札幌線その他に就航することと相成りましたが、実際の運航に先立ち、平素より当社の業務に何かと御指導御協力をいただいております皆様がたに、左記により是非御試乗の栄を賜りたくここに御案内申し上げます。

敬具

記

一、三月十×日午前九時三十分、東京国際空港国内線待合所集合。
同十時出発。十一時五分大阪伊丹空港着。
二、大阪空港内にて粗飯の用意をいたしております。
同午後一時五十分大阪発、二時五十五分東京国際空港帰着。
三、お帰りは同日又は他の日の他の飛行機を御利用下さっても結構です。」

このような案内状も刷り上って来た。

これは、日本の航空界の知名人士やその夫人、いつも新日空の飛行機を愛用している女優さん、飛行機好きの漫画家、写真家、航空事業に関係の深い政治家、実業家などを、人数をかぎって選んで発送されたが、そのリストの中に、横田大造の名前も入っていた。

ただ、当然のことながら、封筒には、

「横田大造様、令夫人様」

とは書いてなかった。

当日、晴れの乗務員の氏名が決定した。

機長は三宅操縦士。これは、新日空が創業以来、会社と苦楽を共にして来た、社内切ってのヴェテランで、海軍渡洋爆撃隊の生き残りだから、誰が見ても人選は妥当なところであったが、スチュワーデスのチーフが加茂井妙子、サブが横田亜紀子と決ったのは、染矢営業担当重役の特別の心づかいにちがいなかった。

その日、招待客として乗りに来る横田大造と、設計の最高責任者として同乗する加茂井秀俊とに、それぞれ、娘たちの晴れ姿を見せてやりたいと、染矢四郎は思ったのであろう。

三宅機長に配する副操縦士が、川江健次に決定したのも、やはり染矢常務のはからいらしかった。

「ワーイ」

子供のころから、加茂井博士の抱負を小耳にはさんで来た亜紀子としては、YK20一番機のサブ・スチュワーデスに抜擢されたことは、飛び上るほど嬉しくて、

「お父さん、わたしね、お父さんに飛行機の上でサービスして上げられることになったわよ」

早速、父親に報告したいところであったが、彼女はふと、

「待てヨ」

と考えた。

ある日、羽田の帰りに、彼女は田村町の本社へ寄って、染矢常務の部屋をノックした。

「おウ、珍らしいな。元気でやってるか？　家の便所掃除も、毎日やっとるかね？」

「このごろやってません」

亜紀子は答えた。

「それより、常務。きょうは、お願いがあるんですけど、シルバー・ダックの招待飛行の席、一つ余ってないでしょうか？」

「余ってないね。招いた人は、ほとんど全員出席の返事だよ。何だい？」

「うちの父、よんでいただいて、すごく喜んでるんです。だけど、御夫婦で招待されている人がたくさんあるのに、父は」

「だって、君のおやじさん、一人者じゃないか」

「だから、なんです」

染矢常務は言った。

それから亜紀子は、せい一杯の雄弁で染矢四郎に自分の考えていることを、まくしたてた。

父親の大造が、事業一とすじに打ちこんで戦後十八年間独身で押し通して来た、少くとも最大の理由の一つは、娘である自分自身の存在にあったこと。しかし父親には事実上の細君ともいうべき、多摩川のみち代さんがいることは、自分もよく知っているし、自分が大人になって、結婚適齢期に達した以上、父親があの人と正式に再婚して家庭を持つのが、これから老後の落ちつきと幸福とを得る道ではないかと思うということ。

そんなことは、娘の口から面と向って言いにくいが、父親がかげながら待望していたYK20の処女飛行に、みち代さんと二人で乗せてもらって大阪へ行き、自分のスチュワーデスぶりも眺めてもらい、大阪にある亡くなった母親の墓に、二人で参って、そこで、加茂井博士か染矢常務の口ぞえで、一身上のふんぎりをつけてくれるようなら、こんないいことはないような気がするということ——。

「ふん。君は、お父さんの多摩川の女性のことを、知ってるのか？」

「そりゃ、知ってますわ。もう、前っから」

「よろしい。沢庵石が、よっぽど無い知恵をしぼって考えたと見えるし、それじゃあ、ウェイティング・リストの一番に、みち代さんをのせといてあげる。キャンセルがあったら、誰に知らせればいいんだ？」

「運航部に電話して下さい。父には内緒にお願いしたいんです。びっくりさせてやりたいんです。わたしからは、ただ、銀のあひるの処女飛行の日に、亜紀子も大きくなりましたって、大阪でお母さんのお墓にお参りして来てくれない、わたしはすぐ東京へ引返さなくちゃならないからって、それだけ、それとなく父にすすめておくつもりです」

彼女はぎょっと娘の本領を発揮して言った。

それから四、五日後、雄弁をふるった甲斐があって、染矢四郎から亜紀子のところへ、招待客の一人より取消しの申出があって、一席空きが出来たから、それを君に上げるという電話がかかって来た。

亜紀子は名古屋便の乗務が終ると、その日の午後、早速勇敢に、一人で多摩川のみち代の住まいへ出かけて行った。

「どなたさまでしょうか？」

みち代は、昔の、肌のやわらかな若く美しい面影を失って、中年の、しかししっとりとした品のいい「小母さま」に変っていた。

彼女にはしかし、亜紀子が分らなかった。

「あのう、わたし……、亜紀子ですけど」

亜紀子は言った。

「まあ。あなた、亜紀子さん？」

「はい。ちょっとお邪魔して構いません？」

「ええ。どうぞ。たいへん散らかしてますけど」

みち代の面には、そう言いながらも、ぎょっと娘の十年ぶりの来訪はなに事かと、多少警戒の色があった。

亜紀子は、座蒲団の上にスカートの膝を折って坐ると、みち代の前に、黙って頭を下げた。

それは、十年前の「いやだ、いやだ」のお詫びのつもりであったが、むろんみち代には通じず、しかし、亜紀子が、染矢常務に話したのとほぼ同じことを、やや伏目がちになってぽつぽつ言いはじめると、やがてみち代の眼に涙がうかんで来た。

「わたしを、亜紀子さん、あなたの義理の母親になれって、それを認めて下さろうって仰有るのね？」

「認めるなんて、そんな……。それに、これは、父とお二人のことですから、わたしからは、何とも言えませんけど、とにかく、わたしのサービスで、お二人、大阪まで飛んでいただきたいんです」

「でも、わたし、飛行機ってもの、乗ったことがないんですけど」

「平気だわ、そんなこと」

「それに、わたし、そんな立場に直れる、そんな資格は無いような気がして、何か突然のお話で、おそろしいようで……」

みち代の頭には、死んだ関機長との短い古い花火の光がちらついていたようだが、この方は亜紀子に、全然通じなかった。

それに亜紀子は、これ以上相手にウエットになられるのは閉口であった。

「このこと、染矢常務が承知なんですから、じゃあ是非お願いします。羽田九時半集合です。ただ当日まで、父にはきっと内緒にしといて下さいね」

彼女はそれだけいうと、すぐ腰を浮かせて、みち代の家を辞去してしまった。

いいことをしたのか、悪いことをしたのか、父親が微笑をもって受け容れてくれそうな気もするし、激怒しそうな感じもするし、彼女は自分のやったことが、よく分らなくなって、家へ帰る途々、少し憂鬱になった。

よく晴れた、三月の朝であった。

羽田の国内線スポットには、名古屋から廻送されて来て、すっかり整備を終った銀のあひるが、アイヴォリー・ホワイトの胴に、ブルーの帯を一本えがき、「New Nippon Air Transport」「JA8692」の文字もくっきりと、美しい姿を見せていた。

みち代は、その日、指定の時刻よりも三十分も早く、羽田へやって来てしまった。藤色小紋のお召に、銀地に梅の枝を描いた帯、黒い山まゆの羽織をはおって、水色のスーツ・ケースを一つ提げ、係員に鄭重に二階の特別待合室へ案内されると、ぼつぼつ入って来る招待客の顔、一つも知ったのは無く、喜ばしいような、心細いような気持で、少しおどおどしていた。

「やあ」

「やあ。いいお天気で、結構でしたな」

胸に造花の菊をつけられた客たちが、そんな挨拶を交している。

加茂井秀俊が、胸にカメラをぶらさげて、ちょっと姿を見せたが、言葉をかけようと思っているうちに、またどこかへ行ってしまった。

そのうち、大造が、新日空の係の人と、何か大きな声で話しながら入って来た。

大造は、みち代が特別待合室のソファに、ちょこんと坐っているのを見つけると、ひどくびっくりした顔をした。

「おい、お前、何思うてまた、朝から見送りになんど来たんや？」

　みち代は微笑した。

「困るやないか。きょうの飛行機、亜紀子の奴が、スチュワーデスで乗りよるんやで」

「知ってます」

「何やて？」

「わたし、見送りに来たんじゃないのよ」

「何やて、おい？」

「いっしょに大阪へ行きなさいって、実は亜紀子さんが……。けさまで、秘密にしとくお約束だったから」

　彼女がかいつまんで訳を話すと、大造は二度大びっくりで、しかし大概のことは察してしまったらしく、

「ぎょっと娘ちゅうて、ほんまにあいつ、何というぎょっとかいな。余計な芝居をしくさって」

　と、顔をしかめた。

「とにかく、もうちょっと、そっちへ離れとれ」

「新日本空輸九〇七便、臨時大阪行、招待飛行のお客さまに申し上げます」

　アナウンスがはじまり、銀のあひるは定刻通り出発の予定が告げられる。

報道関係の人たちが、右往左往している。

みち代はしかし、きょうもし、言われた通り大阪で、大造の先妻の墓へお参りに行くのなら、生れてはじめての飛行機の上から、その前に、もう一つ参っておきたい墓があった。それは、伊豆の神子元島沖の海であった。

「ねえ、大阪行の飛行機って、伊豆の沖の方を通るんですか?」

彼女は大造に質問した。

「よう知らん。その日の天気によるやろ。何でや?」

「何でもないの」

彼女は、飛行機が伊豆の沖の海の上を飛ぶなら、ひそかに関の冥福を祈って、同時に大造に、長年の、もう色あせた秘密を、心の中で詫びておきたい気がしていた。

大造はしかし、不思議に気配で何かを感じたらしく、ただし少々勘ちがいをして、

「お前、しかし、なんぼ伊豆の上を高いとこ飛んだかて、フィリッピンの海は見えへんで」

と言った。

「いいんですよ」

みち代は笑っていた。

やがて再び、場内アナウンスがはじまり、報道陣、新日空がわ関係者をふくめて、きっかり六十人の、胸に菊の花をかざったお客さんたちは、ゲイトを出、三月の朝の陽に

美しく輝いている銀のあひるの方に、ぞろぞろ歩きはじめた。

三宅機長と川江副操縦士とは、すでにフライト・プランにサインし、天気図を確かめ、外部点検を終って、操縦席の椅子にしっかり腰を下ろし、耳にはレシーバーをあてて、「準備完了」をデスパッチ（運航管理所）に報告していた。

ドアのところでは、チーフ・スチュワーデスの加茂井妙子と、サブ・スチュワーデスの横田亜紀子とが、よくアイロンのあたった制服姿で、顔に馴れた職業的ほほえみをうかべながら、

「いらっしゃいませ」

「お早うございます」

タラップを昇ってくるお客さんたちに、一人一人軽く頭を下げていた。

大造は、列の中に、加茂井博士の顔を見かけると、

「加茂井さん、加茂井さん」

と呼びかけ、

「きょうは、めでたい、めでたい。嬉しいこっちゃなあ」

と、手を握ったが、飛行機の入口では、娘に小さな声で、

「アホ」

と一と言いってから、みち代をしたがえて機内へ消えた。

全員乗りおわったことが確かめられて、亜紀子と妙子の手で、大きなドアが閉じられる。タラップが離される。

コック・ピットでは、三宅機長と川江コー・パイロットとが、

「チェック・プリーズ」

「チェック・OK」

と、出発点検の呼び合いをして、管制塔との連絡がはじまった。

「トーキョウ・グラウンド。8 6 9 2《エイトシックスナインツウ》。IFR、ツー、オーサカ。レディ、フォー、スタート・エンジン。オーバー」（東京地上管制所。こちら八六九二号機。計器飛行大阪まで。エンジン・スタートの用意よし）

この、飛行機とコントロール・タワーとの応答は、英語登録国は英語で、常に厳密に、簡潔に、必要以外のことは、一切しゃべってはならないことになっている。余計なおしゃべりを入れると、航空法にふれるのだが、羽田の管制塔は、この朝、銀のあひるの一番機に対して、異例の言葉を投げかえして来た。

「8692、シルバー・ダック。トーキョウ・グラウンド。クリヤ、ツー、スタート・エンジン。コングラチュレーション、フォー、ユア、メイドン、フライト。オーバー」

（八六九二号機、銀のあひる。こちら東京地上管制所。エンジンをスタートせよ。処女飛行おめでとう）

「トーキョウ・グラウンド。8692。サンキュー」

そして三宅キャプテンは、

「ナムバー2、スタート」

と短く命じた。

操縦席の窓へ、指が二本示されて、二番エンジンの始動が告げられる。

川江コー・パイロットが答える。レバーが倒される。右舷のエンジンは、ジェット特有の、ヒーンといううなりを上げながら、快調に廻転しはじめた。

「ナムバー2、クリヤ」

「ナムバー1、スタート」

「ナムバー1、クリヤ」

左エンジンが、次いでヒーンとまわり出す。


「みなさま、本日は、国産初のターボ・プロップ旅客機、当新日本空輸の銀のあひるの処女飛行に、御多忙の中をわざわざ御参加下さいまして、ありがとうございました」

客席では、亜紀子が黒い小さなマイクロフォンをにぎって、機内アナウンスをはじめていた。

「本機、ただ今より、大阪伊丹空港に向けて出発いたします。大阪までの所要時間は、一時間と五分を予定しておりますが、飛行経路、到着時刻などにつきましては、離陸後あらためてお知らせ申し上げます。なお、前方のサインが消えますまで、お座席のベルトをおしめおき下さいますよう、お煙草も、それまでしばらく御遠慮下さいませ」

亜紀子の方に背を向けた六十の座席では、大造やみち代や、加茂井博士や染矢常務が、それぞれの思いで、彼女の流暢なアナウンスに耳をかたむけていた。

操縦席では、コントロール・タワーとの応答がつづいている。

「トーキョウ・グラウンド。8692。リクエスト、タクシー、インストラクション」

「8692。トーキョウ・グラウンド。ランウェイ、33。ウインド350、ワン・ゼロ・ノット。アルティメーター3009。クリヤ、ツー、タクシー。オーバー」

これは、離陸方向、風速風向、気圧の報知で、誘導路へ出発の許可である。

飛行機に向けて消火器をかまえていたファイヤ・ガードが、うしろへさがって行く。

電源車が切りはなされる。

銀のあひるは、誘導路へ、ジェット・エンジンの音を高く上げながらすべり出した。

「8692。トーキョウ・グラウンド。IFR、クリヤランス。レディ、ツー、コピー。オーバー」

「トーキョウ・グラウンド。8692。ゴー・ヘー」

コー・パイロットは、筆記の準備をする。

タクシーしている間に、大阪ビーコンまでの航空路指定を、正確に書き取って、それをタワーに復唱しなくてはならない。

「ダイレクト、ツー、タテヤマ。グリーン4、シノダ。ダイレクト、オーサカ、ビーコン。メインテイン、ワン・フォア・サウザンド」（館山までまっすぐ。以後グリーン4番航空路を信太《しのだ》へ。それより大阪ビーコンまでまっすぐ。高度一万四千フィート）

復唱がおわると、

「8692。リード・バック、コレクト」（8692号機。復唱正し）

と、管制塔が答えて来る。

そして無線の周波数が、東京グラウンドから東京タワーに切りかえられる。

「トーキョウ・タワー。8692。レディ、フォー、テイク・オフ。オーバー」（東京管制塔。8692号機、離陸用意よし）

「8692、シルバー・ダック。クリヤド、ツー、テイク・オフ。オーバー」（8692号、銀のあひる離陸せよ）

「みなさま、間もなく離陸でございます。お座席のベルトを、もう一度お確かめ下さいませ」

うしろでは、亜紀子のアナウンスがつづいている。

轟々と、ジェット・エンジンの音がはげしくなり、滑走路わきのランプが、一つ一つ、すさまじい早さでうしろへ飛んで行く。脚が、ふわふわと、今にも地上をはなれそうに浮いて来る。脚が地上をはなれる。銀のあひるは、ぐいと上昇姿勢に入る。

「8692。トーキョウ・タワー。テイク・オフ・タイム、ゼロ・スリー。コンタクト、ツー、トーキョウ・コントロール。ボン・ボワイヤージュ。オーバー」（8692号機。

こちらは東京管制塔。離陸時刻、十時三分。爾後《じご》ジョンソン基地東京管制所と接触をとれ。よき飛行をいのる)

その声が、パイロットたちのレシーバーに聞えて来るころには、銀のあひるの大きな翼の下に、春の日に光る東京湾の海が、一面にひろがりつつあった。

解説　ふたたび国産小型旅客機が飛ぶ日には

阿川淳之

会社で同僚や後輩と話をしていて、何かの拍子《ひょうし》に父の話になり、相手が私と父の関係を初めて知った時のリアクションは、「ああ、海軍や戦争のことを書いている人だよね」が一番多く、「もしかして『きかんしゃやえもん』を書いた人?」というのもある。なかには(というか結構な割合で)全くピンと来ない人も居て、そんなときは、まあ今時あんな真面目そうな、いかにも純文学という感じの本、読まないものなあ、と思うようにしている。

父の死後、筑摩書房のご好意により、立て続けに『カレーライスの唄』『ぽんこつ』『末の末っ子』、そして本著『あひる飛びなさい』を文庫版として再刊していただくことになった。私自身、正直言って父のこの辺り、つまり一九六〇年代、七〇年代の小説はあまり手に取ったことがなく、改めて読んでみて、なかなか面白いと思った。まずどれもタイトルがなかなか洒落《しゃれ》ている。

『あひる飛びなさい』、一体何のことだか題名だけでは分からない。本編をお読みになった方は「あひる」がなかなか空に羽ばたくことの出来ない飛行機のことを指していることはもうお分かりだと思うが、原稿用紙の枡目を一枚分埋めるのに苦しい、苦しいと言っていた父がこのような洒落たタイトルを考え付くというのはよく考えるとなかなかの驚きである。

また、一連の小説は元々が軽いタッチの新聞連載小説であり、他の「真面目そうな」ものと比べると読みやすく、いまどきの読者にも割とすんなり読んでもらえるのではないかと思う。

事実、この頃の父の小説はよく映画やドラマの題材となっている。芦田伸介さんや加賀まりこさんなど錚々たる俳優による映像を私は残念ながら観たことが無いのだが、思い出してみれば、私が小さい時（一九七〇年代後半）、父は芦田さんとよく麻雀をしていたし、母からは「あなたが産まれる前、加賀まりこさんから『今度のあなたの子供、双子だったら一人頂戴ね』と冗談を言われた」という話を聞いたことがある。人前に出ることが大嫌いと公言していた父は、後年本当に人付き合いが減ったが、当時は年齢も四十歳を超えたあたりでまだ若く、世間的にも名が知られるようになり、ドラマに出演する俳優や女優をうちに招いたりして、華やかな世界を楽しむ余裕が生まれてきた頃だったのだろう。

本小説の主人公横田大造は戦争で日本をやっつけたアメリカにごく自然な反感を抱きつつ、駐留米兵相手の商売を始め、ハワイに行って溺《おぼ》れたところをアメリカ人に助けられ、そのおおらかで人生を楽しむところ、人に親切なところに大いに感心する。このあたり、父は自分の思いを描いていたのではないかと思う。父は広島県出身の海軍であり、アメリカを憎む要素をたっぷり持っていた。事実、戦後しばらくはアメリカ人のことが大嫌いだったという。それでいて、アメリカの財団に招かれて一年間米国に留学し、すっかりアメリカかぶれになったところなど、大造の様子とよく似ている。父は留学から帰った後も一貫してアメリカのことは好きで、アメリカを安易に批判するメディアや「知識人」と呼ばれる人々のことを毛嫌いしていた。

話は変わるが、私は実は航空会社に勤務しており、この小説で描かれる国産飛行機誕生への思いや、客室乗務員が日本流のおもてなし精神を以て海外の航空会社と張り合おうとするところなど、全く他人事《ひとごと》とは思えない。当時も今も航空会社のやっていることは基本的に同じであり、空の旅を出来るだけ快適なものとして提供する、ということに尽きる。ただし、提供するサービス自体はどんどん高度になっており、今や機内でインターネットにつながることも出来るし、かなり大きな画面で映画を観ることも出来る。シャワーを浴びることの出来る航空会社もあるくらいだ。航空機の居住性や性能は進化しており、一昔前であれば航空機での移動は難しかった方にも気軽に乗ってもらえるものとなった（作中、体のご不自由な方々を現代の感覚では不適切な言葉で表現している点、時代背景の相違ということで何卒お許し願いたい）。

加茂井博士が予言したような、音速を遥かに超え、東京からハワイまで二時間、というほどのスピードはまだ実現できていないが、折しも再び国産の小型旅客機が世に供されるまでもう少し、というところまで来ている。

乗り物が何よりも好きで、新しいものにミーハー的興味を持っていた父（八十歳を過ぎてからラジオでジャネット・ジャクソンの曲を聴いて、これは面白いと言ってボーズの高性能プレーヤーを突然購入した）は、これから数年後に国産の旅客機が空にデビューする日が決まったら、きっと加茂井博士のように「ちょっと失礼」と言って飛行場まで見に行ったことだろう。

本書は、一九六三年五月に小社より刊行されました。
その後、一九六八年に講談社ロマン・ブックスに、
一九七八年三月に集英社文庫に収録されました。

本書の中には、人種・民族・職業や身体障碍などに
ついて、現在では不適切な表現があります。しかし、
作品の時代背景や執筆時期、また著者が故人である
ことなどを考慮し、原文通りとしました。

せどり男爵数奇譚　梶山季之

せどり＝掘り出し物の古書を安く買って高く転売することを業とすること。古書の世界に魅入られた人々を描く傑作ミステリー。（永江朗）

川三部作
泥の河／螢川／道頓堀川　宮本輝

太宰賞「泥の河」、芥川賞「螢川」、そして「道頓堀川」と、川を背景に独自の抒情をこめて創出した、宮本文学の原点をなす三部作。

私小説
from left to right　水村美苗

12歳で渡米し滞在20年目を迎えた「美苗」。アメリカにも溶け込めず、今の日本にも違和感を覚え……。本邦初の横書きバイリンガル小説。

ラピスラズリ　山尾悠子

言葉の海が紡ぎだす、〈冬眠者〉と人形と、春の目覚めの物語。不世出の幻想小説家が20年の沈黙を破り発表した連作長篇。補筆改訂版。（千野帽子）

増補
夢の遠近法　山尾悠子

「誰かが私に言ったのだ／世界は言葉でできていると」。誰も夢見たことのない世界が、ここではじめて言葉になった。新たに二篇を加えた増補決定版。

兄のトランク　宮沢清六

兄・宮沢賢治の生と死をそのかたわらでみつめ、兄の死後も烈しい空襲や散佚から遺稿類を守りぬいてきた実弟が綴る、初のエッセイ集。

真鍋博のプラネタリウム　真鍋博　星新一

名コンビ真鍋博と星新一。二人の最初の作品『おーい　でてこーい』他、星作品に描かれた插絵と小説冒頭をまとめた幻の作品集。（真鍋真）

鬼譚　夢枕獏編著

夢枕獏がジャンルにとらわれず、古今の「鬼」にまつわる作品を蒐集した傑作アンソロジー。坂口安吾、手塚治虫、山岸凉子、筒井康隆、馬場あき子、他。

茨木のり子集　言の葉（全3冊）　茨木のり子

しなやかに凜と生きた詩人の歩みの跡を、詩とエッセイで編んだ自選作品集。単行本未収録の作品なども収め、魅力の全貌をコンパクトに纏める。

言葉なんかおぼえるんじゃなかった　田村隆一・語り　長薗安浩・文

戦後詩を切り拓き、常に詩の最前線で活躍し続けた伝説の詩人・田村隆一が若者に向けて送る珠玉のメッセージ。代表的な詩25篇も収録。（穂村弘）

落語百選（春夏秋冬）（全4巻）　麻生芳伸編
春は花見、夏の舟遊び……落語百作品を四季に分け、詳しい解説とともに読みながら楽しむ落語入門の代表的ロングセラー・シリーズ。

なめくじ艦隊　古今亭志ん生
〝空襲から逃れたい〟、〝向こうには酒がいっぱいある〟という理由で満州行きを決意。存分に自我を発揮して自由に生きた落語家の半生。（矢野誠一）

びんぼう自慢　古今亭志ん生　小島貞二編・解説
「貧乏はするものじゃありません。味わうものですな」その生き方が落語そのものと言われた志ん生が自らの人生を語り尽くす名著の復活。

古典落語　志ん生集　古今亭志ん生　飯島友治編
八方破れの生きざまを芸の肥やしとした五代目志ん生の、「お直し」「品川心中」など今も色褪せることのない演目を再現する。

志ん生の噺（全5巻）　古今亭志ん生　小島貞二編
その生き方すべてが「落語」と言われた志ん生の幅広い芸を滑稽、人情、艶などのテーマ別に贈る、読む「志ん生落語」の決定版。

志ん朝の風流入門　古今亭志ん朝　齋藤明
失われつつある日本の風流な言葉を、小唄端唄、和歌俳句、芝居や物語から選び抜き、古今亭志ん朝の粋な語りに乗せてお贈りする。（浜美雪）

らくごDE枝雀　桂枝雀
桂枝雀が落語の魅力と笑いのヒミツをおもしろおかしく解きあかす本。持ちネタ五選と対談で、「笑いの正体」が見えてくる。（上岡龍太郎）

桂枝雀のらくご案内　桂枝雀
上方落語の人気者が愛する持ちネタ厳選60を紹介。噺の聞かせどころや想い出話をまじえて楽しく落語の世界を案内する。（イーデス・ハンソン）

上方落語
桂枝雀爆笑コレクション（全5巻）　桂枝雀
人気衰えぬ上方落語の爆笑王の魅力を、速記と写真で再現。「スビバセンね」「ふしぎななあ」などテーマ別全5巻、計62演題。各話に解題を付す。

上方落語
桂米朝コレクション（全8巻）　桂米朝
人間国宝・桂米朝の噺をテーマ別に編集する。端正で上品な語り口、多彩な持ちネタで、今日の上方落語隆盛をもたらした大看板の魅力を集成。

一芸一談　桂米朝

桂米朝と上方芸能を担った第一人者との対談集。藤山寛美、京山幸枝若、岡本文弥、吉本興業元会長・林正之助ほか。語り下ろしあとがき付。

落語家論　柳家小三治

この世界に足を踏み入れて日の浅い、若い噺家に向けて二十年以上前に書いたもので、これは、あの頃の私の心意気でもあります。（小沢昭一）

定本艶笑落語（全3巻）　小島貞二編

性をおおらかに笑うのも落語の魅力のひとつ。江戸時代から今日までひそかに語りつがれてきた小咄から、往年の名作・傑作、大長老の名演まで。

落語特選（上）　麻生芳伸編

好評を博した『落語百選』に続く特別編。「品川心中」「居残り佐平次」他最も〝落語らしい落語〟を選りすぐった書き下し20篇。（G・グローマー）

落語特選（下）　麻生芳伸編

編者曰く「落語の未来はコイツに託す」という「居残り佐平次」他特選厳選の20篇。「落語百選」から続く大好評のシリーズ完結篇。（小沢昭一）

小沢昭一がめぐる
寄席の世界　小沢昭一

「寄席は私の故郷」と語る著者が、桂米朝、立川談志ら人気落語家や、講談師、漫才師などと、寄席の世界の面白さ、奥深さを心ゆくまで語り合う。

桂吉坊がきく　藝　桂吉坊

上方落語の俊英が聞きだした名人芸の秘密。若手の思いに応えてくれた名人は、立川談志、市川團十郎、小沢昭一、喜味こいし、桂米朝、他全十人。

カメラを持った前座さん　橘蓮二写真・文

上野・鈴本の楽屋で撮影を始めて十八年。信頼を得た撮影者だけが見ることができた演者の個性。興味深いエピソードと最新の写真を収録する写文集。

落語こてんパン　柳家喬太郎

現在、最も人気の高い演者の一人として活躍する著者が、愛する古典落語についてつづったエピソード満載のエッセイ集。巻末対談＝北村薫

大江戸歌舞伎はこんなもの　橋本治

著者が三十年間惚れ続けている大江戸歌舞伎。粋でイナセでスタイリッシュ！　今では誰も見たことのない大江戸歌舞伎。一体どんな舞台だったのか？

名短篇、ここにあり　北村薫／宮部みゆき編

読み巧者の二人の議論沸騰し、選びぬかれたお薦め小説12篇。となりの宇宙人／冷たい仕事／隠し芸の男／少女架刑／あしたの夕刊／網／誤訳ほか。

名短篇、さらにあり　北村薫／宮部みゆき編

小説って、やっぱり面白い。人間の愚かさ、不気味さ、人情が詰まった奇妙な12篇。華燭／骨／雲の小径／押入の中の鏡花先生／不動図／鬼火／家霊ほか。

読まずにいられぬ名短篇　北村薫／宮部みゆき編

松本清張のミステリを倉本聰が時代劇に⁉　あの作家の知られざる逸品からオチの読めない怪作まで厳選の18作。北村・宮部の解説対談付き。

教えたくなる名短篇　北村薫／宮部みゆき編

宮部みゆきを驚嘆させた、時代に埋もれた名作家・長谷川修の世界とは？　人生の悲喜こもごもが詰まった珠玉の13作。北村・宮部の解説対談付き。

世界幻想文学大全
幻想文学入門　東雅夫編著

幻想文学のすべてがわかるガイドブック。澁澤龍彥、中井英夫、カイヨワ等の幻想文学案内のエッセイも収録し、資料も充実。初心者も通も楽しめる。

世界幻想文学大全
怪奇小説精華　東雅夫編

ルキアノスから、デフォー、メリメ、ゴーチエ、ゴーゴリ……時代を超えたベスト・オブ・ベスト。岡本綺堂、芥川龍之介等の名訳も読みどころ。

日本幻想文学大全
幻妖の水脈　東雅夫編

『源氏物語』から小泉八雲、泉鏡花、江戸川乱歩、都筑道夫……。妖しさ蠢く日本幻想文学、ボリューム満点のオールタイムベスト。

日本幻想文学大全
幻視の系譜　東雅夫編

世阿弥の謡曲から、小川未明、夢野久作、宮沢賢治、中島敦、吉村昭……。幻視の閃きに満ちた日本幻想文学の逸品を集めたベスト・オブ・ベスト。

60年代日本SFベスト集成　筒井康隆編

「日本SF初期傑作集」とでも副題をつけるべき作品集である（編者）。二十世紀日本文学のひとつの里程標となる歴史的アンソロジー。（大森望）

70年代日本SFベスト集成1　筒井康隆編

日本SFの黄金期の傑作を、同時代にセレクトした記念碑的アンソロジー。SFに留まらず「文学の新しい可能性」を切り開いた作品群。（荒巻義雄）

ギリシア悲劇（全4巻）
荒々しい神の正義、神意と人間性の調和、人間の激情と心理。三大悲劇詩人（アイスキュロス、ソポクレス、エウリピデス）の全作品を収録する。

シェイクスピア全集（刊行中）
シェイクスピア
松岡和子訳
シェイクスピア劇、待望の新訳刊行！　普遍的な魅力を備えた戯曲を、生き生きとした日本語で。詳細な注、解説、日本での上演年表をつける。

「もの」で読む入門シェイクスピア
松岡和子
シェイクスピア劇に登場する「もの」から、全37作品の意図が克明に見えてくる。「世界で最も親しまれている古典」のやさしい楽しみ方。（安野光雅）

ガルガンチュアとパンタグリュエル（全5巻）
フランソワ・ラブレー
宮下志朗訳
フランス・ルネサンス文学の記念碑的大作。〈知〉の一大転換期の爆発的エネルギーと感動をつたえる画期的新訳。第64回読売文学賞研究・翻訳賞受賞作。

バートン版
千夜一夜物語（全11巻）
大場正史訳
古沢岩美・絵
めくるめく愛と官能に彩られたアラビアの華麗な物語――奇想天外の面白さ、世界最大の奇書の名訳による決定版。鬼才・古沢岩美の甘美な挿絵付。

レ・ミゼラブル（全5巻）
ユゴー
西永良成訳
慈愛あふれる司教との出会いによって心に光を与えられ、ジャン・ヴァルジャンは新しい運命へと旅立つ――叙事詩的な長篇を読みやすい新訳でおくる。

荒涼館（全4巻）
C・ディケンズ
青木雄造他訳
上流社会、政界、官界から底辺の貧民、浮浪者まで巻き込んだ因縁の訴訟事件。小説の面白さをすべて盛り込み壮大なスケールで描いた代表作。（青木雄造）

高慢と偏見（上）
ジェイン・オースティン
中野康司訳
互いの高慢さから偏見を抱いて反発しあう知的な二人がやがて真実の愛にめざめてゆく……絶妙な展開で深い感動をよぶ英国恋愛小説の名作の新訳。

高慢と偏見（下）
ジェイン・オースティン
中野康司訳
互いの高慢からの偏見が解けはじめ、聡明な二人は急速に惹かれあってゆく……。あふれる笑いと絶妙の展開で読者を酔わせる英国恋愛小説の傑作。

分別と多感
ジェイン・オースティン
中野康司訳
冷静な姉エリナーと、情熱的な妹マリアン。好対照をなす姉妹の結婚への道を描くオースティンの永遠の傑作。読みやすくなった新訳で初の文庫化。

動物農場
ジョージ・オーウェル
開高健 訳
自由と平等を旗印に、いつのまにか全体主義や恐怖政治が社会を覆っていく様を痛烈に描き出す。『一九八四年』と並ぶG・オーウェルの代表作。

ヘミングウェイ短篇集
アーネスト・ヘミングウェイ
西崎憲 編訳
ヘミングウェイは弱く寂しい男たち、冷静で寛大な女たちを登場させ「人間であることの孤独」を描く。繊細で切れ味鋭い14の短篇を新訳で贈る。

カポーティ短篇集
T・カポーティ
河野一郎 編訳
妻をなくした中年男の一日を、一抹の悲哀をこめ、ややユーモラスに描いた本邦初訳の「楽園の小道」他、選びぬかれた11篇。文庫オリジナル。

イギリスだより
カレル・チャペック旅行記コレクション
カレル・チャペック
飯島周 編訳
風俗を描かせたら文章も絵もピカ一のチャペック。イングランド各地をまわった楽しいスケッチ満載で、今も変わらぬイギリス人の愛らしさが冴える。

コスモポリタンズ
サマセット・モーム
龍口直太郎 訳
舞台はヨーロッパ、アジア、南島から日本まで。故国を去って異郷に住む〝国際人〟の日常にひそむ事件のかずかず。珠玉の小品30篇。（小池滋）

女ごころ
サマセット・モーム
尾崎寔 訳
美貌の未亡人メアリーとタイプの違う三人の男の恋の駆け引きは予期せぬ展開を迎える。第二次大戦前夜のイタリアを舞台にしたモームの傑作を新訳で。

バベットの晩餐会
I・ディーネセン
桝田啓介 訳
バベットが祝宴に用意した料理とは……。一九八七年アカデミー賞外国語映画賞受賞作の原作と遺作「エーレンガート」を収録。（田中優子）

エレンディラ
G・ガルシア＝マルケス
鼓直／木村榮一 訳
大人のための残酷物語として書かれたといわれる中・短篇。「孤独と死」をモチーフに、大著『族長の秋』につらなるマルケスの真価を発揮した作品集。

素粒子
ミシェル・ウエルベック
野崎歓 訳
人類の孤独の極北にゆらめく絶望的な愛――二人の異父兄弟の人生をたどり、希薄で怠惰な現代の一面を描き上げた、鬼才ウエルベックの衝撃作。

スロー・ラーナー［新装版］
トマス・ピンチョン
志村正雄 訳
著者自身がまとめた初期短篇集。「謎の巨匠」がみずからの作家生活を回顧する序文を付した話題作。驚異に満ちた世界。（高橋源一郎、宮沢章夫）

競売ナンバー49の叫び　トマス・ピンチョン　志村正雄 訳

「謎の巨匠」の暗喩に満ちた迷宮世界。突然、大富豪の遺言管理執行人に指名された主人公エディパの物語。郵便ラッパとは？　（巽孝之）

お菓子の髑髏　レイ・ブラッドベリ　仁賀克雄 訳

若き日のブラッドベリが探偵小説誌に発表した作品のなかから選ばれた15篇。ブラッドベリらしい、ひねりのきいたミステリ短篇集。

ブラウン神父の無心　G・K・チェスタトン　南條竹則／坂本あおい訳

ホームズと並び称される名探偵「ブラウン神父」シリーズを鮮烈な新訳で。「木の葉を隠すなら森のなか」などの警句と逆説に満ちた探偵譚。　（高沢治）

生ける屍　ピーター・ディキンスン　神鳥統夫 訳

独裁者の島に派遣された薬理学者フォックス。秘密警察が跳梁し、魔術が信仰される島で陰謀に巻き込まれ……。幻の小説、復刊。　（岡和田晃／佐野史郎）

コンパス・ローズ　アーシュラ・K・ル＝グウィン　越智道雄 訳

物語は収斂し、四散する。ジャンルを超えた20の短篇が紡ぎだす豊饒な世界。「精神の海」を渡る航海者のための羅針盤。　（石堂藍）

郵便局と蛇　A・E・コッパード　西崎憲 編訳

日常の裏側にひそむ神秘と怪奇を淡々とした筆致で描く、孤高の英国作家の詩情あふれる作品集。新訳一篇を追加し、巻末に訳者による評伝を収録。

氷　アンナ・カヴァン　山田和子 訳

氷が全世界を覆いつくそうとしていた。私は少女の行方を必死に探し求める。恐ろしくも美しい終末のヴィジョンで読者を魅了した伝説的名作。

〝少女神〟第9号　フランチェスカ・リア・ブロック　金原瑞人 訳

少女たちの痛々しさや強さをリアルに描き出し、全米の若者を虜にした最高に刺激的な〈9つの物語〉。大幅に加筆修正して文庫化。　（山崎まどか）

短篇小説日和　西崎憲 編訳

短篇小説は楽しい！　大作家から忘れられたマイナー作家の小品まで、英国らしさ漂う一風変わった傑作を集めました。巻末に短篇小説論考を収録。

怪奇小説日和　西崎憲 編訳

怪奇小説の神髄は短篇にある。ジェイコブズ「失われた船」、エイクマン「列車」など古典的怪談から異色短篇まで18篇を収めたアンソロジー。

ちくま文庫

あひる飛《と》びなさい

二〇一七年十一月十日　第一刷発行

著　者　阿川弘之（あがわ・ひろゆき）
発行者　山野浩一
発行所　株式会社　筑摩書房
東京都台東区蔵前二―五―三　〒一一一―八七五五
振替〇〇一六〇―八―四一二三
装幀者　安野光雅
印刷所　三松堂印刷株式会社
製本所　三松堂印刷株式会社

乱丁・落丁本の場合は、左記宛にご送付下さい。
送料小社負担でお取り替えいたします。
ご注文・お問い合わせも左記へお願いします。
筑摩書房サービスセンター
埼玉県さいたま市北区櫛引町二―六〇四　〒三三一―八五〇七
電話番号　〇四八―六五一―〇〇五三

ISBN978-4-480-43478-4 C0193